grafit

Chemnitzer Str. 31, D-44139 Dortmund
Internet: http://www.grafit.de
E-Mail: info@grafit.de

Umschlagfoto: Dipl. Des. Ulrike Geiger – www.netport.de / photocase.com
Druck und Bindearbeiten: GGP Media GmbH, Pößneck
ISBN 978-3-89425-385-1
1. 2. 3. 4. 5. / 2015 14 13 12 11

Gabriella Wollenhaupt

Grappa und die Seelenfänger

Kriminalroman

grafit

Die Autorin

Gabriella Wollenhaupt, Jahrgang 1952, arbeitet als Fernsehredakteurin in Dortmund. Ihre freche Polizeireporterin Maria Grappa hatte 1993 den ersten Auftritt. Seitdem stellte sie ihre Schlagfertigkeit in mehr als zwanzig Fällen unter Beweis.

Zwischendurch wagte die Autorin einen Ausflug in die Historie: *Leichentuch und Lumpengeld* spielt im Vormärz und steht den Grappa-Krimis in Sachen Witz und Ironie in nichts nach.

www.gabriella-wollenhaupt.de

Humor

Es sitzt ein Vogel auf dem Leim,
er flattert sehr und kann nicht heim.
Ein schwarzer Kater schleicht herzu,
die Krallen scharf, die Augen gluh.
Am Baum hinauf und immer höher
kommt er dem armen Vogel näher.

Der Vogel denkt: Weil das so ist
und weil mich doch der Kater frisst,
so will ich keine Zeit verlieren,
will noch ein wenig quinquillieren
und lustig pfeifen wie zuvor.
Der Vogel, scheint mir, hat Humor.

WILHELM BUSCH (1832–1908)*

---

* Bei der Abfassung dieses Gedichts dachte Busch möglicherweise an einen Castingshow-Juror, ohne zu wissen, dass es so jemanden je geben würde.

Die Personen

Birsen Aslan .... hat kein Gold in der Kehle
Carsten »Bärchen« Biber .... mag Spielzeugtiere
Clara Billerbeck .... muss wieder einsteigen
Sven Billerbeck .... ist schon eingestiegen
Pitt Brett .... hat immer alle Bohlen im Zaun
Danny Forehead .... darf mitmischen
Robert Fuchs .... lebt doch nicht ewig
Maria Grappa .... singt nur noch in der Wanne
Simon Harras .... möchte aussteigen
Egon Hold .... mag es schmutzig
Peter Jansen .... übernimmt ein neues Kommando
Dr. Friedemann Kleist .... ist zu hilfsbereit
Elizabetha Lazeira .... macht einen guten Eindruck
Jessica von Neuenfels .... weiß, was Kunden mögen
Wayne Pöppelbaum .... liebt keine Teddybären
Sarah, Susi, Stella .... schlagen sich tapfer
Anneliese Schmitz .... dealt mit süßen Drogen
Dr. Berthold Schnack .... möchte es ganz seriös
Annabell Stickel .... sorgt für erleuchtetes Wohl
Arnold Weber .... verliert gleich zwei Mal
Bettina und Monika Weber .... gehen falsche Wege
Margarete Wurbel-Simonis .... kommt nicht zum Zug

Der neue Chef will's gemütlich

Seit einer Woche belagerten diese Leute jetzt schon das Verlagshaus. Aufgetaucht waren sie ganz plötzlich. Meist bildeten sie eine Dreiergruppe. Sie sprachen Passanten an, reichten ihnen Flugblätter und versuchten, sie in eine Diskussion zu verwickeln. Es war kaum möglich, ihnen auszuweichen. Vor zwei Tagen hatte ich mir ein Flugblatt zustecken lassen, um meine Ruhe zu haben.

»Die kommen von irgendeiner Sekte«, klärte mich Simon Harras auf. Er war hinter mich getreten und blickte jetzt ebenfalls durch das Redaktionsfenster nach unten auf die Straße.

»Ich weiß«, entgegnete ich. »Sie nennen sich *Die Erleuchteten* oder so ähnlich.«

»Ein bisschen Erleuchtung hat noch niemandem geschadet«, stellte er fest. »Besonders heute!«

»Ich wünschte, der Tag wäre schon vorüber. Ich kann mir diesen Job ohne Peter nicht vorstellen.«

»Sei nicht so depri, Grappa. Wird schon nicht so schlimm werden«, tröstete der Sportreporter. »Der Neue kocht auch nur mit Wasser.«

Ich blickte Simon zweifelnd an. »Dir kann ja nicht viel passieren, Sportfuzzi. Auf Fußball und Autorennen stehen die Leute immer. Bei mir sieht das anders aus!«

»Genau! Unsere Leser bestimmen den Inhalt der Zeitung. Und die stehen nun mal auf Blut, Sperma und Verbrechen. Und das sind doch deine Spezialitäten.«

»Das ist ja ganz was Neues, dass die Leser die Inhalte in privatwirtschaftlich organisierten Presseorganen bestimmen«, hielt ich dagegen. »Ich hätte da eher auf die Anzeigenkunden, die Industrie- und Handelskammer oder die SPD-Spitze getippt.«

»Grappa, mach dich locker!« Harras haute mir eine Hand auf die Schulter. »Du bist hier nicht auf einem Gewerkschaftskongress und bisher hast du dich noch immer gut gewehrt.«

Inzwischen hatte sich das Großraumbüro gefüllt. Die Sekretärinnen Susi, Stella und Sarah waren erheblich aufgerüscht. Kostümchen, frische Locken, lackierte Nägel und höhere Schuhabsätze als üblich.

»Wow!«, entfuhr es Harras. »Alles für den neuen Chef, Mädels?«

»Eine von uns könnte seine Chefsekretärin werden«, erklärte Susi. »Die interne Stellenausschreibung hängt schon aus.«

»Genau«, nickte Stella. »Bewerbungsschluss war letzten Freitag. Und wir drei sind die einzigen Bewerberinnen. Das hat mir eine Freundin aus der Personalabteilung gesteckt.«

Simon wanderte um die drei Grazien herum und musterte sie unverhohlen. »Also, ich wüsste jedenfalls nicht, welche von euch Süßen mir den Kaffee bringen sollte«, schleimte er dann. »Ich hätte da wirklich ein Entscheidungsproblem.«

»Deshalb wirst du auch nie Chef«, warf ich ein.

»Ich erfülle jedenfalls alle verlangten Kriterien«, erklärte Sarah.

»Wir etwa nicht?«, kam es einstimmig von Susi und Stella.

»Na ja«, lächelte Sarah süffisant. »Ich kann zum Beispiel Englisch ... Könnt ihr das auch?«

Susi und Stella verzogen ihre Münder. »Ja, ja. Du und dein Englisch. So super ist das gar nicht nach nur einem kleinen VHS-Kurs«, meinte Susi verächtlich. »Letzte Woche stand doch auf der Mittagskarte *Bratbering* ... ein ganz einfacher deutscher gebratener Hering mit Kartoffelsalat. Und was machst du?«

»Du hast *Brässering* bestellt«, übernahm Stella die Antwort. »Die Kantinenfrau hat nur Bahnhof verstanden. So viel zum Thema: Sarah kann Englisch.«

»Möge die Beste von euch gewinnen«, wünschte ich. »Und jetzt wollen wir das Objekt eurer Begierde kennenlernen. Kommt ihr?«

Volles Haus. Sogar auf den Fensterbänken des Konferenzraumes hatten sich die Mitarbeiter des Verlages platziert, um die Inthronisierung des neuen Chefredakteurs mitzuerleben.

Das war er also. Mein neuer Chef. Er saß neben Peter Jansen und war für mich das einzige unbekannte Gesicht im Raum. Ein perfekt gekleideter schlanker Mann mit dunklem Menjoubärtchen und weißem, dichtem Haar. Vermutlich etwas älter als ich. Peter Jansen trug zur Feier des Tages seiner Verabschiedung ein Hemd statt des üblichen T-Shirts.

Ich spürte einen Stich. Über zwanzig Jahre lang hatten er und ich zusammengearbeitet und mehr als einmal hatte er mich aus Situationen gerettet, die mich meinen Job hätten kosten können. Ein solches Vertrauen würde ich nie wieder zu einem Kollegen aufbauen können.

»Das ist Dr. Berthold Schnack, mein Nachfolger«, erklärte Jansen. »Ich hoffe, Sie alle werden ihm das Wohlwollen entgegenbringen, das Sie mir geschenkt haben.«

Der Neue hüstelte und lächelte in die Runde. Dann sprach er, aber ich ließ die Worte an mir vorbeirauschen, ohne auf den Inhalt zu achten. Schnack hatte eine einschläfernde Stimme.

»Ach, du Schreck«, flüsterte Harras.

»Was?«

Jetzt hörte ich hin. Schnack erwähnte seine beruflichen Stationen. Pressestelle eines Krankenhausträgers, Chefredaktion einer christlich orientierten Wochenzeitung, Fraktionssprecher im Landtag.

»Ich freue mich auf die neue Aufgabe«, behauptete er. »Und darauf, das *Bierstädter Tageblatt* wieder zu einer familienfreundlichen und bürgerlichen Zeitung zu machen, die man auch auf dem Tisch liegen lassen kann, wenn Kinder im Haus sind.«

Jansen bekam einen leeren Blick. Das war herbe Kritik an ihm. Schließlich hatte er in den letzten zwanzig Jahren die Tendenz der Zeitung geprägt.

»Also lieber eine Blaulichtgeschichte weniger und einen Bericht über eine Eltern-Kind-Freizeit mehr«, erläuterte

Schnack. »Der Geschmack hat sich in den letzten Jahren geändert. Weg von Krawall und Stress, hin zu einer neuen Innerlichkeit und Gemütlichkeit. Die Menschen sollen sich beim Lesen unserer Zeitung aufgehoben fühlen. Sehnsucht Familie – als neues Stichwort. Das *Tageblatt* muss seinen Weg zur Heimatzeitung neu definieren. Auch die örtliche Kultur könnte etwas mehr Aufmerksamkeit vertragen. Wir haben schließlich einen Bildungsauftrag.«

Margarete Wurbel-Simonis nickte unmerklich und warf mir einen triumphierenden Blick zu.

Freu dich nicht zu früh, dachte ich grimmig.

Schnack philosophierte über die Leser-Blatt-Bindung, neue Serien, die seiner Meinung nach noch nie geschrieben worden waren, die Straffung der Redaktionslogistik und Nachwuchsförderung. Die Sätze rauschten erneut an mir vorbei. Ich dachte nur eins: Die Ära Jansen ist zu Ende.

Kann man Idiot tanzen?

Wayne Pöppelbaum saß allein im Großraumbüro. Er hatte bei Schnacks Ankündigung, die Polizeiberichterstattung herunterfahren zu wollen, den Konferenzraum verlassen. Den Polizeifunk abhören und bei allen Notlagen möglichst vor dem Eintreffen der Streifen- und Rettungswagen vor Ort zu fotografieren, das war sein Job. Darum nannten wir ihn unseren »Bluthund«.

»Das sieht nicht gut aus für uns, Grappa-Baby«, murmelte er, als ich zu ihm trat.

»Ach was«, log ich. »Wir finden andere Themen, die dir Spaß machen und über die wir berichten können.«

»Genau.« Er lachte spöttisch. »Spannende Jubilarehrungen, aufregende Parteitage und schmutzige Erotikfeste im Seniorenzentrum.«

»Es wird nichts so heiß gegessen, wie es gekocht wird«, sagte ich halbherzig. »Was will er denn machen, wenn im

Rathaus Kokspartys gefeiert werden? Oder wenn auf der A 2 ein Lkw aufs Stauende auffährt und zehn Autos ineinanderschiebt? Die unschönen Dinge einfach verschweigen?«

»Ganz klein fahren«, entgegnete Pöppelbaum. »Statt sechzig nur zehn Zeilen. Und keine Fotos mehr.«

»Abwarten. Jansen gibt heute Abend übrigens einen Umtrunk zu seinem Abschied«, wechselte ich das Thema. »Sehen wir uns?«

Pöppelbaum nickte. »Ich muss los. Zahnarzt. Halt die Ohren steif, Grappa.« Er trollte sich.

Im Lokalradio brachten sie einen Bericht über Ausdruckstanz. Gutes Radiothema. Eine beseelte Reporterin erklärte, wie man den eigenen Namen tanzt. Kann man auch Idiot tanzen?, fragte ich mich und dachte an den neuen Chef. Das hätte ich gern gelernt.

Ich trat zum Fenster.

Die Straße glänzte vor Nässe. Menschen hasteten vorbei, verborgen unter Regenschirmen. Die Anhänger der Sekte, zwei Männer und eine junge Frau, harrten aus. Sie hatten unter einem Vordach Schutz gesucht.

Ein Mann mit hochgeschlagenem Kragen und Hut näherte sich der Frau und sprach sie an. Sie wandte sich ab und wich einen Schritt zurück. Der Mann folgte ihr, griff ihren Arm. Sie riss sich los.

Flugblätter glitten zu Boden. Die beiden anderen Männer wurden aufmerksam, doch bevor sie sich einmischen konnten, flüchtete der Angreifer und verschwand zwischen zwei Häusern.

Die drei Erleuchteten sammelten die Papiere von der regennassen Straße auf. Plötzlich näherte sich ein dunkles Auto. Bremsen quietschten, der Wagen stoppte.

Der Mann mit dem Hut sprang heraus und stürzte sich auf die Frau. Er packte sie, öffnete die hintere Tür und drückte die Frau ins Wageninnere. Dann sprang er wieder zur Beifahrerseite und stieg ein. Mit aufheulendem Motor raste der Wagen davon.

Acht Dynamiken und ein lauer Wind

Eine Entführung am helllichten Tag. Das war ein Ding!

»Konnten Sie sich das Kennzeichen des Fahrzeugs merken?«, fragte der Polizist.

Ich verneinte. »Es war einfach zu weit weg und ich hatte meine Lesebrille auf der Nase. Außerdem ging alles blitzschnell.«

Zwei Beamte waren ins Verlagshaus gekommen, einer saß mir gegenüber, der andere machte draußen auf der Straße Fotos und versuchte, weitere Zeugen für die Entführung zu finden.

»Können Sie den Entführer beschreiben?«

Ich tat mein Bestes, aber wiedererkannt hätte ich den Mann nicht.

»Beschreiben Sie die Person, die in den Wagen gezerrt wurde!«

Auch die Frau hatte ich nicht so deutlich gesehen, dass ich sie hätte identifizieren können.

»Ich weiß nur, dass sie jünger ist als ich und ziemlich schlank. Die Haare waren unter einer Regenkapuze verborgen. Aber die beiden Männer von der Sekte müssen doch wissen, wer sie ist.«

»Die Herren haben es vorgezogen, nicht auf uns zu warten«, entgegnete der Polizist. »Aber die Kollegen befinden sich bereits im Hauptquartier der Kirche und führen Vernehmungen durch.«

Fast hätte ich Jansen gefragt, wie viele Zeilen ich haben konnte für diese Geschichte. Eine Entführung direkt vor meinen Augen.

Die Polizeipressestelle hatte für den Nachmittag eine Mail mit Fakten angekündigt. Mir blieb Zeit genug, mich über die *Kirche der Erleuchteten* zu informieren.

Ihr Zeichen war ein achtendiges Kreuz, dessen Zacken die acht Dynamiken symbolisieren sollten. Was waren die acht Dynamiken?

Ich überflog die Texte, die ich im Netz entdeckte, und fand das Ganze ziemlich kompliziert. Ich las:

> Die erste Dynamik ist der Überlebenswille, die zweite Dynamik entspricht der Ebene der Familie und der sexuellen Fortpflanzung. Auf der dritten und vierten Ebene geht es um soziale Gruppen und die Menschheit als Ganzes, auf der fünften um alle Formen des Lebens und auf der sechsten um das physikalische Universum. Die siebte Dynamik ist der Geist oder die Spiritualität, die achte die Unendlichkeit, Alleinheit oder Gott.

Krauses Zeug. Die Erleuchteten waren in der Gesellschaft ziemlich umstritten. Zumindest in Europa. In den USA hatte die Sekte mehr Erfolg, einige berühmte Hollywood-Schauspieler waren Mitglieder.

Wie auch immer. Vor meinen Augen war eine Frau gegen ihren Willen in ein Auto gezerrt und entführt worden.

Am frühen Nachmittag kam die Mail aus dem Polizeipräsidium. Die entführte Frau hieß Monika W. und war gar nicht entführt worden. So hatte sie selbst ausgesagt.

Die angeblich Geschädigte gab an, dass sie von ihrem Vater Arnold W. ins Auto »verbracht« worden war.

> *Vorausgegangen sei ein häuslicher Streit um die Zugehörigkeit der Monika W. zu einer Gemeinschaft, die sich selbst als* Kirche der Erleuchteten *bezeichnet. Monika W. wird gegen ihren Vater keine Anzeige erstatten. Die Ermittlungen wurden eingestellt.*

Na toll, dachte ich, das war's dann mit der Geschichte: Ein besorgter Vater entführt seine Tochter, weil er nicht mit dem einverstanden ist, was sie glaubt.

Schade, eine echte Entführung wäre eine gute Gelegenheit gewesen, den neuen Chefredakteur von der Bedeutung der Blaulicht-Geschichten zu überzeugen.

Wenig später erhielt ich erneut eine Mail – dieses Mal vom neuen Chef. Er bestellte mich für den nächsten Tag zu einem Mitarbeitergespräch.

Ich rief Harras an.

»Ich muss da auch hin«, erklärte er. »Genau wie alle anderen. Ist doch gut, dann wissen wir wenigstens, welcher Wind hier künftig weht.«

»Lau wird er sein, der Wind«, prophezeite ich.

Jansens Abschied. Er hatte die Kantine des Verlagshauses ausgesucht, ihn zu begehen. Das Essen war deftig und westfälisch: Mettbrötchen, Möpkenbrot, Pfefferpotthast, Rührei mit Schinken und Zwiebelschmalz.

Ich stand mit Pöppelbaum und Harras an der Biertheke, als Jansen zu uns trat. Wir wussten nicht, was wir sagen sollten.

»Guck nicht so bedröppelt, Grappa-Baby«, lächelte er. »Es wird schon nicht so schlimm werden. Das Leben besteht aus Veränderungen.«

»Solche will ich aber nicht!«, murrte ich.

»Was soll ich denn sagen? Ich übernehme eine Stadt, die finanziell völlig marode ist, mit Politikern, die bisher nur durch ihre Intrigen und ihre Machtgier aufgefallen sind«, entgegnete der designierte Oberbürgermeister Bierstadts. »Und ich übernehme einen Verwaltungsapparat, der dermaßen unbeweglich und faul ist, dass man das große Heulen bekommen kann. Und in diesen Laden soll ich Ordnung bringen!«

»Grappa ist geschockt, weil der Schnack was von Familienzeitung und Bildungsauftrag gefaselt hat«, versuchte Pöppelbaum, mich zu interpretieren. »Sehnsucht Familie – so nennt er das. Das passt nicht zu den heißen Geschichten, die sie bisher geschrieben hat.«

»Warte doch erst mal ab, Grappa«, sagte Jansen. »Der Schnack hat eine Chance verdient, oder? So fair bist du doch hoffentlich?«

»Ja, klar«, meinte ich lustlos.

»Eine Möglichkeit bleibt«, Jansen legte seinen Arm um meine Schultern. »Wenn's gar nicht geht, kannst du in der Pressestelle der Stadt anfangen.«

»Nee, bitte nicht!«, entfuhr es mir. »Alles – nur keine Pressestelle. Dann reiße ich lieber alten Frauen die Handtasche weg.«

»Das war doch mal 'ne echte Grappa-Ansage«, grinste Harras. »Hart aber herzlich. Und was trinken wir jetzt?«

Der Abend endete feuchtfröhlich. Ich nahm ein Taxi nach Hause. Als ich ausstieg, wunderte ich mich nur kurz, dass im Haus Licht brannte. Ich hatte ihm neulich einen Schlüssel gegeben. Und nun benutzte er ihn zum ersten Mal. Ich lächelte.

Nur keine Pressestelle

»Sag mal, neigst du zum Schlafwandeln?«, fragte Friedemann Kleist beim Frühstück.

»Nicht dass ich wüsste«, entgegnete ich und schnitt den *Pavé d'Affinois* an.

»Du wolltest aufstehen und deinen Namen tanzen«, grinste er.

»Bitte?« Ich ließ die Kaffeetasse sinken. »Ich habe noch nie meinen Namen getanzt! Ich weiß gar nicht, wie das geht. Hab ich denn Maria oder Grappa getanzt?«

»Weder noch. Ich konnte es grad noch verhindern. Ich hab dich nicht aus dem Bett gelassen.« Seelenruhig mümmelte Bierstadts Chefermittler sein Brötchen.

»Du hast mich festgehalten? Ich kann mich an nichts erinnern«, meinte ich verwirrt. »Und warum wollte ich meinen Namen tanzen?«

»Das hab ich dich auch gefragt.«

»So ein Blödsinn.«

»Mir klang es halb reflektiert.«

»Und? Nun lass dir nicht jedes Wort aus der Nase ziehen.«

»Dein neuer Chef habe dir befohlen, deinen Namen zu tanzen. Das bekam ich zur Antwort. Dieser Mann scheint dir auf der Seele zu liegen.«

»Ich hab gleich ein Gespräch mit ihm«, erklärte ich. »Er hat Änderungen angekündigt. Das hatte ich wohl alles im Kopf heute Nacht. Er will das *Tageblatt* zu einer bräsigen Familienzeitung machen.«

»Das heißt?«

»Weniger Polizeireportagen«, antwortete ich. »Mehr regionale Kultur, Brauchtum, Heimatgefühl.«

»Und das gefällt dir nicht«, nickte Kleist.

»So ist es. Es kann sein, dass er mein Ressort wegrationalisiert.«

Mein Lebensabschnittspartner fixierte mich. »Das wäre schlimm«, sagte er dann.

»Wird schon nicht so arg werden«, versuchte ich selbst, mir Mut zuzureden. »Gemordet wird immer, betrogen, gelogen und bestochen auch. Das kann keine Zeitung den Lesern vorenthalten. Dass ich das dann schreibe, dafür sorge ich schon.«

»Genau.« Kleist erhob sich und räumte das Geschirr in die Maschine. »Und wenn es ganz schlimm kommt, dann komm zu uns in die Polizeipressestelle. Ein Kollege geht bald in Pension.«

»Herzlichen Dank!«, schnaubte ich. »Warum will mich plötzlich jeder in eine langweilige Pressestelle abschieben? Wenn du so weitermachst, tanze ich gleich deinen Namen. Ich glaube nicht, dass du das sehen willst. Immerhin hat Friedemann zehn Buchstaben.«

Schnack hatte Jansens Möbel entsorgt und sich neu eingerichtet. Alles sah sehr edel aus. Mahagonischränke bis unter die Decke, ein futuristischer Schreibtisch, die Promotionsurkunde im Goldrahmen an der Wand, daneben Pokale. Ich tippte auf Golf. Vervollständigt wurde das Ambiente durch eine kleine Galerie von Daumier-Repliken.

»Setzen Sie sich bitte, Frau Grappa.« Schnack deutete auf den Freischwinger vor dem Schreibtisch. Ich schätzte die Distanz zwischen uns auf einen Meter fünfzig.

»Kaffee?«

Ich nickte. Das Gebräu aus der metallicschwarzen Thermoskanne schmeckte abgestanden.

»Ich möchte einiges ändern«, begann er. »Ich habe es ja gestern bereits angedeutet. Das *Tageblatt* ist thematisch in die Jahre gekommen – und mit ihm die Mitarbeiter, die die Inhalte geprägt haben.«

»Dazu gehöre auch ich«, stimmte ich zu. »Was wollen Sie dagegen tun? Alle über fünfzig erschießen?«

»Aber, aber, Frau Grappa!« Schnack hüstelte. »Man hat mir ja schon einiges über Ihren ... so ganz eigenen, rustikalen Humor erzählt. Lassen Sie uns reden – wie vernünftige Menschen es zu tun pflegen.«

»Einverstanden!« Ich schenkte ihm mein süßestes Lächeln. »Wie alt sind Sie eigentlich? Mitte fünfzig? Oder älter?«

Schnack schluckte. »Sie missverstehen mich völlig. Stellen Sie sich unsere Zeitung als kulturelles Unternehmen vor. Ähnlich wie ein Schauspielhaus. Wenn an einem Theater ein neuer Direktor anfängt, ändert er das Programm und bringt eigene Schauspieler mit. So weit gehen wir natürlich nicht. Aber gewisse Reformen müssen sein.«

»Die Zeitung als moralische Anstalt? Kommt das nicht ein bisschen zu spät? Schiller hat eine solche Wandlung in Bezug auf das Theater versucht, aber gelungen scheint das nicht zu sein. Sonst hätte ich in den letzten Jahrzehnten keine Themen gehabt.«

Er runzelte die Stirn. »Wenn wir die bedauerlichen Ereignisse, die oft unsere Gerichte beschäftigen, unnötig breittreten, geben wir ihnen zu viel Raum, Frau Grappa.«

»Was wollen Sie mir sagen?« Ich hatte keine Lust mehr auf Geschwätz.

»Sie sind eine gute Reporterin. Beherrschen Ihr Handwerk. Sind schnell und mutig. Auf all diese Eigenschaften möchte ich nicht gern verzichten.«

Er machte eine Pause, strich sich über sein Menjoubärtchen und sah mich mit wässrigblauen Augen an. Er wollte mir wohl Gelegenheit geben, mich für diese Lobhudelei zu bedanken.

»Versuchen Sie doch einfach mal, Ihren Themenkreis zu erweitern. Es geschieht auch abseits von Blut und Sperma viel Spannendes in Bierstadt.«

»Das Spannendste hab ich mir doch schon ausgesucht: die Verbrechen. Und dabei bleibe ich auch.«

Schnack lachte. »Man hat wirklich nicht untertrieben, als man mir Ihre Hartnäckigkeit beschrieben hat.«

Eine halbe Stunde später saßen wir alle in der Redaktionskonferenz. Die Regularien wurden besprochen, Themen gesucht und die Termine verteilt.

Ich schlug vor, eine Reportage über die *Kirche der Erleuchteten* zu machen, die ihre Opfer seit Tagen gegenüber dem Verlagshaus suchte. Auch die Fast-Entführung erwähnte ich. »Vielleicht komme ich ja an den Vater der Frau heran. Der hat bestimmt einiges zu erzählen über diese Sekte.«

»Über diese Kirche ist in überregionalen Zeitungen sehr viel geschrieben worden«, meinte Schnack. »Das ist wohl kaum zu toppen. Insiderberichte, Aussteigerschicksale – das volle Programm. Dem wollen wir doch nicht hinterherlaufen, liebe Kollegin.«

»Ist das ein Nein?«, fragte ich.

»Was denn sonst?«, schnippte Margarete Wurbel-Simonis.

»Danke, dass Sie meine Worte erklären.« Schnack lächelte sie an, aber sein Blick war eisig. »Ich habe eine andere Idee, Frau Grappa. Einer der Privatsender wird in Bierstadt ein großes Casting mit sage und schreibe dreitausend Kandidaten ausrichten. Für die Show *Wir suchen dich, Superstar!*, abgekürzt WSDS. Ich stelle mir eine Begleitreportage vor. Die Logistik dieser Schau von Anfang bis Ende, Vorbereitungen, Kandidateninterviews, Homestorys über die Jurymitglieder und so weiter. Das ganz große Wohlfühlprogramm für unsere Leserinnen und Leser.«

»WSDS?«, stieß ich verdattert hervor. »Ich hab diese Show nie gesehen.«

»Das macht nichts, Frau Grappa. Es gehört doch zur Journalistentugend, sich ganz schnell in neue Themen einzuarbeiten. Die bisherigen Sendungen kann man im Web finden. Man nennt das Vidcast. Sehen Sie sich das mal an! Außerdem ist die Sendung relativ simpel strukturiert: Junge Menschen, die glauben, dass sie singen können, stellen sich einer Jury.«

»Vollprolls«, urteilte Harras. »Vorbestrafte langzeitarbeitslose junge Menschen, die keinen Bock auf eine Ausbildung haben.«

»Das Prekariat hat dieser Sendung und dem Sender erhebliche Marktanteile verschafft, Kollege Harras.« Schnack räusperte sich. »Und es wird unserem Blatt eine Auflagensteigerung bescheren. Die Kollegen von der Anzeigenabteilung sind schon voller Engagement bei der Akquise.« Zu mir gewandt setzte er hinzu: »Also, Frau Grappa, ich zähle auf Sie. Das erste Casting ist in ein paar Tagen. Bis dahin sind Sie im Stoff!«

Schnacks verlogene Art war mir auf den Magen geschlagen. Ich verkniff mir den Becher Kaffee, den ich mir nach der Konferenz zu holen pflegte, und verzog mich in meine Einzelzelle, um meine Wunden zu lecken.

Vielleicht war die Pressestelle der Stadt doch eine Alternative. Irgendwann. Aber jetzt noch nicht. Ich würde mich erst mal durchboxen.

Schnack war schlau, denn gegen das Casting-Thema war nicht wirklich etwas zu sagen. Ein aufsehenerregendes Verbrechen war nicht geschehen. Ich konnte ja schlecht eine Anzeige schalten, in der ich die Mörder, Betrüger und Räuber der Umgebung zu erhöhten Aktivitäten aufforderte, um mir meinen Job als Polizeireporterin zu retten.

Singen für den toten Papa

Diese Castingshow war eine Mischung aus Zirkus, Jahrmarkt, Vorhölle und Kulturschock.

Die Landesmedienanstalt beurteilte sie so: *In einem Massenmedium wird vorgeführt, wie Menschen herabgesetzt, verspottet und lächerlich gemacht werden. Antisoziales Verhalten wird als Normalität dargestellt. Dies kann Werten wie Mitgefühl, Respekt und der Solidarität mit anderen entgegenwirken.*

In der Konferenz hatte ich gelogen, denn natürlich hatte ich die Show schon gesehen und mich dabei köstlich amüsiert. Da thronten drei Richter hinter einem Tisch, angeführt von einem Schlagerproduzenten namens Pitt Brett, über dessen Sprüche sich alle Welt aufregte, nur weil er absolut ehrlich war. Dass sein Wortschatz nicht den Ansprüchen einer höheren Töchterschule genügte, war seit Jahren bekannt. Dennoch hatte diese Schau einen erstaunlichen Zulauf – besonders von schlecht oder gar nicht ausgebildeten jungen Frauen und Männern, darunter viele mit dem sogenannten Migrationshintergrund.

In jeder WSDS-Staffel gab es jede Menge falsche Gefühle und Schicksalsschläge: Gefängnis, Arbeitslosigkeit, Krankheit und Drogen. Der Proll, der aus dem Jugendknast entfleucht war, hielt sich genauso geeignet für eine Popkarriere wie das sechzehnjährige Pummelchen, das für seinen angeblich toten Vater im Himmel trällerte.

Dreitausend Kandidaten aus dem Umland hatten sich für das Casting in Bierstadt angemeldet. Die Stadtverwaltung hatte dem Sender die große Halle im Veranstaltungszentrum zur Verfügung gestellt.

Ich lud mir ein Info-Paket aus dem Netz zusammen und rief bei der Pressestelle des Senders an.

Der Anrufbeantworter verwies auf den nächsten Tag. Auch gut, dachte ich, dann eben morgen, verschickte aber eine Mail. Darin erklärte ich die Absicht des *Tageblatts*, eine die Show begleitende Serie von Reportagen zu bringen, und bat um Interviewtermine.

Draußen vor dem Verlagshaus hatten wieder drei Erleuchtete Position bezogen. Die Frau war nicht dabei, sie hatten das Entführungsopfer also ersetzt. Ich trat auf den Stand zu.

»Möchten Sie sich informieren?«, fragte einer der Männer. »Wissen Sie, wer wir sind?«

»Deshalb bin ich doch gekommen, um das zu erfahren.«

»Dann schauen Sie sich unser Informationsmaterial in Ruhe an«, lud er mich freundlich ein. »Wenn Sie Fragen haben oder etwas nicht verstehen, sagen Sie bitte Bescheid.«

Mein Blick streifte über den Tisch. Bücher und zusammengeheftete Schriften. Und einige Werke über Dianetik, die ich schon aus meiner Recherche im Netz kannte. Dianetik war wohl ein Allheilmittel für menschliche Probleme.

»Die Dianetik zeigt den Weg zur größeren Harmonie zwischen Körper und Geist«, erklärte der Mann, der meinem Blick gefolgt war.

»Wer will die nicht«, nickte ich. »Und jede Kirche hat ihre eigenen Methoden, ihn aufzuzeigen.«

»Das Buch *Dianetik* ist schon seit mehr als fünfzig Jahren ein Bestseller und hat die Menschheit verändert.«

»Die Bibel auch«, lächelte ich.

»Die Bibel ist eine Ansammlung von Kindergeschichten. Wir wenden uns an den Menschen von heute, der sich in seinem schöpferischen Tun nicht einschränken lassen will. Die Methoden der Dianetik lösen die Störungen auf, die uns das frühere Leben beschert hat. So wird der Mensch wieder zu einem erleuchteten spirituellen Wesen.«

»Hört sich anstrengend an«, meinte ich.

»Ist es aber nicht. Jeder, der unserer Kirche beitritt, wird angeleitet. Wir bieten ausführliche Kurse an und …«

Eine junge Frau trat zu uns.

»Hier ist neues Material, Bruder«, sagte sie und legte einen Packen Flugblätter auf den Tisch. »Soll ab sofort verteilt werden.«

Sie musterte mich. Ich machte das Gleiche mit ihr, aber ich konnte sie nicht als die Frau identifizieren, die ins Auto gezerrt worden war. Dann war sie auch schon wieder verschwunden.

Ich nahm eines der Flugblätter. Auf ihm prangte ein Foto von Pitt Brett. Darunter stand:

Das ist eine unterdrückerische Person! Eine unterdrückerische Person will jede Unternehmung oder Gruppe, die Verbesserung anstrebt, vernichten oder fertigmachen. Der Ausdruck ›unterdrückerische Person‹ ist eine andere Bezeichnung für eine antisoziale Persönlichkeit. Alle Merkmale, die als diejenigen einer unterdrückerischen Person klassifiziert werden, sind diejenigen von Geisteskranken.

Zuletzt wurde in dicken Lettern gefordert: *Boykott gegen den Seelen-Verbrecher Brett!*

»So schlimm ist er nun auch wieder nicht«, kommentierte ich. »Ich finde eher, dass die Kandidaten in seiner Show nicht alle Bohlen am Zaun haben. Die machen das schließlich freiwillig mit. Warum sind die Erleuchteten denn so auf die Seelen schlecht singender Teenies aus?«

»Jeder Mensch sollte zu seinem ursprünglichen Wesen zurückkehren. Zu den Quellen des Ichs«, leierte der Bruder seine Thesen runter.

»Welchen der vielen Götter, die im Himmel rumsitzen, beten Sie denn nun an?«

»Wir beten keinen Gott an«, erklärte er. »Das ist kindisch. Wir setzen auf den Menschen, der durch uns und unsere Lehren die aus den Fugen geratene Welt retten kann und soll. Alle Lebewesen haben das Ziel zu überleben. Der Mensch besteht aus dem Körper, dem reaktiven und analytischen Verstand sowie dem Thetan, der dem ewigen und unzerstörbaren Wesenskern vergleichbar ist.«

»Dann vertreten Sie eine Psychosekte«, stellte ich fest.

»Das behaupten unsere Gegner, ja. Wenn Sie sich wirklich für unsere Gemeinschaft interessieren, dann empfehle ich Ihnen, den Oxford Persönlichkeitstest zu machen.«

Er reichte mir zusammengeheftete Blätter, die mit unzähligen Fragen in kleiner Schrift bedruckt waren. Ein abendfüllendes Programm.

»Geht es Ihrer Glaubensschwester gut?«, erkundigte ich mich.

Er sah mich fragend an.

»Die junge Frau, die von ihrem Vater ins Auto gezerrt wurde.«

»Davon weiß ich nichts«, antwortete mir der Erleuchtete. »Mein Bruder und ich sind erst seit heute Morgen hier. Gestern haben andere den Dienst am ungläubigen Menschen versehen.«

»Sie wissen nichts von dem Vorfall?«, hakte ich nach. »So eine Entführung am helllichten Tag bleibt ja nicht unbemerkt. Ich stand da oben am Fenster und habe alles beobachtet.«

Ich deutete auf das Fenster. Die beiden Männer folgten meinem Finger mit ihrem Blick, sahen sich kurz an und ich hatte das Gefühl, dass es bei ihnen klick machte.

»Wir wissen nicht, wovon Sie sprechen«, lautete die reservierte Antwort.

»Hat man Ihnen verboten, darüber zu reden?«

»Nein. Unser Kampf gilt allerdings weiterhin allen unterdrückerischen Personen.«

»Ja, wie Pitt Brett.«

Nachdenklich fuhr ich nach Hause. Warum hatte die *Kirche der Erleuchteten* wohl ausgerechnet Pitt Brett und seiner Castingshow den Kampf angesagt?

Heute fand ich Friedemann Kleist nicht in meinem Haus vor. Schade. Anrufen wollte ich nicht, das hätte nach Klammern ausgesehen.

Ich öffnete eine Flasche Wein, setzte mich vor den Rechner und zog mir eine WSDS-Sendung rein. Nach einer Stunde Fremdschämen schaltete ich die Kiste aus. Mein unbemanntes Bett wartete.

Superstars und Cinderella

Ein wunderschöner Frühsommermorgen überraschte mich. Ich trank die erste Tasse Milchkaffee im Garten – umgeben von blühenden Büschen, ersten Rosenknospen, toskanischen Schwertlilien und Pfingstrosen. Seitdem ich im ländlichen Teil Bierstadts lebte, dachte ich nicht mehr so sehnsuchtsvoll an meinen Plan, mir ein Haus aus Stein in der Provence zu kaufen. Lavendel wuchs hier auch, und wenn die Erderwärmung weiter fortschritt, gab es in hundert Jahren auch in unseren Breiten Oliven- und Feigenbäume.

Ich checkte meine Mails, duschte und fuhr zur Redaktion. Der Weg war der gleiche wie immer, doch die Fahrt fiel mir schwerer, je näher ich dem Verlagshaus kam.

Als ich schließlich den Motor abstellte, klingelte mein Handy. Es war Pöppelbaum.

»Wo bist du?«

»Auf dem Parkplatz vor dem Verlagshaus. Warum?«

»Es gibt Ärger.«

»Wieso?«

»Wegen dir«, antwortete Pöppelbaum. »Denn diese Sektenfuzzis haben sich über dich beschwert. Ausgerechnet bei Schnack.«

Ich überlegte. Was ging hier ab? »Was soll ich denn getan haben?«

»Ich weiß es nicht, Grappa-Baby. Schnack will dich sofort sprechen. Ich wollte dich nur vorwarnen.«

»Danke, Wayne.«

»Und? Du weißt wirklich nicht, was du angestellt hast?«, fragte der Bluthund.

»Meinen Job gemacht – jemandem auf den Schlips getreten. Aber auf der nach oben offenen Grappa-Recherche-Skala erst auf der ersten Stufe.«

»Dann kann Schnack sich ja langsam an deinen Stil gewöhnen«, hörte ich den Fotografen durch den Hörer grinsen. »Und denk daran: Nur die Harten kommen in den Garten.«

Bevor ich die Treppen zum Eingang des Gebäudes nahm, um mich dem Duell zu stellen, rief ich Friedemann Kleist an.

»Hallo, Maria«, meldete er sich freundlich. Meine Stimmung besserte sich. »Ich muss gleich in eine Dienstbesprechung.«

»Dann hast du wenig Zeit. Ich hab nur eine Bitte. Ich brauche den Namen der jungen Frau, die vorgestern entführt worden ist – von ihrem eigenen Vater.«

»Den Fall kenne ich nicht«, entgegnete der Hauptkommissar. »Aber ich informiere mich gerne.«

»Das Ganze hat mit der *Kirche der Erleuchteten* zu tun, die zurzeit vor dem Verlagshaus auf Seelenfang ist.«

»Verstehe. Diese Sekte ist uns nicht unbekannt. Sie bedrohen und bekämpfen ihre Gegner auf eine sehr unangenehme Art. Aktuell haben die sich diesen Fernsehstar vorgenommen.«

»Pitt Brett?« Ich wunderte mich. »Das wisst ihr schon?«

»Ich habe das Flugblatt auf meinem Schreibtisch liegen«, berichtete Kleist. »Der Sender, für den dieser Fuzzi auftritt, hat Polizeischutz verlangt. Aber dazu fehlt uns das Personal. Jetzt bemühen die Fernsehleute kommerzielle Personenschützer.«

»Kannst du den Namen der Frau herausbekommen?«

»Ich werde den Kollegen bitten, die Frau zu kontaktieren. Oder den Vater. Wenn sie einverstanden sind, mit dir zu sprechen, gebe ich deine Telefonnummer weiter. Wäre das in Ordnung für dich?«

Erwartungsgemäß teilte der Pförtner mir mit, dass der Chefredakteur mich sprechen wolle. Auf dem Flur berichtete mir der Hauskurier das Gleiche. Und als ich das Großraumbüro betrat, skandierten Sarah, Stella und Susi: »Grappa, der Schnack will dich sprechen!«

»Wer ist Schnack?«, fragte ich und setzte mich an den Rechner.

Stille.

Die Sekretärinnen schauten mich an, als käme ich von einem anderen Stern.

»Ist ja gut, Mädels«, grinste ich. »Ich geh ja gleich. Aber erst brauche ich Kaffee.«

»Ich hab grad welchen frisch gekocht«, meinte Susi. »Willst du?«

Ich wollte. Susi stellte mir den Becher sogar hin. »Du bist aber cool«, meinte sie.

Pöppelbaum näherte sich. »Schon wieder zurück?«

Ich schüttelte den Kopf. »Ich geh jetzt. Bis gleich.«

Gemächlich steuerte ich Schnacks Büro an. Die Vorzimmertür stand offen. Der Sekretärinnenplatz war noch verwaist.

»Das geht klar, mein Bärchen!«, hörte ich Schnacks Stimme. »Mach dir keine Sorgen. Das wird der Beginn eines wunderschönen Lebens. Besonders für dich, mein Herzilein. In vier Wochen bist du der Star.«

Nanu? Solch zärtliche Töne aus Schnacks Mund? Ich lauschte weiter.

»Gut, heute Abend im *Cinderella.* Aber nur kurz. Ich habe viel Arbeit. – Zwanzig Uhr passt. – Ja, ich dich auch.« Er legte auf.

Leise ging ich einige Schritte zurück. Dann stiefelte ich erneut auf das Chefbüro zu. Jetzt waren meine Schritte gut zu hören.

Beherzt betrat ich das Zimmer und rief: »Herr Schnack?«

»Kommen Sie herein, Frau Kollegin.«

Ich setzte mich. »Sie wollten mich sprechen?«

»Es liegt eine Beschwerde gegen Sie vor.« Er machte ein bedrücktes Gesicht und eine Pause. Solche Pausen dienen dazu, das Gegenüber zu verunsichern.

Aber nicht mit mir. Wut stieg in mir auf.

Schnack seufzte. Dann sagte er ... immer noch nichts.

Wieder so ein Psycho-Trick.

»Ich höre!«, sagte ich.

»Es geht um die *Kirche der Erleuchteten«*, ließ er schließlich die Katze aus dem Sack. »Haben Sie Erkundigungen über diese Frau eingezogen, die von ihrem Vater entführt wurde? Gestern?«

»Ja. Mich interessieren diese Leute«, antwortete ich. »Besonders jetzt.«

»Jetzt? Wir hatten uns doch geeinigt, über diesen Vorfall nicht zu berichten, oder irre ich mich?«

»Falsch, Herr Kollege.« Ich rang mir ein Lächeln ab. »Sie haben die Berichterstattung über die Entführung untersagt. Aber die Dinge haben sich weiterentwickelt.«

»Inwiefern?« Schnack schien leicht irritiert.

»Meine Aufmerksamkeit richtet sich jetzt aus einer ganz andern Richtung auf die Erleuchteten. Sie bedrohen Pitt Brett. Sie bezeichnen ihn als ›unterdrückerische Person‹ – so nennen die ihre Feinde. Die Polizei ermittelt bereits. Und da ich ja eine Reportage über die Castingshow schreiben soll, habe ich eben recherchiert. Ich entspreche damit also Ihrem Wunsch.«

»Verstehe.« Schnack wusste nicht weiter. »Dann werde ich dem Sektenoberhaupt mitteilen, dass Sie Ihre Fragen im Rahmen einer umfassenden Recherche gestellt haben.«

»Vielleicht klären Sie den Herrn bei der Gelegenheit auch mal über die grundgesetzlich garantierte Pressefreiheit auf«, schlug ich vor.

Die Pressestelle des Senders war hocherfreut über meinen Plan, mehrere Folgen über die Show *Wir suchen dich, Superstar!* zu schreiben. Eine entsprechend lautende Mail befand sich im Posteingang meines Rechners. Eine erste Zusammenkunft sollte schon heute Nachmittag stattfinden.

Das passte. Am frühen Abend würde ich ins *Cinderella* gehen, um das Treffen zwischen Schnack und seinem Bärchen zu verfolgen. Es konnte nie schaden, etwas über seine potenziellen Feinde zu wissen. Besonders, wenn es höchst private Sachen waren. Welchen Kosenamen Bärchen für Schnack wohl hatte? Eins allerdings irritierte mich an der Sache: Das *Cinderella* war eine angesagte Schwulenkneipe.

Die »ackrobatin« an der Stange

Der Sender hatte seinen Hauptsitz in Köln, doch für die Dauer der Show war eine Dependance in einem Bierstädter Hotel eingerichtet. Da saßen wir nun in einer Lobby, die mit den Logos der Show dekoriert worden war.

Die Pressesprecherin war eine total gut gelaunte Quietschemaus namens Jessica von Neuenfels mit Bauchnabelpiercing und Tattoo auf der Schulter.

»Haben Sie keine Angst um Ihren Jurychef?«, fragte ich, nachdem wir einen Zeitplan und Fototermine abgesprochen hatten.

»Solche Drohungen gibt es immer wieder«, erwiderte Jessica. »Pitt Brett dividiert die Menschen eben auseinander. Das ist das Konzept der Sendung. Ich gebe ja zu, dass man über seine Sprüche zu den Leistungen der Kandidaten geteilter Meinung sein kann – aber die Zuschauer lieben genau das!«

»Ja, manche freuen sich, wenn andere richtig eins in die Fresse kriegen«, stimmte ich zu. »Schadenfreude und das Gefühl, dass andere noch unter einem stehen. Sozialhygienetechnisch hat das sicherlich seine Berechtigung.«

»Genau!« Jessica von Neuenfels kaute heftig auf ihrem Kaugummi herum. »Im alten Rom hat man die Gladiatoren in die Arena geschickt. Unsere Kandidaten überleben das Spektakel zumindest.«

Huch, woher kannte Jessica die Sitten und Gebräuche im alten Rom? Ich hatte sie wohl unterschätzt.

»Pitt Brett ist übrigens ein sehr angenehmer Kollege«, teilte sie mir mit. »Die Rolle des Vernichters spielt er nur, mehr nicht.«

»Ich werde ihn ja wohl kennenlernen«, stellte ich ohne Enthusiasmus fest.

Wieder zurück in der Redaktion setzte ich mich immer noch ohne Enthusiasmus an meinen ersten Artikel zum Thema Castingshow.

Um mich einzustimmen, schaute ich mir die Homepage von Pitt Brett an. Sie war gut gemacht, weil sie sehr publikumsnah wirkte. Ich las:

Du denkst also, du hast das Talent zum Singen. Wenn du das genau wissen willst, dann trau dich. Stell dich vor eine Kamera und sing. Und tanz dabei. Vielleicht bekommst du dann eine Einladung in meine Show. Das wäre der günstigste Fall. Wir stellen aber auch die Talentfreien vor. Vielleicht gehörst du ja zu denen. Dann werden die anderen einen Höllenspaß haben, dich zu sehen. Und auch das siehst du dann hier auf der Seite.

Im Gästebuch des Musikproduzenten hatten sich über dreißigtausend Fans und Kritiker verewigt.

Nach zehn Minuten Lektüre kopierte ich zwei Einträge heraus. Der erste bestach durch seine konsequent falsche Rechtschreibung:

Superstahr war ja wieder irre, es hatt mir ganz dolle Die Tenzer Gruppe, bei dem einen Senger gefallen, wo Die ackrobatin an der Stange, bzw die beiden frauen die auch Ackrobat ische sachen gezeigt haben am besten gefallen. Viele Liebe grüße von Kimberley Schulze aus Magdeburg

Aber auch heftige Schläge musste der Pop-Titan, wie er sich gerne nennen ließ, einstecken:

> *Herr Brett, ich habe heute Morgen durch Zufall einen Titel von Ihnen im TV gesehen. Dort geben Sie sich ja große Mühe mit der Lippenbewegung, als ob Sie den Titel singen und auch auf der Gitarre spielen. In Wirklichkeit waren Sie damals, sind es heute und werden es auch in der Zukunft sein, ein Blender und Schauspieler. Sie können weder singen noch Gitarre spielen!!! Was Sie können, und das möchte ich Ihnen nicht absprechen, ist provozieren und Menschen mit Ihren geistlosen Sprüchen volllabern. Ansonsten sind Sie für mich der größte Spinner im deutschen Fernsehen!!!*

Ich klickte in die Navigationsleiste auf den Button *Aktuelles.* Die neueste Eintragung war von gestern.

Fickt euch ins erleuchtete Knie! – war unter einem mächtigen Stinkefinger zu lesen, auf dem das achtendige Symbol der Kirche abgebildet war. Ganz schön mutig, dachte ich.

> *Seit geraumer Zeit erhalte ich Drohungen von einer Gurkentruppe, die sich* Kirche der Erleuchteten *nennt. Diese Heinis glauben, dass ich nichts Besseres zu tun habe, als meine hart verdiente Kohle in sinnentleerte Kurse und Seminare zu stecken, die meine Seele befreien sollen. Ich sag euch eins, Leute: Ich mach den Scheiß hier nur so gut, weil ich schon befreit bin! Und nun zieht anderen das Geld aus der Tasche. Deppen gibt es ja genug. Und wenn es einen Gott gibt, dann ist das der gute alte Mann mit Bart da oben, der aussieht wie Dan Kelly, und nicht der abgewichste kleinkriminelle Bigamist aus den Staaten, den ihr für euern Heiland haltet.*

Ich musste lachen. Brett langte ordentlich zu. Sein Streit mit der *Kirche der Erleuchteten* schien nicht neu zu sein.

Tatsächlich fand ich einige ältere Zeitungsartikel, die sich mit den Auseinandersetzungen zwischen Brett und der Kirche befassten – darunter auch sehr seriöse Blätter.

Brett war politisch völlig inkorrekt, oft richtig frauen- und migrantenfeindlich. Im Netz gab es einige Foren, die die Brett-Sprüche sammelten und sogar nach Themen ordneten.

Zu einer angejahrten und talentfreien Blondine hatte er mal gesagt: *Wenn man dich als Vogelscheuche aufstellt, bringen die Vögel die Kirschen vom Vorjahr zurück …*

Zu einem mit Akne verzierten Bengel mit arabischem Namen: *Dein Gesicht gehört auf ein Poster für Empfängnisverhütung …*

Und ein Pummelchen, das keinen Ton traf, hatte sich Folgendes anhören müssen: *Du, der Zoo hat gerade angerufen! Die möchten dich wiederhaben!*

Ich amüsierte mich köstlich. Der Mann war ein verbaler Randalierer. Niemand war vor ihm sicher. Er erlaubte sich alles. Darum nahmen ihm viele nichts übel.

Ich beschloss, ihn gleich in der Überschrift meines Artikels zu zitieren:

Vor der WSDS-Castingshow –
Pop-Titan Pitt Brett legt sich mit aggressiver Sekte an:
»Ihr seid eine Gurkentruppe!«

Pitt Brett, der umstrittene Jurychef, der immer wieder im Fokus von Medienwächtern und Jugendschützern steht, bekommt neuen Ärger: Diesmal hat er sich mit der *Kirche der Erleuchteten* angelegt. Auf seiner Homepage bezeichnet der Musikproduzent den Sektengründer Ronny Hovart als – so wörtlich – »abgewichsten kleinkriminellen Bigamisten aus den Staaten«.

Sektenvertreter verteilen im Vorfeld der Castingshow in Bierstadt Flugblätter, in denen Brett als »unterdrückerische Person« bezeichnet wird.

Das Papier ruft zum Boykott der Show auf. Brett behauptet, von der Sekte seit längerer Zeit bedroht zu werden. Der Privatsender,

der WSDS produziert, hat den Personenschutz für den Jurychef erweitert.

Schnack hielt sich nicht mehr in den Redaktionsräumen auf – er machte sich bestimmt schon chic für das Date mit Bärchen im *Cinderella.* Also konnte er meinen Artikel nicht gegenlesen. Was sollte es. Ich hatte ja nichts Anstößiges geschrieben.

Ich rief Friedemann Kleist auf dem Handy an. »Hast du Lust, dir mal meinen neuen Chef anzusehen?«, fragte ich.

»Den kenne ich schon«, entgegnete er. »Er hat seine *Tour de raison* im Präsidium schon hinter sich. Der Präsident hatte alle Abteilungsleiter dazugebeten.«

»Und? Welchen Eindruck hast du?«

Kleist lachte. »Es wird nicht leicht für ihn.«

»Wie meinst du das?«

Wieder Lachen. »Ich will es mal so ausdrücken, Maria. Ich beneide ihn nicht. Unter dir Chef zu sein, ist bestimmt nicht einfach.«

»Komme ich so dominant rüber?«, grummelte ich.

»Dominant ist nicht das richtige Wort«, erläuterte mein gelegentlicher Liebhaber. »Störrisch, rechthaberisch, trotzig – das sind die Adjektive, die mir eher zu dir einfallen.«

Ich schluckte und sagte nichts.

»Ich würde jetzt gern dein Gesicht sehen«, freute sich Kleist. »Flunsch und gekräuselte Stirn? Richtig?«

»Ich hab noch einen Termin«, wich ich aus. »Schönen Abend noch.«

»Wolltest du mich nicht eigentlich mitnehmen zu dem Termin?«, erinnerte er sich.

»Hast du denn Lust auf ein schnelles Bier im *Cinderella?* In einer halben Stunde?«

Naaa naa naa na, na na na …

Das *Cinderella* befand sich im Osten der Stadt. In einem Kneipenviertel, in dem es Fast-Food-Chinesen und teure Italiener genauso gab wie Schwulenkneipen und Künstlercafés. Ich hatte meinen Golf im Parkverbot abgestellt. Von hier aus hatte ich einen guten Blick auf die Eingangstür der Kneipe. Schnack und sein Bärchen sollten Gelegenheit zum Turteln haben, bevor ich auftauchte. Aber noch war Schnack nicht eingetroffen.

Aus dem Kneipenraum schmachtete die Stimme von Marianne Rosenberg:

Er gehört zu mir, / wie mein Name an der Tür …

Ein Taxi hielt auf der Höhe meines Wagens. Ich erkannte Schnack auf dem Beifahrersitz und drehte mich zur Seite. Schnack stieg aus, zog die Tür der Kneipe auf und verschwand im Inneren.

… denn ich fühlte gleich, / dass er mich mag, / Naaa naa naa na, na na na … / ist es wahre Liebe uuuhhhuuuhhuu …

Also los, dachte ich, mal sehen, wie ich als Frau in einer Schwulenkneipe rüberkomme.

Rosenstolz lösten nun Marianne Rosenberg ab.

Die Schlampen sind müde, / sie waren viel zu lange wach. / Die Schlampen sind müde …

Die Kneipe war gut besucht. Niemand achtete auf mich. Unbehelligt gelangte ich zur Bar und kletterte auf einen Hocker.

»Eine Weinschorle bitte!«

Der Barmann nickte. Er passte gut zu der plüschigen Einrichtung des Etablissements. Dunkelrot und Gold dominierten. Die Lampen gaben nur schummriges Licht. Es war schwierig, die Gäste an den Tischen zu identifizieren. Mein Blick graste die Reviere ab. Schnack hatte sich in den hinteren Teil des Raumes an einen Zweiertisch gesetzt. Eine zweite Person leistete ihm Gesellschaft. Es handelte sich um einen jungen Mann. Bärchen war also männlich. Ich wunderte mich nicht besonders.

Gestern Nacht war ich noch Sieger. / Gestern Nacht war ich noch schön. / Ich wollt dich und nahm sie alle. / Ich wollt nie nach Hause gehen …

Rosenstolz hatten ausgeschmachtet. Ich bestellte eine neue Weinschorle. Schnack und Bärchen hielten Händchen.

»Da bist du ja.« Friedemann Kleist ließ sich neben mir auf einen Hocker plumpsen. Er hatte offengelassen, ob wir uns treffen würden.

»Ich dachte schon, du würdest dich nicht in eine Schwulenkneipe trauen«, lächelte ich.

»Ich mag Männer gern«, grinste er. »Liegt an meinem Job. Und jetzt sag mir, warum wir hier sind.«

»Um Informationen zu sammeln.« Ich deutete zu Schnacks Tisch.

»Er ist schwul. Und nun?« Kleist bestellte sich ein Mineralwasser. »Was willst du mit diesem Wissen anfangen? So was interessiert doch niemanden mehr.«

Bärchen stand auf und trippelte in unsere Richtung. Er war groß, schlaksig und Mitte zwanzig. Sein blondes Haar stand mithilfe von drei Pfund Gel wie eine Eins aufrecht. Sein schrill blumenmotiviertes Hemd war allerdings modisch fragwürdig.

»Ich bin eben ein Informationsjunkie«, gestand ich. »Das Sympathischste an Schnack ist, dass er auf Kerle steht. Da wäre ich allein nie draufgekommen, weil er die christlichen

Werte so betont. Und mit Homosexualität haben die Kirchen ja noch Probleme.«

Bärchen kehrte vom Klo zurück. Schnack sah in seine Richtung.

Ich drehte mich schnell zur Seite.

»Ich habe übrigens eine Telefonnummer für dich«, teilte Kleist mit. Er reichte mir einen Zettel. »Arnold Weber. Das ist der Vater, der seine Tochter aus der Sekte herausholen will. Er ist damit einverstanden, dich zu sprechen. Die Adresse ist auch gleich dabei.«

Schnack und sein Begleiter hatten Sitzfleisch und hielten noch immer Händchen. Es war rührend. ABBA sang *Waterloo.* Wir blieben nicht mehr lange.

Zu Hause warteten ein Bett und einige schöne Stunden auf uns.

Brutal, rücksichtslos, gemein und irgendwie toll

Das Frühstück nahmen wir außer Haus ein. Frau Schmitz strahlte, als sie Friedemann Kleist und mich sah, und winkte uns durchs Schaufenster zu, bevor wir die Bäckerei betraten.

»Tach, Frau Schmitz«, begrüßte ich sie. »Wie isses dir?«

»Muss.« Sie warf einen freundlichen Blick auf meinen Begleiter. »Wie isses euch denn?«

»Gut so weit. Wenn wir Frühstück bekommen, isses uns noch besser«, sagte ich.

»Dann geh schon mal rein, Frau Grappa. Und der Herr Doktor auch. Alles wie imma?«

»Genau.«

Wir verzogen uns ins Bistro. Auf dem Tisch lag das aktuelle *Bierstädter Tageblatt.* Kleist griff danach, blätterte, las und grinste.

»Dass Pitt Brett gegen die Erleuchteten schießt, spricht für ihn. Und es passt. Das ist unsere reale Medienwelt. Oder irre ich mich?«

»Pitt Brett ist das authentische Produkt unserer spätkapitalistischen Gesellschaft«, dozierte ich. »Brutal, rücksichtslos, gemein und irgendwie toll. Er nimmt sich das Recht heraus, jeden zu provozieren und fertigzumachen. Und wenn er Prügel dafür bekommt, steckt er sie eben ein.«

»Also ein Charakter nach deinem Geschmack«, stellte Kleist fest.

Anneliese Schmitz hatte den Namen Brett aufgeschnappt und den Artikel auch schon gelesen.

»Mit ein paar Milliönchen auf der hohen Kante könnt ich auch so frech sein«, sagte die Bäckerin und stellte das Tablett auf den Tisch.

Der Kaffee duftete, die Brötchen waren noch warm und die Käseplatte ließ mir das Wasser im Mund zusammenlaufen.

»Die Birsen aus meinem Haus geht da auch hin. Zum Casting – mein ich«, erzählte Frau Schmitz weiter. »Die hat jetzt ihre Lehre geschmissen, aber singen kann se.«

»Birsen? Ist das ein türkischer Name?«

»Ja, isser. Der Papa malochte bei Krupp, hat aber vor Kurzem die Fristlose bekommen. Jetzt will die Kleene groß rauskommen.«

»Wie alt ist die Kleene denn?«, fragte ich. Ich hatte eine Idee.

»Siebzehn.«

»Sind die Eltern zugänglich oder eher fundamentalistisch?«

»Warum willste das denn wissen, Frau Grappa?«

»Ich muss doch weiter über WSDS berichten. Vielleicht kann ich eine Geschichte über Birsen machen. Begleitreportagen stehen bei meinem neuen Chef hoch im Kurs. Hauptsache personalisieren. Und wenn die Person dann noch Migrationshintergrund hat, umso besser.«

»Das haben die bei WSDS doch alle«, meinte die Bäckerin. »Da geht doch kaum jemand hin, der richtig deutsch spricht.«

»Stimmt. Leider können auch die Deutschen kein Deutsch mehr«, gab ich zu. »Wie findest du den Brett, Frau Schmitz?«

»Also, mir gefällt dieser elegante Schwatte besser«, lächelte sie. »Aber der Brett hat die besseren Sprüche drauf. Der kennt ja keine Verwandten. Neulich hat sich so ein Bubi vor Angst in die Hosen gepullert. Und der Brett hat noch ordentlich auf dem rumgehackt. Lieber Cholera auf dem Pipimann als deine Stimme ... Und recht hat er gehabt. Diese Singerei ging gar nicht.«

»Das hab sogar ich gesehen«, mischte sich Friedemann Kleist ein.

»Du willst mir jetzt nicht erzählen, dass du WSDS guckst?«, fragte ich verdattert.

»Nein, nein. Ich bin beim Zappen zufällig da reingeraten«, verteidigte sich der Hauptkommissar. »Der Junge hatte das *Ave Maria* gesungen. Anschließend hat Brett ihm detailliert erläutert, wie man sich auf der Toilette zu verhalten hat. Dass er ordentlich abschütteln soll. Da hatte ich genug Fernsehen für die nächsten Abende.«

»Du überraschst mich immer wieder.« Ich schaute ihn liebevoll an – unter den Augen der neugierigen Bäckerin, die prompt verstohlen griente.

Bei der Redaktionskonferenz stellte uns Schnack eine überraschende Neueinstellung vor: »Dies ist unser neuer Redakteur Carsten Biber. Er wird ab sofort das Ressort *Lifestyle* betreuen. Herr Biber hat umfangreiche journalistische Erfahrungen. Er wird die Redaktion verjüngen und Ihnen und mir vielleicht eine andere, frischere Sichtweise auf die Dinge nahebringen.«

Ich starrte Biber an.

Gestern Abend war er noch Bärchen genannt worden. Händchenhalten war in der Konferenz aber wohl eher out als in.

»Was bedeutet ›Lifestyle‹ denn eigentlich genau?«, fragte ich.

»Lebensgefühl. Geschichten von nebenan. Liebenswertes. Pfiffiges. Aber auch Nachdenkliches«, erklärte Schnack.

»Und das ist neu?«, hakte ich nach.

»Vieles in dieser Redaktion ist eingefahren und wirkt piefig«, entgegnete der Chef. »Das Alter unserer Abonnenten liegt nach einer Medienanalyse bei Mitte fünfzig und aufwärts. Da heißt es jetzt: Gegensteuern! Ich hoffe, dass Sie uns auf diesem Weg begleiten, Frau Kollegin!«

Hinter meinem Pokerface sann ich auf Revolution. Aber Dr. Margarete Wurbel-Simonis schmachtete den neuen Chef an.

Wenn ich die Lage richtig einschätzte, würde Biber in vier Wochen ein Star sein. Er würde künftig die Storys für die erste Seite schreiben. Na, viel Erfolg damit. Aber das Pferd, auf dem ich saß, war noch nicht tot.

»Heute wird der neue Oberbürgermeister vereidigt«, erklärte Schnack. »Ich werde den Termin selbst wahrnehmen. Das Redemanuskript liegt mir bereits vor. Die Bürgerinnen und Bürger der Stadt müssen sich auf einschneidende Sparmaßnahmen einstellen.«

»Der spart bestimmt zuerst an der Kultur«, prophezeite Wurbel-Simonis. »Die war ihm ja schon immer egal.«

Einige Kollegen murrten.

»Jeder wird an seinen Leistungen gemessen. Und das werden wir auch in diesem Fall tun«, stellte Schnack klar. »OB Jansen kann nicht damit rechnen, dass wir ihn weniger kritisch begleiten, nur weil er mein Vorgänger ist.«

»Das wird Herr Jansen auch nicht. Doch mit übler Nachrede wird er genau so wenig rechnen«, mischte ich mich ein und schaute Wurbelchen mit einem offenen Lächeln an.

»Aber, meine Damen.« Schnack griff zum Terminplan des Tages. »Wir wollen uns der nächsten Ausgabe unserer Zeitung zuwenden. Die Termine liegen auf Ihren Schreibtischen. Herr Harras, ich rechne mit vierzig Zeilen über die Einweihung der neuen Mehrzwecksporthalle. Die Sportministerin des Landes wird erscheinen. Frau Dr. Wurbel-Simonis, Sie kümmern sich um den neuen Spielplan des Hansa Theaters. Zwei oder drei Highlights sollten wir morgen im Blatt vorstellen. Frau Grappa, haben Sie selbst eine Idee, mit der Sie unsere Leser erfreuen wollen?«

»Aber ja«, strahlte ich und wedelte mit einem Blatt Papier. »Pitt Brett hat sich zu einem Interview bereit erklärt. Allerdings erst morgen Nachmittag. Heute werde ich mich um die Sekte kümmern. Sie bedroht Brett und ich will wissen, warum.«

Feuer frei auf Unterdrücker

Eine unterdrückerische Person ist Freiwild. Ihr kann das Vermögen weggenommen werden oder ihr kann durch jedes Mittel Schaden zugefügt werden von jedem Erleuchteten, ohne dass dieser dafür irgendwie zur Rechenschaft gezogen wird. Sie kann ausgetrickst, verklagt, belogen oder vernichtet werden.

Bei der Lektüre dieses Zitats von Ronny Hovart, dem Sektengründer, lief es mir kalt den Rücken hinunter. Die Erleuchteten stellten sich damit über das Strafgesetzbuch und jede gängige Ethik.

Mit zusätzlichen Informationen bewaffnet war ich auf dem Weg zu Arnold Weber, jenem Mann, der seine Tochter aus den Fängen der Sekte hatte befreien wollen. Ich hatte mich nicht angemeldet. Manchmal ist ein Überraschungsbesuch von Vorteil.

Auf der Autobahn Richtung Norden bemerkte ich eine große, dunkle Limousine. War die nicht schon in der City hinter mir gewesen? Sie fuhr sehr dicht auf, überholte dann, ließ sich aber wieder zurückfallen. Jetzt überholte ich, konnte aber den Fahrer nicht erkennen, weil die Scheiben verdunkelt waren.

Wieder auf der rechten Spur verlangsamte ich meinen Golf und kritzelte die Autonummer auf ein Stück Papier. Der Wagen zog auf die linke Spur, blieb eine Weile auf meiner Höhe und dann blitzte es. Und noch ein Mal. Jemand fotografierte mich. Ich formte einen Stinkefinger.

Der Wagen beschleunigte, der Fahrer setzte den rechten Blinker und steuerte einen Parkplatz an. Ich drosselte meine Geschwindigkeit. Das fremde Auto hatte in der Auffahrt angehalten und der Fahrer stand davor – vor dem Gesicht die auf mich gerichtete Kamera.

Jemand machte sich viel Mühe, mir zu zeigen, dass er mich beobachtete. Sollte mich das einschüchtern?

Ich würde den Wagen abhängen, bevor ich Weber aufsuchte. Ich drückte aufs Gas.

Doch kurze Zeit später erschien der Verfolger wieder im Rückspiegel – heftig die Lichthupe bedienend.

Mir langte es! Ich tippte die Notrufnummer in mein Handy und berichtete der Polizei von einem üblen Verkehrsrowdy.

»Er verfolgt mich und fährt viel zu schnell. Und betrunken ist er bestimmt auch. Bitte, helfen Sie mir, ich zittere schon am ganzen Körper.«

Der Beamte bat mich, an der nächsten Ausfahrt abzufahren. Bis dahin waren es noch etwa fünf Kilometer. Ich fuhr langsamer, der Wagen folgte. Da war die Ausfahrt. Ich setzte den Blinker und wechselte den Fahrstreifen.

Dann ging alles ganz schnell. Die Polizei wartete mit zwei Streifenwagen am Ende der Ausfahrt und stoppte uns.

Gespannt beobachtete ich das Geschehen. Meine Knie zitterten. Zwei Beamte standen am gegnerischen Wagen. Die Tür öffnete sich und ein Mann stieg aus.

Auch ich verließ nun mein Auto. »Ist das der Herr, von dem Sie sich bedroht fühlen?«, fragte ein dritter Polizist.

Ich nickte.

»Kennen Sie den Herrn?«

»Nein. Ich hab ihn nie gesehen.« Der Typ war groß und massig. Er zeigte den Polizisten seine Papiere und sah dann in meine Richtung. Ein ekliges Grinsen lag auf seinem Gesicht.

Ich schilderte, was vorgefallen war.

»Ich nehme an, Sie wollen Anzeige erstatten?«

»Allerdings«, bestätigte ich.

»Sie werden einen Anhörungsbogen zugeschickt bekommen, Frau Grappa«, kündigte der Beamte an.

Einer seiner Kollegen gesellte sich zu uns. »Könnten Sie Ihre Bremslichter einmal bedienen?«, fragte er mich.

Ich setzte mich in meinen Wagen, und trat auf die Bremse.

»Ihr rechtes Bremslicht ist defekt«, sagte der Polizist. »Der Herr da behauptet, er habe Sie nur darauf aufmerksam machen wollen. Aber Sie haben seine Gesten wohl missverstanden.«

Ich widersprach, aber mir war klar, dass die Anzeige nicht viel bringen würde. Dem Polizisten war anzusehen, was er von Frauen am Steuer hielt.

Das war mir egal. Ich würde den Namen meines Verfolgers erfahren und dann recherchieren können, ob er von der *Kirche der Erleuchteten* geschickt worden war, um mich einzuschüchtern.

»Ich würde dem Herrn gern selbst eine Frage stellen«, sagte ich und steuerte meinen Verfolger an.

»Warum haben Sie mich fotografiert?«, fragte ich.

Er steckte die Linke in seine Jackentasche. »Ich habe Sie nicht fotografiert«, behauptete er dann. Seine massigen Wangen vibrierten.

»Ich reklamiere mein Recht am eigenen Bild«, teilte ich den Polizisten mit. »Der Kerl hat mich mehrfach geknipst. Die Kamera muss noch im Wagen sein.«

»Ich besitze gar keinen Fotoapparat.«

Die Polizisten durchsuchten das Fahrzeug. Es wurde weder eine Kamera noch ein fotofähiges Handy gefunden.

Wilde Rosen und wache Kameras

Die Allee erinnerte mich an die schönen schattigen Straßen in der Provence. Die Platanen waren so hoch, dass sie oben ein Dach bildeten – wie bei einer Kathedrale. Die hübschen Villen rechts und links der Straße zeugten von Wohlstand. Arnold Weber hatte sich für sein Heim eine vorzügliche Wohngegend ausgesucht. Sein weiß getünchtes Haus war von Wildrosen umgeben, die voll in Blüte standen.

Ich lief auf das Haus zu. Die Rollläden im Erdgeschoss waren geschlossen. Über der Eingangstür waren zwei kleine Kameras angebracht, deren rote Lämpchen leuchteten.

Ich blickte in eine der Linsen und klingelte. Ein melodischer Gong ertönte. Nichts.

»Herr Weber, ich bin Maria Grappa vom *Bierstädter Tageblatt.* Ich hätte Sie gern wegen Ihrer Tochter und der *Kirche der Erleuchteten* gesprochen«, rief ich zu den Kameras gerichtet. »Hier ist mein Presseausweis.«

Ich hielt das Papier, so hoch ich konnte.

Der Türöffner summte.

Na also, ging doch.

»Es begann alles ganz harmlos«, berichtete Arnold Weber wenig später. »Meine Töchter waren schon immer leicht esoterisch angehaucht, das haben sie von meiner verstorbenen Frau. Sie sprachen mit den Bäumen im Garten, trugen jede Spinne hinaus und glaubten an ein höheres Wesen, das nicht Gott heißt, sondern Natur.«

»Töchter?«, fragte ich.

»Ja, es sind Zwillinge. Monika und Bettina.«

»Altmodische Namen, jedenfalls Bettina«, rutschte mir heraus.

»Ja, wie das so ist: Patentanten oder Omas als Namensgeber.« Weber erhob sich und ging zu einem Schreibtisch. Er schien nicht ganz fit zu sein und stützte sich beim Laufen auf den Möbeln ab.

»Das sind die beiden«, sagte er und reichte mir ein Foto. »Die linke ist Monika.«

Die beiden jungen Frauen auf dem Bild hielten sich im Arm und lachten.

»Hübsche Frauen. Wer von den beiden gehört zur Sekte?«, fragte ich.

»Ich habe beide verloren. Monika noch nicht ganz, aber Bettina schon. Sie ist Ethikoffizierin bei diesen Leuten und will Monika wieder in diese teuflische Sekte hineinziehen. Auch wegen ihres Geldes.«

»Was hat Geld damit zu tun?«, wollte ich wissen.

»Mit Erreichen ihrer Volljährigkeit haben Monika und Bettina das Vermögen ihrer Mutter ausgezahlt bekommen. Raten Sie mal, auf wessen Konten dieses Geld inzwischen gelandet ist?«

»Das kann ich mir denken. Wo sind Ihre Töchter jetzt?«

»Zu Bettina habe ich schon seit mehreren Monaten keinen Kontakt mehr«, antwortete Weber. »Ich sagte schon, sie gehört zum Management dieser Verbrechersekte. Sie ist kein Opfer mehr, sondern eine Täterin.«

»Und Monika?«

»Sie befindet sich in einer geschlossenen Psychiatrie. Ich habe sie einweisen lassen.«

»Gegen ihren Willen?«

Weber antwortete nicht direkt auf die Frage. »Haben Sie Zeit? Darf ich Ihnen erzählen, wie diese Verbrecher Seelen fangen?«

»Aber gerne. Deshalb bin ich ja gekommen.«

Am Nachmittag, zurück in der Redaktion, schrieb ich den Artikel.

Ein Vater erzählt: Schlimm wie die Stasi –
wie die Erleuchteten Abtrünnige bestrafen

Arnold W. fragt sich jeden Tag: »Was habe ich falsch gemacht? Warum habe ich meine beiden Töchter Bettina und Monika (beide 32) an eine Psychosekte verloren?« Der verzweifelte Mann hat keine Antwort auf die Frage. Vor einigen Tagen hat Arnold W. seine Tochter Monika aus den Fängen der Erleuchteten befreit. Als sich Monika W. an einem Informationsstand der Sekte auf offener

Straße aufhielt, wurde sie von ihrem besorgten Vater »entführt« und in Sicherheit gebracht. Doch Bettina glaubt er für immer verloren. Sie gehört inzwischen der Führungsebene der Sekte an – als sogenannte Ethikoffizierin. Diese Offiziere kontrollieren die Mitglieder auf missliebiges Verhalten.

»Eine Organisation wie die Stasi«, berichtet Arnold W. »Das ganze System ist vollkommen durchkontrolliert, es gibt kaum eine Chance, da rauszukommen, wenn man erst einmal drin ist.«

Auch seine zweite Tochter Monika geriet in den Fokus der Ethiküberwacher. »Sie äußerte Kritik, da wurden ihr neue teure Seminare verordnet, unter anderem eines in Kopenhagen, wo sie mehrere Wochen in der videoüberwachten *Sea Org* verbrachte. Dort musste sie körperlich hart arbeiten und sechs Stunden am Tag Texte von Ronny Hovart auswendig lernen.«

Wer ist Ronny Hovart? Er trat in den Vierzigerjahren zum ersten Mal öffentlich als Schriftsteller von Science-Fiction-Romanen in Erscheinung. Im Zweiten Weltkrieg diente er in der US-Marine. Während einer psychotherapeutischen Behandlung lernte er die Psychoanalyse Sigmund Freuds kennen. Daraus und aus anderen psychologischen Konzepten entwickelte Hovart eine Methode zur Manipulation der menschlichen Psyche.

So entstand die *Kirche der Erleuchteten.* Ihr wird Betrug, Wucher und finanzielle Ausbeutung ihrer Mitglieder vorgeworfen.

Davon kann auch Arnold W. ein Lied singen. Seine Tochter Bettina hat insgesamt 150.000 Euro an die Sekte bezahlt – für Kurse, Seminare und Workshops. Geld aus dem Erbe ihrer Mutter.

Auch Menschen kann man mitbringen

Ich speicherte den Text im öffentlichen Ordner. Schnack würde bald die Ausgabe des *Tageblattes* zusammenstellen. Er konnte meinen Artikel lesen, ihn gut oder schlecht finden, ins Blatt heben oder es lassen.

Im Großraumbüro herrschte emsige Arbeit. Wurbelchen brütete muffelig über ihrem Artikel zum Programm des

Hansa Theaters. Das Ergebnis ihrer Schleimattacke auf den neuen Chef war wohl nicht zufriedenstellend.

Stella und Sarah bearbeiteten die Leserpost und druckten E-Mails aus.

»Wer darf dem Schnack denn nun künftig den Kaffee servieren?«, fragte ich. »Hat er sich schon entschieden, wer von euch Chefsekretärin wird?«

»Das hat sich erledigt«, brummte Stella.

»Wie das?«

»Er bringt sich eine mit«, erklärte Sarah. »Die Ausschreibung war nämlich nur pro forma. Damit der Betriebsrat nicht meckert.«

»Und wen bringt er mit?«

»Frau Babette Keucher-Blum.«

»Klingt wie eine Schwester von Wurbelchen«, grinste ich. »Doppelnamen können echt skurril sein.«

»Schiebung ist das!«, maulte Stella.

»Regt euch nicht auf. Hier im Großraum ist es doch viel lustiger. Und ihr könnt ab sofort wieder flache Schuhe und Hosen anziehen. Obwohl der Schnack Hosen ja eigentlich lieber mag als Röcke.«

Sarah und Stella blickten sich an und ich konnte beobachten, wie der Groschen langsam fiel.

»Du willst damit jetzt aber nicht andeuten, dass Schnack vom anderen Ufer ist?«, fragte Sarah vorsichtig.

»Nie nicht, so was wäre doch ganz untypisch für mich.«

Sie musterten mich mit erheblichen Zweifelsfalten.

»Wisst ihr was?«

Beide schüttelten den Kopf.

»Wenn er tatsächlich schwul wäre, wäre das bisher noch das Sympathischste an ihm«, wiederholte Sarah unbewusst meine Worte.

»Wer ist schwul?« Simon Harras war hinter uns getreten.

»Der Schnack«, antwortete Stella. »Woher weißt du das denn, Frau Grappa?«

»Recherche«, entgegnete ich.

Margarete Wurbel-Simonis löste sich von ihrem Text und sah zu uns herüber. Die wird petzen, dachte ich. Aber dagegen war ja nichts einzuwenden.

»Kann ich helfen?«, rief ich ihr zu.

»Ich wüsste nicht, wobei«, blaffte Wurbelchen erwartungsgemäß. »Aber interessant, was man hier so hört. Jetzt verleumden Sie schon Herrn Dr. Schnack.«

»Welche Verleumdung meinen Sie?«

»Dass Herr Dr. Schnack homosexuell veranlagt ist!«

»Das soll verleumderisch sein?«, fragte ich. »Liebe Kollegin, das verbitte ich mir aber. Seit wann ist Schwulsein ein Mangel? Oder haben Sie etwas gegen Schwule?«

»Nein, natürlich nicht«, beeilte sie sich zu versichern.

Harras grinste fett. »Sauber gemacht, Grappa-Baby«, raunte er mir zu, als wir draußen auf dem Flur standen. »Du demontierst ihn und die anderen sind schuld.«

»Das siehst du völlig falsch«, widersprach ich. »Ich mag schwule Männer wirklich ...«

»... wenn sie nicht gerade Schnack heißen«, vervollständigte er meinen Satz.

Bärchens Einstand

Am Morgen stürzte ich vor dem Frühstück zum Briefkasten und holte die Zeitung. Mein Artikel stand auf der ersten Lokalseite und war unverändert geblieben. Braver Junge, dachte ich.

Bärchen hatte seinen ersten Artikel geschrieben. Schnack hatte ihm eine eigene Kolumne gegeben: *Bibers Welt.* Sogar ein Foto unseres redaktionellen Neuzugangs war neben dem Logo abgebildet.

Ich las die Überschrift: *Hauptsache intim und schmutzig!*

Auf welches Gebiet wagte sich Bärchen? Wenig später wusste ich die Antwort: Auf meins!

Jetzt geht es ans Eingemachte bei der Castingshow *Wir suchen dich, Superstar!* (WSDS): Kandidaten müssen die Hosen herunterlassen. Nicht im wörtlichen Sinne, sondern im faktischen. Der Sender hat die Verträge der Teilnehmer geändert und sich neue Fragen einfallen lassen. Beispiele: »Hast du schon einmal Nacktfotos machen lassen?«, »Wie lange hat deine letzte Beziehung gedauert und woran ist sie gescheitert?« oder: »Warst du in den letzten fünf Jahren wegen einer schweren körperlichen oder psychischen Krankheit in Behandlung?« Ein Sprecher des Senders dazu: »Wir brauchen die Fragebögen, um den Zuschauern in den Einspielfilmen etwas aus dem Leben der Kandidaten erzählen zu können.«

Biber meint: Warum nicht auch Fragen nach der bevorzugten Stellung beim Sex oder nach überzogenen Konten? Nach der politischen Einstellung oder dem Glauben? Nach dem bevorzugten Futter für die Haustiere?

Biber sagt: Verweigert diesen Angriff auf eure Privatsphäre!

Kopfschüttelnd legte ich das Blatt zur Seite. Das war ja mehr als mäßig, was Bärchen Biber da produziert hatte. Ich musste mir keine ernsthaften Sorgen machen. *Bibers Welt* – als ob die Meinung eines kleinen Jungen irgendwen interessieren würde.

Langsam drängte die Zeit. Duschen, anziehen, schminken und weg. Heute hatte ich den Interviewtermin mit Pitt Brett. Einige Fragen hatte ich mir schon überlegt, ich wollte aber noch ein wenig am Konzept feilen. Der Mann war medienerfahren. Wenn das Gespräch inhaltlich besser sein sollte als das, was bei anderen herausgekommen war, musste ich konzentriert und topfit sein.

Ich startete den Motor meines Golfs. Doch der rührte sich nicht vom Fleck, sondern bäumte sich nur auf. Alle Autoreifen waren platt.

Zum Glück kam der Abschleppdienst schnell. Man lud mein Cabrio auf, um es in die Werkstatt zu bringen. Ein Taxi brachte mich zur nächsten Polizeidienststelle. Ich erstattete Anzeige gegen unbekannt und erwähnte die Verfolgung, der ich gestern ausgesetzt gewesen war. In meinem Beisein telefonierte der Beamte mit der Autobahnpolizei. Mein Verfolger hatte jetzt einen Namen: Egon Hold.

Wieder ins Taxi. Ich rief Kleist an und schilderte ihm die Situation.

»Ich werde diesen Hold durch den Zentralcomputer jagen«, versprach er. »Bist du einigermaßen okay?«

Ich bejahte.

»Und deine seelische Verfassung?«, hakte er nach.

»Wenn ich den Kerl erwische, mach ich ihn einen Kopf kürzer«, brummelte ich. »Stehst du Schmiere, wenn ich mit Hold eine Runde um den Block drehe?«

Kleist lachte. »Gewalt ist keine Lösung.«

»Doch, du verdammte Spaßbremse!«

»Heute Abend bei dir?«

»Gern. Aber nur, wenn du einkaufst«, antwortete ich. »Ich selbst hab keine Zeit, kein Auto und noch einen Termin.«

»Italienisch oder chinesisch?«

Der Titan ist ehrlich

Pitt Brett saß in einem weißen Ledersessel in seiner Hotelsuite. PR-Frau Jessica war auch da, hielt sich aber abseits. Auf dem Tisch standen Kaffee, Wasser und ein paar Kekse.

Brett sah ungeschminkt fast genauso aus wie im Fernsehen: eine leichte Sonnenbankbräune, Blondhaar mit Gel und Nussknackerkinn. Seine Kleidung war überraschend schlicht: Jeans und schwarzer Pulli.

Im Fernsehen rüscht er sich flippiger auf, dachte ich. Um die Kleidung, die er in der Show trug, machten die Fans immer großes Aufheben.

»Dann legen Sie mal los, junge Frau«, dröhnte er und zog den Pulli zurecht. An seinem rechten Ringfinger prangte ein fetter Goldring mit einem Skarabäus. »Ich hab nur eine halbe Stunde.« Zu Pöppelbaum gewandt sagte er: »Sie können während des Interviews Fotos machen. Aber niemals von unten. Wegen Doppelkinn und so. Nicht dass ich eins hätte, aber sicher ist sicher.«

Ich grinste. »Darf ich den Rekorder mitlaufen lassen und den Mikrofonständer aufstellen?«

»Klar. Ich will ja nicht, dass Ihnen der Arm abfällt.«

Der Pop-Titan gab uns dann doch eine ganze Stunde. Er redete frisch von der Leber weg und nahm kein Blatt vor den Mund.

Ab und zu blitzten Eitelkeit und Selbstüberschätzung durch, aber das mochten seine Fans ja. Nur über die *Kirche der Erleuchteten* wollte er nicht sprechen.

»Mit der Truppe hab ich noch mehrere Hühnchen zu rupfen«, grummelte Brett. »Die kommen später dran.«

In der Redaktion ordnete ich Fragen und Antworten und schrieb:

Pitt Brett: Wer zu WSDS kommt, ist selbst schuld – Exklusivinterview mit dem Pop-Titanen und JuryChef

Frage: Warum gehen Sie so hart mit den Kandidaten um?

Antwort: Wer zu uns kommt, der will das so. Niemand wird gezwungen. Die unterschreiben das alles vorher. Wenn dann einer beleidigt ist, hat er sich das selbst zuzuschreiben. So simpel ist das. Die kriegen eben ein paar lustige Sprüche reingedrückt. Das gehört zur Show. Ich bin Entertainer, ich will die Leute unterhalten.

Frage: Finden Sie Sprüche wie »Deine Art zu singen klingt wie ein Darmverschluss« wirklich lustig?

Antwort: Klar find ich die lustig. Und die Leute auch. Bis zu neun Millionen Zuschauer gucken zu, und der Marktanteil bei der werberelevanten Zielgruppe der 14- bis 49-Jährigen liegt etwa bei 38 Prozent. Das schafft sonst keiner in Deutschland. Der Sender weiß natürlich, dass die Show mit mir erfolgreicher ist, als wenn da drei weich gespülte Typen in der Jury sitzen. Wenn ich zehntausendmal sagen würde: »Hör mal, du kannst zwar nicht so gut singen, aber du bist ein lieber Typ«, das wäre schließlich stinklangweilig. Da würden die Zuschauer wegpennen.

Frage: Kommen Sie sich manchmal gemein vor?

Antwort: Ach Blödsinn, gemein war ich nur zu denen, die mich verarscht haben. Zum Beispiel dieser Spruch mit dem Eimer.

Frage: Meinen Sie den? »Wisst ihr was der Unterschied ist zwischen euch und einem Eimer Scheiße? Der Eimer!«

Antwort: Ja, genau. Da standen zwei Typen vom ›Ballermann‹ vor mir mit 3,5 Promille, flachsten mich an und wollten einfach nur ins Fernsehen. Ich find, den Spruch hatten die verdient. Die wollten nie Sänger werden, die wollten uns verscheißern. Ist doch klar, dass mir da der eine oder andere heftige Spruch rausrutscht, bei dem ganzen Müll, den ich mir anhören muss. Bei den meisten bin ich aber voll nett. Wenn einer labil ist, der kriegt von mir Artenschutz und wird nicht angemeckert. Und oft tue ich den Kandidaten einfach einen Gefallen, wenn ich ihnen die Wahrheit sage.

Frage: Warum ist die Wahrheit für viele so bitter?

Antwort: Das kann ich Ihnen sagen. Da wird den Jugendlichen zum Beispiel von irgendwelchen dahergelaufenen Gesangslehrern erzählt, dass sie Talent haben. Warum? Weil die Lehrer die Kohle für die Stunden haben wollen. Was bringt das den Kids? Nichts. Die hängen einer Illusion nach, aus der nie was werden wird. Den Zahn zieh ich denen. In diesem Staat heucheln genug Leute, vor allem Politiker. Kaum jemand sagt die Wahrheit, und das ist ein Riesenproblem in unserer Gesellschaft. Und deshalb krieg ich auch ständig was auf die Fresse, weil man das einfach nicht mehr tut, die Wahrheit sagen. Das Musikbusiness ist hammerhart. Sensible Menschen, die keine Kritik vertragen, haben da nichts verloren.

Frage: Sind Sie intelligent?

Antwort: Ich gehöre zu den ganz wenigen in der Branche, die einen akademischen Abschluss haben. Seit meinem Studium reiht sich wirklich ein Erfolg an den nächsten. Da kann ich wohl nicht völlig doof sein.

Ich war zufrieden. Pöppelbaum hatte gute Fotos gemacht. Ich suchte solche aus, die Brett so zeigten, wie er meiner Meinung nach war: spontan, laut, direkt und ehrlich. Eine Einladung in den VIP-Bereich der Castingshow hatte ich auch abgestaubt. Mein Ausflug in die große weite Welt des Showbiz begann mir Spaß zu machen.

Saltimbocca und Fotos

Ich war froh, endlich abschalten zu können. Und Kochen war Entspannung pur. Kleist hatte allerlei Köstlichkeiten herangeschafft, saß am Küchentisch und schaute mir zu. Ich hatte eine Flasche Wein geöffnet und war beim zweiten Glas, ein trockener Rosé aus der Provence. Kleist nippte an einem Wasser. Schade, aber einen trockenen Alkoholiker wollte ich nicht in Versuchung bringen.

Saltimbocca. Hatte ich noch nie gemacht. Übersetzt hieß das: *Spring in den Mund.* Bei dem, was da springen sollte, handelte es sich um gebratene Kalbsschnitzel mit Schinken und Salbei.

Ich schnitt die Kalbsschnitzel der Länge nach auf und legte Salbei und Parmaschinken in den Schlitz. Butter in die Pfanne, anbraten und mit Weißwein ablöschen. Eine Duftwolke nach Wein und Fleischsaft veredelte die Küche.

»Möchtest du etwas über Egon Hold wissen?«, fragte Kleist.

»Aber immer!«, entgegnete ich.

»Er ist schon mal aufgefallen. Diebstahl und Körperverletzung.«

»Gibt es eine Verbindung zur Sekte?«, fragte ich und schmeckte die Soße ab.

»Nicht auf den ersten Blick. Aber ich habe das hier für dich.« Kleist zog eine flache Digitalkamera aus seinem Jackett, setzte sie in Gang und reichte sie mir. Auf dem Display sah ich … mich!

»Ist das etwa Holds Kamera?«, fragte ich.

Kleist bejahte.

»Wo hast du die her? Die Autobahnpolizei hat seinen Wagen doch durchsucht.«

»Da haben sich die Genialität deines Lieblingspolizisten und Kommissar Zufall auf das Glücklichste zu einem Happy End verschworen.«

»Ich liebe Rätsel, wenn ich sie lösen kann. Bei diesem bitte ich um die Auflösung. Wie kommst du an diese Kamera?«

»Das ist aber eine lange Geschichte.«

»Nun sag schon.«

Nachdem er in Erfahrung gebracht hatte, dass Hold kein unbeschriebenes Blatt war, hatte Kleist ihn einige Stunden beobachten lassen. Während dieser Zeit war Hold zu dem Parkplatz gefahren, von dessen Zufahrt aus er mich fotografiert hatte.

Erst war er dort auf und ab gegangen, dann hatte er etwas vom Boden aufgehoben. Die Kamera. Sie war ihm beim Einsteigen in die Limousine aus der Tasche gefallen. Kleist hatte ihn vorladen lassen und sich die Kamera ausgeliehen. Doch für Ermittlungen gab es keinen Anlass.

»Das letzte Foto zeigt deinen Golf, wie er an dem Parkplatz vorbeifährt.«

»Kompliment, Herr Kriminalhauptkommissar!« Ich blätterte die Bilder durch. Es war sogar ein Bild aus dem *Cinderella* dabei. Kleist und ich am Tisch, vom Mittwoch. Was sollte das nur?

»Der Arsch sollte wissen, dass man Frauen über fünfzig nicht von unten fotografiert«, muffelte ich. »Ich sehe ja älter aus als meine Frau Mutter. Aber er hat auch noch andere abgelichtet. Und … Hier haben wir doch die Verbindung zur Sekte! Guck mal.«

Ich zeigte Kleist das Bild eines älteren Mannes und einer jungen Frau. »Das ist Arnold Weber und eine seiner Töchter. Vermutlich Monika.«

Die beiden liefen auf ein großes weißes Haus zu.

»Das muss die Klinik sein, in der der Vater Monika vor den Erleuchteten versteckt!«, rief ich aus. »Dann wissen die Typen ja, wo sich die Frau befindet. Man kann leider nicht erkennen, wie die Klinik heißt.«

»Hast du Webers Telefonnummer dabei?«, fragte Kleist.

Ich nickte.

»Dann ruf ihn an und lass dir den Namen des Krankenhauses geben. Den Rest veranlasse ich.«

Arnold Weber war schockiert und wütend, als er erfuhr, was wir herausgefunden hatten. »Reicht es diesen Verbrechern nicht, dass sie mir eine Tochter weggenommen haben? Ich fahre sofort in die Klinik.«

Kleist ließ sich das Telefon geben und beruhigte Weber. »Ich werde die Kollegen informieren und sie bitten, vor der Klinik verstärkt Streife zu fahren.«

Während er weiter telefonierte, kümmerte ich mich wieder um das Essen. Die Saltimboccasoße hatte eine Haut bekommen. Ich rührte alles kräftig durch und stellte den Herd wieder an.

»Möchtest du den Sud mal kosten?« Ich hielt Kleist, der alles Nötige in die Wege geleitet hatte, einen gefüllten Löffel hin.

»Zu sauer«, stellte er fest. »Gib etwas Zucker dazu.«

»Gute Idee. Stört dich der Weißwein?«

»Nein«, lächelte er. »Der Alkohol verflüchtigt sich beim Kochvorgang.«

»Wie ist es eigentlich dazu gekommen?«, traute ich mich zu fragen.

»Zu meinem Alkoholproblem?«

»Ja. Du wirkst so souverän und diszipliniert«, antwortete ich. »Ich kann mir nicht vorstellen, dass du lallend und brabbelnd nicht Herr deiner Sinne bist.«

»Ich habe nie gelallt und gebrabbelt und war immer Herr meiner Sinne – auch als ich krank war«, erklärte Kleist. »Ich habe auch meine Frau nicht verprügelt oder bin betrunken Auto gefahren.«

»Du hast eine Frau?« Ich fixierte ihn.

»Ich hatte eine Frau, liebste Maria. Das bleibt nicht aus, wenn man in ein gewisses Alter gekommen ist. Da ist kaum jemand ein unbeschriebenes Blatt.«

»Was ist mit Kindern?«

»Nein. Aber jede Menge Nichten und Neffen in allen Altersgruppen«, gab er zurück. »Wenn mir nach kindlichem Geplapper zumute ist, kann ich mir die ausleihen.«

Ich nahm einen Schluck Wein.

»Ich weiß sehr wenig über dich«, stellte ich fest. »Was ist mit deiner Frau? Wo ist sie? Wer ist sie?«

»Sie lebt im Ausland und erfreut sich bester Gesundheit. Sie ist wieder verheiratet. Mit einem Mann, der besser zu ihr passt. Also – keine dramatische Story, Maria. Ich kenne sie seit meiner Kindheit. Es ist nicht gut, wenn man alles weiß vom anderen und alle seine Handlungen und Regungen voraussagen kann.«

»Ja, das könnte langweilig werden«, bestätigte ich. »War es die Langeweile?«

»Vermutlich. Sie hat es zuerst gemerkt. Und ist gegangen. Könnten wir jetzt mit dem Essen anfangen?«

Das war deutlich. Ich stellte die flache Pfanne mit dem Saltimbocca auf den Tisch.

»Guten Appetit«, wünschte ich.

Schlechte Nachrichten

Es war Wochenende. Wir schliefen lange und frühstückten im Bett. Ich dachte zurück an den gestrigen Abend. Zum ersten Mal hatte Kleist mir mehr oder weniger freiwillig etwas von seiner Vergangenheit erzählt. Nur die Frage nach dem Grund für sein Alkoholproblem hatte er überhört.

Ich hatte das *Tageblatt* aus dem Briefkasten geholt. Kleist las mein Interview mit Pitt Brett und auf seinem Gesicht erschien ein Grinsen.

»Die Frage nach seiner Intelligenz konntest du dir wohl nicht verkneifen«, meinte er.

»Er hat doch gut gekontert. Ich finde ihn übrigens gar nicht so übel.«

»Das merkt man beim Lesen«, stellte er fest und ließ ein zusammengerolltes Stück Serrano-Schinken in seinen Mund gleiten. »Hattest du Beißhemmung?«

»Scheint so. Ich mag direkte Leute. Brett weiß, was er tut, und er trägt die Konsequenzen. Auch, wenn es sich dabei um Prügel handelt. Die steckt er weg. Natürlich ist das mit ein paar Millionen auf dem Konto einfacher als mit Hartz IV im Rücken.«

Prompt lief im Radio *Money, money, money* von ABBA. Ich legte aus voller Kehle los und sang herzhaft mit.

Kleist blickte mich erschrocken an und bemerkte trocken: »Sollst du singen?«

»Jaaaa«, war meine geträllerte Antwort.

»Na gut«, ergab er sich in sein Schicksal.

Nach dem Frühstück trennten wir uns. Ich hatte das Gefühl, dass Kleist es nur stundenweise mit mir aushielt. Andererseits wurde ich selbst unruhig, wenn er zu lange blieb. Wir waren wohl beide nicht für eine Beziehung geeignet, die irgendwann in den Alltag abdriftet.

Ich fand alles gut so, wie es war. Wie seine Frau wohl aussah? Er hatte ihren Vornamen nicht genannt, sodass googeln keinen Sinn machte.

Ich ließ mir ein Schönheitsbad ein. Auf der Flasche stand etwas von Entspannung, Seelenwärme, Stressabbau und Stärkung des inneren Gleichgewichts. All das sollten Inhaltsstoffe wie Sandelholz, Kamille, Traubenkernöl, Akazienhonig und Sahne bewirken.

Merkwürdig. Die einen lasen dubiose Schriften von Hovart, um ihr inneres Gleichgewicht zu finden, und ich vertraute einem kapitalistisch geführten Kosmetikkonzern, der – genau wie die Sekte – nur auf mein Geld aus war.

Ich ließ es darauf ankommen und kippte die doppelte Dosis ins Wasser. Die ätherischen Öle machten mich schläfrig. Zwischendurch hörte ich mein Handy klingeln, doch ich reagierte nicht. Die Mailbox freute sich über nette Nachrichten.

Später stellte ich fest, dass sie gar nicht nett waren. Arnold Weber hatte mir mitgeteilt, dass seine Tochter Monika aus der Klinik abgereist sei. Ich rief ihn zurück und er erzählte die Details.

»Bettina hat sie abgeholt«, berichtete er mit matter Stimme. »Und Monika hat unterschrieben, dass sie aus freien Stücken die Klinik verlässt. Da können die nichts machen. Der Chefarzt sagte mir, dass sein Krankenhaus kein Gefängnis sei.«

»Haben Sie eine Ahnung, wo sich Monika nun aufhalten könnte?«

»Ich vermute, in irgendeiner Einrichtung der Sekte. Die haben Hotels und Häuser, in denen sie Abtrünnige unterbringen. Was soll ich nur tun, Frau Grappa?«

Leider konnte ich dem verzweifelten Vater keinen Rat geben.

Eine Frage beschäftigte mich immer mehr: Was war so anziehend an dieser *Kirche der Erleuchteten?* Die Sprüche von Seelenbefreiung, innerem Gleichgewicht und seelischer Reinigung gab es doch in vielen Religionen. Und diese anderen Kirchen zogen ihren Anhängern nicht Tausende Euro aus der Tasche.

Kurse, Kurse, Kurse

Den Sonntag verbrachte ich in aller Ruhe zu Hause. Ich las einige Geschichten, die von Aussteigern der Sekte stammten. Alle bewerteten ihre Erlebnisse letztendlich gleich: Ihnen war eine Schlinge um den Hals gelegt worden, die langsam, aber kräftig zugezogen wurde.

Sehr dreist waren die Preise, die für die Kurse gefordert wurden. So kostete ein Intensivkurs mehr als 600 Euro pro Stunde und ein sogenannter *Gewissheitskurs*, der zwölf Stunden dauerte, fast 7.000 Euro. Die Erleuchteten hatten ein Gerät entwickelt, das E-Meter genannt wurde, wohl die abgespeckte Version eines Lügendetektors. Das Teil kostete ebenfalls stolze 7.000 Euro und wurde bei jedem Kontrollgespräch mit einem in der Hierarchie niedriger stehenden Sektenmitglied eingesetzt. Sektenkritiker rechneten vor, dass der Materialwert des Geräts bei etwa hundert Euro lag.

Ich las und las, doch was genau die Faszination dieser selbst ernannten Kirche ausmachte, erschloss sich mir einfach nicht. Wo war das Wohlfühlmoment, das immer neue Menschen in die Fänge dieser Sekte lockte?

In einem Forum, das ein Verbot der *Kirche der Erleuchteten* diskutierte, schrieb ein junger Mann:

> *Ich bin glücklich mit der* Kirche der Erleuchteten. *Sie ist kein Wirtschaftsunternehmen, sondern meine Religion. Ich glaube an unsere Erleuchtung und stehe dazu. Das muss respektiert werden! Ich bin auch nicht labil gewesen, als ich zu dieser Kirche gekommen bin, sondern wusste, was ich tat. In der* Kirche der Erleuchteten *gibt es wirklich etwas, was wenige Religionen haben: Gemeinschaft. Für mich ist meine Kirche toll.*

Das klang ehrlich. Viele Christen waren von ihrem Glauben ebenso überzeugt. Im alten Rom waren sie bereit gewesen, für ihn zu sterben. Und heute sprengten sich islamistische Selbstmordattentäter in die Luft, um Allah zu gefallen. Die Erleuchteten wollten lediglich an die Geldbeutel. Für sich gesehen war das zwar übel, aber weniger verwerflich.

Am Abend rief Arnold Weber erneut an. Monika hatte sich bei ihm gemeldet.

»Bettina hat sie nach Florida gebracht. Da haben diese Verbrecher angeblich eine Trainingszentrale. Ich denke aber, es handelt sich um ein Straflager mit Gehirnwäsche. Was soll ich jetzt tun?«

Ich konnte Weber nicht helfen. Monika war eine erwachsene Frau und durfte sich aufhalten, wo sie wollte. Ich wies ihn auf Selbsthilfegruppen von Aussteigern aus der *Kirche der Erleuchteten* und auf den Sektenbeauftragten der Landesregierung hin.

Eine unverhoffte Einladung

Eine neue Woche. Anneliese Schmitz hatte das türkische Mädchen aus ihrem Haus gefragt, ob sie sich bei ihrem Casting von einer Reporterin begleiten lassen würde. Birsen Aslan hatte zugestimmt.

»Das Mädel glaubt schon jetzt, dass se 'n Superstar ist«, erzählte die Bäckerin. »Ihr Vatta dreht echt am Rad, der arme Kerl.«

»Will er nicht, dass seine Tochter bei Brett singt?«

»Türke eben. Die halten doch auf Ehre und so. Die Kleine malt sich an, sieht schon aus wie ein Farbkasten und denkt nur noch an die Trällerei. Hier ist die Telefonnummer von der Aslan.« Sie schob mir einen Zettel hin.

»Dann werde ich mein Glück mal versuchen.«

»Und wie isses sonst so, Frau Grappa? Kommst du mit deinem neuen Chef klar? Wer von euch wird überleben?«

Der Kaffee duftete und die Brötchen waren wie immer noch warm.

»Wer gewinnt, ist noch nicht raus«, entgegnete ich. »Jedenfalls ist er kein Peter Jansen. Und er hat sich einen Goldjungen mitgebracht, den er groß rausbringen will. Auf meine Kosten.«

»Goldjunge?«

»Ein hübsches Bengelchen«, erklärte ich. »Der Chef nennt ihn Bärchen.«

»Ist er etwa vom anderen Ufer?«

»Könnte sein. Aber das wäre ja kein Grund, nicht mit ihm zusammenzuarbeiten. Ich mag schwule Männer. Eigentlich.«

Anneliese Schmitz griente. »Du sachst das so, dass ich dir glaube.«

»Ich muss zur Arbeit, Frau Schmitz. Packst du mir noch eine Knüppelstange ein? Und vier Mandelhörnchen für alle Fälle?«

»Sicher.«

Die Bäckerin griff ins Regal und tütete das Brot ein: viel Roggen und eine schwarze Kruste. Und dann die Hörnchen mit den Schokoecken, die eigentlich wie Mondsicheln aussahen und nicht wie Hörner.

Ich zahlte, nahm die Tüten und fuhr zur Arbeit.

Vor dem Eingang des Pressehauses trat ein Mann auf mich zu. Ich traute meinen Augen nicht: Egon Hold, mein Verfolger.

»Sie wagen sich noch in meine Nähe?«, fragte ich.

»Ich soll Ihnen etwas ausrichten. Von meinem Boss.«

»Ronny Hovart?«

»Mein Boss heißt Robert Fuchs. Er möchte sich bei Ihnen entschuldigen. Und er würde gern mit Ihnen sprechen. Hier!«

Er reichte mir eine Visitenkarte: *Robert Fuchs, Operierender Thetan der Kirche der Erleuchteten*, daneben die Handynummer und das achtendige Emblem der Sekte.

Hold trollte sich.

Was war das denn? Der Vorturner der Sekte lud mich zu einem gepflegten Small Talk ein?

Operierender Thetan – das klang eher nach einem chirurgischen Wunderheiler. Ob Jesus wohl heutzutage auch Visitenkarten verteilen würde? *Jesus – Gottessohn und Erlöser.*

Ich steckte die Karte ein. Ja, ich würde anrufen. Irgendwann. Das Weiße im Auge des Feindes zu sehen, hatte mich schon immer gereizt.

Im Großraumbüro pulsierte das reale Arbeitsleben. Stella, Susi und Sarah hatten gerade die Bekanntschaft mit Babette

Keucher-Blum gemacht, der neuen Chefsekretärin. Dieses Ereignis wurde nun durchdiskutiert.

»Hast du ihren Pullover gesehen?«, tuschelte Sarah. »Viel zu warm für die Jahreszeit. Außerdem sieht er aus wie eine Pferdedecke.«

Stella lachte. »Und sie lispelt.«

Susi wollte nicht abseitsstehen und teilte den anderen mit, dass Babette Keucher-Blum trotz ihres Doppelnamens unverheiratet sei und allein lebe.

»Kein Wunder«, entfuhr es Sarah. »So, wie die sich gibt. Wer will denn schon so ein Teil?«

»Aber ihr seid doch auch unverheiratet und lebt allein«, mischte ich mich ein. »Oder bin ich nicht mehr auf dem Laufenden?«

Die drei Grazien bewarfen mich mit bösen Blicken.

»Die bekommt mehr Geld als wir«, machte Stella weiter. »Sie ist eine ganze Gehaltsgruppe über uns – als gehobene Sachbearbeiterin. Fragt sich nur, was die besser kann als wir.«

Wahrscheinlich alles, dachte ich und sagte: »Das wird sie euch bestimmt noch zeigen. Und jetzt hört auf mit der Hetzerei.«

»Hetzerei?« Sarah war empört.

»Neudeutsch heißt das Mobbing.« Simon Harras war zu uns getreten. »Und Mädels können das ganz besonders gut. Nicht, dass ich damit Erfahrung hätte. Mich lieben ja alle hier. Besonders du, Grappa-Baby.«

Er legte seinen Kopf auf meine Schulter und ich kraulte ihm kurz das schüttere Haar.

»Danke, Grappa«, schnurrte er. »Wer war eigentlich der Typ, der dich grad angesprochen hat? Ich hab euch vom Fenster aus gesehen.«

»Der Typ macht die schmutzige Arbeit für diese Erleuchteten. Er hat versucht, mich über die Autobahn zu jagen. Ich habe Anzeige erstattet. Und jetzt will sich sein Oberguru bei mir entschuldigen.«

»Gut so. Brauchst du Hilfe?«

Ich war gerührt. »Du bist ja süß. Aber der Kerl tut mir nichts mehr.«

Ich verzog mich in meine Einzelzelle, sah meine Mails durch, aber es war nichts Besonderes dabei – nur die Akkreditierung, die mich berechtigte, an der Castingshow als Pressevertreterin teilzunehmen.

Ich legte die Visitenkarte mit der Telefonnummer des Sektenchefs auf meinen Schreibtisch. Schmoren lassen, dachte ich.

In fünf Minuten war Konferenzzeit. Ich trabte wieder in den Großraum. Pöppelbaum und Harras lasen Zeitung. Der Hausmeister räumte Müll weg. Die Sekretärinnen waren noch immer in Form, hatten aber ein neues Thema.

»Demi Moore macht das auch«, wusste Susi. »Allein ihre Gesichtsbehandlung kostet pro Woche 2.200 Euro. Hab ich in der *Blöd* gelesen. Hier.«

Sie griff nach dem Hetzblatt und las vor: *»Bei dem Verfahren werden die tieferen Hautschichten erwärmt, während die Hautoberfläche gekühlt wird. Dadurch wird die Kollagen-Produktion stimuliert.* Ob das wohl wirklich hilft?«

»Das kriegt ihr preiswerter«, meinte ich. »Steckt den Kopf erst in den Backofen und dann ins Gefrierfach. Dabei bleibt zudem das Hirn schön frisch.«

»Das mach uns mal vor, Grappa«, konterte Stella. »Deine Bäckerin wirft für dich den Backofen bestimmt gern an.«

Der war nicht schlecht, dachte ich, die Mädels machen Fortschritte.

Wer kann sensibel?

Dr. Berthold Schnacks Wochenende war wohl entspannend gewesen, denn er wirkte gelöst. Neben ihm saß eine Frau mittleren Alters, die er uns als Frau Keucher-Blum vorstellte. Sie war nicht unattraktiv. Schlank, gute Haut und viel braunes Haar. Kluge Augen hinter einer randlosen Brille und ein leicht dominanter Zug um den Mund. Ihre Kleidung war von schlichter Eleganz und farblich zurückhaltend. Mir war sofort klar, warum die drei aus dem Großraum so kiebig geworden waren: Sie ahnten, dass sie Keucher-Blum nicht das Wasser reichen konnten. Der Ärger war vorprogrammiert und ich war froh, dass das Scharmützel nicht nur zwischen mir und Schnack stattfinden würde.

Er verteilte die Arbeit, dann berichtete ich von meinem Vorhaben, die Familie Aslan aufzusuchen.

»Erst mal ein Vorgespräch«, sagte ich. »Die Familienkonstellation scheint schwierig zu sein.«

»Gute Idee, Frau Grappa«, lobte Schnack. »Eine Protagonistin mit Migrationshintergrund ist immer sympathisch. Wir arbeiten gern integrativ.«

»Zu diesem Sing-Blödsinn gehen sowieso nur die Verlierer, und das sind doch meist die Türken«, meinte Margarete Wurbel-Simonis. »Erst eben kam über die Agentur ein Bericht zur neuen PISA-Studie. Die Migranten lassen das Bildungsniveau so schlecht aussehen, nicht die deutschen Schüler.«

»Könnten wir bitte beim Thema bleiben?«, fuhr ihr Schnack über den Mund. »Ich finde solche Wortmeldungen unangebracht. Wir müssen mit der Gesellschaft klarkommen, in der wir leben. Was haben Sie eigentlich zur morgigen Ausgabe des *Tageblattes* beizutragen, Frau Kollegin?«

Wurbelchen schlug ein einfühlsames Porträt des Konzertmeisters des Philharmonischen Orchesters vor.

»Ist der nicht Koreaner?«, fragte ich. »Voll der Migrationshintergrund. Hoffentlich finden Sie den richtigen Ton.«

»Er ist Japaner, Frau Grappa!«, entgegnete Wurbelchen. An ihrem Hals krochen hektische Flecken hoch.

»Japan – Korea? Hauptsache Italien«, verhunzte Harras den uralten Fußballwitz.

»Schluss jetzt!« Schnacks Stimme klang ärgerlich. »Herr Biber, für Sie habe ich einen besonderen Auftrag.«

Bärchen nahm Habachtstellung an.

»Heute früh gab es einen bedauerlichen Schulwegunfall. Ein achtjähriges Mädchen wurde von einem Auto überfahren. Einem Geländewagen. Die Fahrerin hat das Kind aufgrund der Bauweise des Autos übersehen. Sie steht unter Schock. Und es waren noch andere Kinder am Schauplatz, die den Unfall mit ansehen mussten. Die Schule befindet sich ganz in der Nähe. Notfallseelsorger sind eingeschaltet. Ich hätte gern eine einfühlsame Reportage über diese Schule im Ausnahmezustand. Und Sie, Herr Pöppelbaum, begleiten Herrn Biber. Versuchen Sie, das Entsetzen und die Verzweiflung der Schülerinnen und Schüler und ihrer Lehrer ins Bild zu setzen. Bitte möglichst sensibel.«

»Sensibel kann ich nicht«, brummte der Bluthund.

»Wir alle lernen noch dazu«, lächelte Schnack zuckersüß.

Robert Fuchs, Operierender Thetan. So stand es auf der Visitenkarte.

Was war ein Thetan? Ich wollte das genauer wissen. Mit Birsen wollte ich mich am Nachmittag treffen.

Auf der Seite der *Kirche der Erleuchteten* machte ich mich schlau:

> *Der Thetan ist das geistige Wesen, die Seele. Es setzt seinen Verstand als ein Kontrollsystem ein, das zwischen ihm und dem physikalischen Universum steht. Der Verstand ist nicht das Gehirn. Das Gehirn ist Teil des Körpers. Es lässt sich mit einer Schalttafel vergleichen. Es ist bloß eine Leitungsröhre, die wie ein Telefonkabel Nachrichten übermittelt. Die Person als Thetan – als unsterbliches geistiges Wesen – zu betrachten, ermöglicht es, Fähigkeiten und Bewusstsein zu erhöhen.*

Nach der Sektenlehre lebt der Thetan seit ewigen Zeiten, hat den Urknall – die Entstehung des Universums – mehrfach erlebt, ist allwissend und unsterblich. Laut Hovart sind die

Thetane der Menschen mindestens 350 Milliarden Jahre alt und existierten bereits vor der Schöpfung.

Hörte sich an wie eine Stelle aus einem Science-Fiction-Roman, was keine Überraschung war, da Hovart sich erfolglos am Schreiben solcher Bücher versucht hatte.

Jeder Thetan hatte in diesen 350 Milliarden Jahren viele Verletzungen durchlitten. Diese hatten sich als Traumata im Thetan abgelagert. Und die Sekte lehrte, dass man sich durch Dianetik von diesen Störungen lösen konnte. Das erste Hauptziel der Entwicklung der Person war, sich von allen negativen Einflüssen aus Vergangenheit und Gegenwart zu befreien. Wem das gelang, der errang den Status ›Clear‹.

Aber damit war es nicht zu Ende.

In acht Stufen kann sich ein Clear zum OT, also Operierenden Thetanen entwickeln. Und von den Operierenden Thetanen ging es dann weitere fünfzehn Stufen aufwärts. Auf der obersten Stufe war ein Thetan mit allen Merkmalen der Allmacht ausgestattet. Der Thetan befand sich dann nicht mehr in einem Körper, sondern konnte in völliger Freiheit Materie, Energie, Raum, Zeit und Denken beherrschen.

Komplizierte Sache, dachte ich. Da waren die Prämissen der christlichen Kirchen einfacher: Oben im Himmel saß der liebe Gott und passte auf seine Schäfchen auf. Oder auch nicht. Jedenfalls musste man nicht selbst Gott werden.

Wenn Robert Fuchs als Operierender Thetan Raum, Zeit und Materie beherrschte, dann stand mir ein interessantes Treffen bevor. Eine Zeitreise durch die Schöpfungsgeschichte würde mir gefallen. Allerdings mit Rückfahrtschein. Und vielleicht einem leckeren Essen. Ob er auch den Trick mit dem Tischleindeckdich konnte?

Ich recherchierte weiter, doch die vielen Fachausdrücke zu den verschiedenen Seelenzuständen verwirrten mich. Die Erleuchteten glaubten daran, auch völlig verstörte Menschen ›heilen‹ zu können, waren aber erklärte Gegner der traditionellen Psychoanalyse.

Mein Magen knurrte, längst war Mittagszeit. Auf dem Weg in die Kantine kam ich am Chefbüro vorbei. Die Tür stand offen. Frau Keucher-Blum thronte hinter ihrem Schreibtisch, Bärchen Biber lümmelte sich auf dem Besucherstuhl. Beide schienen beste Laune zu haben. Kaffee duftete. Mir schien, als ob sie sehr vertraut miteinander waren – ich hörte ihr Lachen noch, als ich schon längst an der Tür vorbei war.

In der Kantine saß Pöppelbaum. Er winkte mir heftig zu. »Grappa! Gut, dass du kommst. Ich hab eben was erlebt, das zieht sogar dir die Schuhe aus.«

»Ich bin gleich da. Erst mal Essen fassen.«

Nur Chili con Carne war noch übrig. Ich nahm den Teller und setzte mich zum Bluthund.

»Warst du nicht mit Bärchen unterwegs?«, fragte ich.

»Das ist es ja!«

»Erzähl!«

»Wir sollten doch die Geschichte über den Unfall machen. Das achtjährige Mädchen, das von dem Geländewagen überfahren worden ist«, erzählte er. »Wir sind also zur Unfallstelle. Die Bullen waren noch da und einer von denen schilderte den Vorfall und zeigte uns die Stelle. Du kennst das ja, weiße Kreidestriche auf dem Asphalt. Und weißt du, was Biber gemacht hat?«

»Nein.«

»Er hatte einen Aktenkoffer dabei. Den öffnete er und holte einen kleinen Teddybären, drei Windlichter und einen Pappdeckel heraus, auf dem in Kinderschrift das Wort *Warum?* geschrieben war. Er drapierte alles an der Unfallstelle und forderte mich auf, ein Foto zu machen. Hier!«

Wayne reichte mir seine Kamera. Tatsächlich: Auf dem Display sah ich einen Teddy mit roter Schleife um den Hals, drei brennende Kerzen in rotem Glas und die Pappe.

»Ich fasse es nicht«, meinte ich kopfschüttelnd. »Das nennt man: Leser verarschen. Ob Schnack so was gut findet? Was hat das mit christlichen Grundwerten zu tun, mit Familienzeitung?«

»So ähnliche Fragen hab ich Biber auch gestellt«, berichtete Pöppelbaum. »Aber er hat nur mit den Schultern gezuckt und gesagt, dass er das immer so macht. Er wolle die Emotionen der Leser ansprechen und der Zweck heilige die Mittel. Sein Gepäckstück nennt er ›Betroffenheitskoffer‹. Und er meinte noch, dass das im modernen Journalismus so üblich sei.«

»Damit könnte er sogar recht haben«, seufzte ich. »Bilder mit Teddys, Kerzen und der *Warum?*-Pappe hab ich schon hundertmal gesehen. Jetzt weiß ich wenigstens, wo die Sachen herkommen. Dabei sieht der Goldjunge aus, als könne er kein Wässerchen trüben.«

»Das täuscht«, sagte Wayne. »Der hat ganz schön zynische Sprüche drauf. Wie kaputt wird der erst mit vierzig sein?«

»Das ist unser Nachwuchs«, nickte ich. »Mit Bärchen werden wir noch einiges erleben. Seid ihr noch in der Schule gewesen?«

Wayne verneinte. »Die haben uns nicht reingelassen. Also lauerten wir den Kindern und Eltern vor der Schule auf. Wie Biber daraus aber eine Geschichte stricken will, ist mir ein Rätsel.«

»Das ist ganz einfach«, erklärte ich. »Tiefe verbale Betroffenheit garniert mit mageren Fakten aus dem Polizeibericht und dem Teddy-Bild. Das klappt. Bärchen kann sensibel, ganz bestimmt. Der Koffer ist der Beweis. Ich muss jetzt los. Kommst du allein klar?«

»Sicher. Was jetzt?«

»Birsen Aslan. Siebzehn Jahre und bereit für die große Karriere im Showbiz.«

»Soll ich mit? Fotos?«

»Noch nicht. Erst mal schnuppern.«

Wie singt man dunkelhaarig?

Birsen wollte nicht, dass ihr Vater von unserem Gespräch erfuhr. Darum trafen wir uns nicht bei ihr, sondern in einem Café. Die kleine Türkin war sehr hübsch anzusehen mit ihren schwarzen Locken und den Mandelaugen.

»Pitt Brett steht auf Dunkelhaarige«, plapperte sie los. »Alle seine Freundinnen und Frauen waren vom Typ her so wie ich.«

»Ich dachte, du willst singen«, lächelte ich.

»Klar.« Birsen rührte in ihrem Kakao. »Aber auf den Brett kommt es halt an. Wenn man bei dem durchkommt, ist die zweite Runde so gut wie sicher.«

»Und was wirst du singen?«

»Das tut ja so doll weh.«

»Bitte?«

»So heißt der Song. Von Annette Ballermann. Es geht um Liebe und so.«

Um Liebe und so. Das überraschte mich nicht wirklich.

»Warum singst du einen deutschen Titel?«

»Ich kann mir die englischen Texte nicht merken«, bekannte Birsen. »Deshalb sing ich deutsch. Ich hab Ihnen mal eine CD mitgebracht. Hat mein Bruder mit mir aufgenommen.«

»Wie stellst du dir ein Leben als Supertalent vor, falls du es schaffen solltest?«

Birsen schwelgte in den üblichen Kleinmädchenträumen. Viel Kohle verdienen und/oder einen Mann mit Geld finden, immer Party feiern, geile Klamotten kaufen beim Rund-um-die-Uhr-Shoppen.

»Warum hast du deine Lehre hingeschmissen?«

»Ich muss mich jetzt ganz auf meine Karriere konzentrieren.« Birsen sah mich mit großen glänzenden Kohlenaugen an.

»Was war denn das für eine Lehre?«

»Verkäuferin. Sonst hätte ich nur Kauffrau im Einzelhandel machen können.«

»Und wenn das nicht klappt?«

»Dann heirate ich eben. Einen mit Geld«, kam es trotzig aus ihrem Mund. »Aber keinen Türken. Ich will nämlich frei sein.«

Freiheit? Ich seufzte innerlich. Warum hatte sich so wenig verändert in den letzten Jahrzehnten, in denen die Frauenbewegung an einem neuen Frauenbild malte? Immer noch glaubten Mädchen, nichts lernen zu müssen, weil ja doch der Märchenprinz herangaloppiert.

»Der Herr Brett kann aber ziemlich erbarmungslos sein, wenn ihm danach ist. Was ist, wenn er dich auch so schlecht behandelt?«

»Dann weine ich ein bisschen und gut ist. Aber es wird nicht passieren. Der Pitt, der fliegt bestimmt auf mich.«

»Hast du einen Freund?«

Birsen grinste verschmitzt. »Och, da kann ich mir immer einen aussuchen. Die Jungs mögen mich. Zurzeit hab ich da einen Philip.«

»Was meint der denn zu deiner großen Karriere auf der Bühne?«

Nun bekam sie doch mal einen nachdenklichen Blick. »Der findet es klasse, wenn ich singe, aber die Sendung hasst er. Er mag den Pitt nicht. Der ist ihm zu hohl mit seinen Prollsprüchen, sagt er immer. Wahrscheinlich ist er bloß eifersüchtig.«

»Aber dein Bruder unterstützt dich?«

»Ja klar, der ist Feuer und Flamme dafür. Er will nur, dass ich mit Kopftuch auftrete.«

»Darf ich ein Foto von dir machen?« Ich griff zu meiner kleinen Kamera.

»Moment. Ich geh mal eben aufs Klo. Nase pudern und so.«

Klare Wolken am Horizont

Als ich nach Hause kam, fand ich Kleist in der Küche vor. Ich freute mich.

Um die Taille trug er eine Schürze mit dem Spruch: *Ich lasse nichts anbrennen.* Ich grinste.

»Geschenk zu einer Beförderung«, erklärte er. »Von einer Kollegin, für die ich mal gekocht habe. Ist schon ein paar Jahre her.«

»Was ist aus der Kollegin geworden?«, fragte ich.

Kleist schnibbelte Möhren in Scheiben und er tat es mit einer affenartigen Geschwindigkeit. Fernsehreif.

»Die hat geheiratet und ist aus dem Dienst ausgeschieden«, antwortete er, ohne das Messer aus den Augen zu lassen. »Die alte Geschichte. Irgendwann schlägt der Mutterinstinkt zu. Da hilft die beste Ausbildung nichts. Dann zählt nur noch das Familienglück.«

»Besser, als überhaupt nichts zu lernen«, gab ich zurück und schilderte Birsens schlichten Lebensentwurf. »Als ob Ehe- und Familienglück ewig währen würden. Aber mach das einem siebzehnjährigen Mädchen klar.«

»Kann sie denn wenigstens singen?« Kleist begann, die Zwiebeln zu hacken. Meine Augen begannen zu tränen.

»Moment. Ich hab eine CD.«

Ich legte die Scheibe in den Gettoblaster und startete.

Das tut ja so doll weh, / wenn ich dich mal seh. / Du warst die große Liebe. / Hab wie sonst was geweint, / Fühl mich am Boden / Furchtbar allein. / Das kann doch nicht wirklich sein …

Kleist ließ das Messer sinken – in den Augen Erschütterung.

»Was ist das denn für ein schwachsinniger Text?«

»Annette Ballermann«, erklärte ich.

»Und mit so was hat man heutzutage Erfolg?«

»Scheint so. Die ist meines Wissens gut im Geschäft«, erwiderte ich. »Birsen ist nicht viel schlechter. Hör doch mal!«

Was zwischen uns gelaufen ist, / das war zu viel von Anfang an / Mehr als in tausend Jahren. / Das tut ja so doll weh, / wenn ich dich mal seh…

»Mach das bitte aus«, flehte der Hauptkommissar. »Diese Piepsstimme ist ja die Hölle. Und über so was musst du schreiben?«

Ich drückte die Stopptaste. »Leider. Meine Karriere als Polizeireporterin neigt sich wohl dem Ende zu. Ich sollte heiraten und auf Familienglück machen. Allerdings ist es fürs Kinderkriegen ja leider zu spät.«

»Meinst du denn, du findest noch mal jemanden zum Heiraten?«

»Wird schwer. Leider gefallen mir nur Männer, die mir intellektuell überlegen sind.«

»Dann komm ich nicht infrage.«

»Eben«, nickte ich. »Aber Gemüseschnibbeln kannst du gut. Treibt mir heute sogar die Tränen ins Auge.«

Ich öffnete die Balkontür, um Luft hereinzulassen. »Was gibt es eigentlich?«

»Rinderfiletstreifen mit Wok-Gemüse und Reisnudeln«, erklärte Kleist. »Mir ist heute asiatisch zumute. Möchtest du schon ein Glas Wein? In deinem Kühlschrank liegen ja genug Flaschen.«

Ich mochte und entschied mich für einen leichten weißen Mosel-Rivaner. Der Hauptkommissar briet das Filet an, gab Zwiebeln und Gemüse dazu und löschte alles mit einem guten Schuss Bouillon ab. Es zischte gewaltig.

Seine Hände bewegten sich ruhig und gekonnt. Ich mochte es, wie er das Kochgut durch Schwenken des Woks durcheinanderwirbelte. Bei mir landeten die Teile gern mal daneben.

»Die hat sich übrigens heute bei mir gemeldet«, sagte Kleist.

»Wer?«

»Die Kollegin, die mir damals diese Schürze geschenkt hat.«

»Aha.« Ich sah ihn prüfend an. »Was wollte sie denn?«

»Sich ein bisschen ausweinen. Ihre Ehe ist geschieden und sie muss wieder arbeiten. Die beiden Kinder leben bei ihr. Zwei Jungen. Zwölf und fünfzehn.«

»Verstehe. Den alten Kontakt aktivieren. Konntest du ihr Hoffnung auf einen Job machen?«

Kleist verneinte. »Clara ist viel zu lange raus. Sie kommt die nächsten Tage mal bei mir vorbei.«

Clara. Ein schöner Name.

Ich nahm einen Schluck Wein.

Es ist wohl der Erfolg, der sensibel macht

»Eine sehr schöne, sensible und emotionale Geschichte, die der junge Kollege geschrieben hat«, schwärmte ich am anderen Morgen in der Redaktionskonferenz. »So sturzbetroffen. Das Foto mit dem Teddy und den Kerzen geht ja voll auf den Solarplexus.«

Pöppelbaum grinste.

Bärchen Biber machte runde Augen und Schnack lächelte überrascht.

»Ja, das sind magische Momente, die es einzufangen gilt«, stimmte mein Chef zu. »Emotionen pur. Betroffenheit und Herzblut. Man möchte weinen und in diesem Augenblick verharren. Sich ihm völlig hingeben.«

Simon Harras und die anderen schienen nicht so überzeugt. Selbst Wurbelchen schaute leicht verstört. Bibers Artikel war nun wirklich nichts Besonderes.

Aber Schnack legte noch nach: »Heutzutage Zeitung zu machen, das bedeutet, die Menschen an das erinnern, was sie ursprünglich einmal waren. Geistige Wesen, die sich frei und weit entfalten können.«

Ups, dachte ich, zitiert Schnack aus einem Werbeprospekt der Sekte?

»Jedenfalls ist der Artikel des Kollegen Biber genau das, was ich mir bei der neuen Richtung des *Tageblattes* vorstelle.«

Bärchen Biber lächelte verlegen.

»Kunststück, wenn man die richtigen Utensilien dabei hat«, mischte sich Wayne Pöppelbaum ein.

Das Lächeln floh aus Bibers Gesicht.

»Was meinen Sie damit?«, fragte Wurbel-Simonis.

»Schauen Sie hier auf das Foto«, entgegnete Wayne und deutete auf die Zeitung, die auf dem Tisch lag. »Teddybär, Kerzen und Pappe mit dem Wort *Warum?*. Wir hatten alles dabei, Kollege Biber hat es platziert und ich habe es fotografiert.«

Pause.

Alle starrten das Foto an.

Simon Harras kratzte sich am Kopf und meinte ironisch: »So was nennt man Eigeninitiative.«

Wurbel-Simonis fragte fassungslos: »Also haben nicht die Kinder diese Kerzen angezündet? Und das Schild gemalt? Ist das wahr?«

»Verarsche«, entfuhr es dem Hospitanten. »Hier lernt man aber Sachen.«

Bärchen Biber war in seinem Stuhl zusammengeschrumpft. Hinter den sorgfältig gelegten Stirnlocken schimmerten Schweißperlen.

»Papperlapapp.« Schnack hatte sich wieder gefangen. Er nahm das Blatt und deutete auf das Foto. »Das ist ein gutes Foto. Ein sogenanntes Symbolfoto. Es soll nicht die Realität abbilden, sondern Emotionen stimulieren. Der Teddy steht für das Kind, die Kerzen für die Trauer und das Schild für unsere Hilflosigkeit tragischen Ereignissen gegenüber. Kollege Biber hat eine zweite Ebene eingebaut, die die Gefühlswelt anspricht. So funktioniert moderner Journalismus, meine Damen und Herren!«

»Das sind Lügen, Herr Schnack!«, krähte Wurbelchen. Ich hätte sie küssen können. »Ich werde den Vorfall dem Presserat zur Kenntnis geben.«

»Darüber sprechen wir nach der Konferenz in meinem Zimmer, Frau Dr. Wurbel-Simonis.«

»Aber nur im Beisein eines Betriebsrates. Ich kenne meine Rechte.«

»Und ich werde klären, ob ich gezwungen werden kann, solche Fotos zu machen«, stand Wayne ihr bei.

»Das kann ich bejahen«, schnarrte Schnack. »Schon mal was von Arbeitsverweigerung gehört, Herr Pöppelbaum?«

»Schon mal was von journalistischer Ethik gehört, Herr Schnack?«, mischte ich mich ein.

Es klopfte.

Sarah steckte den Kopf durch die Tür.

»Grappa, du hast dein Handy auf dem Schreibtisch liegen lassen. Es klingelt ununterbrochen. Und eben hat der Herr auch noch auf dem Festnetz angerufen. Es ist wichtig, sagt er. Und er ist sehr aufgeregt.«

Auch Zwillinge sterben allein

Der Anrufer war Arnold Weber. Die Leiche seiner Tochter Monika war in einem Waldstück gefunden worden. Die Polizei hatte ihrem Vater die Todesnachricht überbracht, doch die genauen Umstände waren ihm noch nicht mitgeteilt worden. Er bat mich um Hilfe.

Ich legte auf und ging in den Konferenzraum zurück.

»Es gibt einen Todesfall«, platzte ich mit der Nachricht heraus. »Monika Weber.«

»Wer ist Monika Weber?«, fragte Schnack.

Ich erklärte es.

»Mord, Selbstmord, Unfall?«

»Sie lag in einem Wald. Weitere Fakten sind mir noch nicht bekannt. Aber ich werde mich kümmern.«

Schnack widersprach nicht, sondern nickte sogar. Die Diskussion um Bärchens Betroffenheitskoffer hatte ihn zahm gemacht. Zumindest für den Augenblick.

Als ich wieder in meiner Einzelzelle war, dachte ich nach. Monika Weber – konnte sich die Polizei so sicher sein? Monika und Bettina waren Zwillinge und sahen sich so ähnlich wie ein Ei dem anderen. Und angeblich waren sie beide in Florida, Monika hatte sogar von dort ihren Vater angerufen. Warum hätte sie ihn anlügen sollen?

Ich klingelte Kleist an. »Ich hab von der toten Frau im Wald gehört. Hast du auf dem Schirm, dass es zwei Weber-Töchter gibt? Seid ihr sicher, dass Monika die Tote ist?«

»Es spricht einfach alles dafür. Die Tote hatte Papiere dabei, die Handtasche lag neben der Leiche. Und die Frau hat lange Haare. Bettina trägt einen Kurzhaarschnitt.«

»Haare können wachsen«, widersprach ich.

»Sicher, aber nicht so schnell. Bettina trug einen Kurzhaarschnitt, als sie Monika aus der Klinik abholte. Natürlich muss der Vater die Tote noch identifizieren.«

»Wie ist sie ums Leben gekommen?«

Kleist seufzte. »Eigentlich müsste ich jetzt den Spruch mit der Pressestelle aufsagen. Ich kann dich nicht immer bevorzugen gegenüber deinen Kollegen.«

Ich legte ein dickes Paket Charme in meine Stimme und säuselte: »Klar kannst du das, aber ich will dich nicht quälen. Ich warte einfach auf die Pressemitteilung. Wann kommt die wohl?«

»Am Nachmittag. Die Obduktion findet aber erst heute Abend statt. Die Gerichtsmediziner haben Personalprobleme.«

»Willst du mir nicht wenigstens verraten, ob es nach Mord aussieht?«, bettelte ich.

»Es war vermutlich kein natürlicher Tod«, antwortete er. »Dagegen sprechen die Würgemale am Hals. Reicht das jetzt, du unendliche Nervensäge?«

»Vorläufig ja. Hast du heute Abend Zeit auf ein Glas?«

Ich bemerkte sein Zögern.

»Ich bin schon verabredet«, gestand er. »Clara ist in der Stadt. Die Kollegin von früher, du erinnerst dich?«

»Ich erinnere mich. Dann viel Spaß«, gab ich reserviert zurück. »Wir hören voneinander.« Frustriert legte ich den Hörer auf.

Post von Monika

Ein starker Kaffee brachte mein Gleichgewicht wieder in Ordnung. Eifersucht ist ein schreckliches Gefühl. Warum sollte Kleist etwas mit einer Kollegin anfangen, die wahrscheinlich wirklich einfach nur seine Hilfe beim Wiedereinstieg in den Beruf suchte? Und wenn etwas passieren sollte, dann konnte ich es sowieso nicht verhindern. Wir waren beide freie Menschen und unsere Beziehung basierte auf eben dieser Freiheit.

Kleist hatte sein Leben im Hotel inzwischen aufgegeben und war in eine kleine Wohnung in der Nähe des Präsidiums gezogen. Wirklich wohnlich war es dort nicht. Deshalb trafen wir uns fast immer in meinem Haus.

Ob er Clara Obdach angeboten hatte? Bestimmt, grummelte ich innerlich, eine alleinerziehende Mutter hat nicht das Geld für ein Hotel. Ich drängte die Bilder im Hirn zurück.

Die Arbeit würde mich ablenken. Ich vertiefte mich in das Material über die *Kirche der Erleuchteten* und las den Erfahrungsbericht eines Aussteigers, dem man die Trennung sehr schwer gemacht hatte. Jetzt Monika Weber, aus der Sicht der Sekte auch eine Aussteigerin – erwürgt. Wo war Bettina, ihre Schwester?

Ich rief Arnold Weber an. Er war gerade von der Identifizierung seiner Tochter zurückgekommen und ganz aufgelöst.

»Wer hat das getan?«, schluchzte er.

Ich kam mir schäbig vor, ihn ausgerechnet jetzt für meine Recherchen zu benutzen.

»Die Polizei wird das herausbekommen, glauben Sie mir!«, versuchte ich ihn zu trösten. »Was ist mit Bettina? Weiß sie schon, was passiert ist?«

»Ich habe keine Ahnung. Warum war Monika hier? Ich dachte, Bettina hat sie nach Florida gebracht.«

»Vielleicht hat man Ihnen das nur erzählt, um Sie von der Suche abzuhalten«, mutmaßte ich. »Haben Sie der Polizei von der Sekte erzählt?«

»Natürlich! Monika würde noch leben, wenn diese Verbrecher nicht wären.«

»Man kann diesen Leuten eine Menge vorwerfen«, entgegnete ich. »Aber warum sollten sie ihre Anhänger erwürgen? Lebendig sind die doch viel nützlicher.«

»Es klingelt gerade«, sagte Weber. »Bleiben Sie bitte dran. Ich geh eben zur Tür. Bin gleich wieder da.«

Ich hörte Schritte, Stimmen und Weber zurückkommen.

»Das war der Postbote. Er hat mir einen Brief gebracht. Einschreiben. Ohne Absender. Moment.«

Er legte den Hörer aus der Hand. Papier raschelte. Dann war er wieder dran.

»Ein Brief von Monika«, sagte er tonlos. »Monika hat mir geschrieben.«

Mir wurde eiskalt. »Machen Sie jetzt nichts. Bleiben Sie, wo Sie sind. Ich komme sofort zu Ihnen.«

Jetzt kam Spannung in die Geschichte und ich hatte die Nase vorn. Natürlich musste Weber die Polizei informieren, aber erst nachdem ich den Brief gelesen hatte. Ich gab meinem Cabrio die Sporen und kümmerte mich nicht um die Geschwindigkeitsbeschränkungen.

Weber öffnete, grau im Gesicht und mit verzweifeltem Ausdruck in den Augen. Ich folgte ihm ins Wohnzimmer. Er hatte die Rollos halb heruntergelassen. Das Licht war schummrig.

»Darf ich den Brief lesen?«
»Er liegt auf dem Tisch.«
Ich nahm ihn und setzte mich.

Lieber Vater!
Mach dir keine Sorgen. Es geht mir gut. Ich habe meinen Garten gefunden und er ist hier, in der Kirche. Ich bin angekommen im Paradies und werde den Weg weitergehen bis zur völligen Befreiung meiner unsterblichen Seele. Weißt du, wie es ist, nicht mehr zu zweifeln, sondern sicher zu sein, dass du das Richtige tust? Weißt du, wie schön es ist, gleichgesinnte Brüder und Schwestern an deiner Seite zu wissen, die diesen Weg zum Licht bereits gegangen sind?
Du bist einsam, Vater. Seit Mutters Tod ist deine Seele versteinert.
Ich soll dich von Bettina grüßen. Sie hat den hellen Weg vor mir erkannt und die Brücke zur Freiheit überschritten. Ich werde auch dahin kommen. Der Garten ist der Ort, in dem andere frühere Zweifler und ich eine Weile verbringen werden, um rein und offen zu werden. Wenn ich mein Ziel erreicht habe, melde ich mich wieder. Bis dann … Such nicht nach mir. Ich liebe dich – trotz allem.
Deine Tochter Monika

»Von was für einem Garten schreibt sie?«, wunderte ich mich.

Weber zuckte die Schultern. »Woher soll ich das wissen?«

»Wir müssen Bettina erreichen. Und die Polizei muss von diesem Brief erfahren. Soll ich Sie ins Präsidium fahren?«

Weber stimmte zu. Während er seine Jacke holte, fotografierte ich Monikas Brief. Ein Garten, in dem Zweifler wieder auf den erleuchteten Weg gebracht wurden. Das hörte sich interessant an.

»Helfen Sie mir, Frau Grappa?«, fragte Weber während der Fahrt. Er machte einen völlig überforderten Eindruck.

»Die Polizei ist für Monikas Tod zuständig«, versuchte ich, ihn zu stärken. »Ich habe nicht so viele Möglichkeiten. Ich kann nur berichten. Jetzt liegt ein Kapitalverbrechen vor. Da ist die Kripo gefragt und die macht ihre Arbeit in der Regel recht ordentlich.«

»Ich will Bettina da rausholen. Sie soll begreifen, was für Leuten sie auf den Leim gegangen ist. Und Sie sind doch die Öffentlichkeit, Sie müssen mir helfen.«

»Sie überschätzen mich, Herr Weber.« Ich bog auf den Parkplatz des Präsidiums ein. »Über die *Kirche der Erleuchteten* ist in den letzten Jahren sehr viel Kritisches geschrieben worden. Bettina kennt das sicher alles. Und die Sekte ist keine verbotene Organisation – das wissen Sie doch.«

Der Mann an der Pforte des Präsidiums winkte uns durch, ich war oft genug hier gewesen.

In Kleists Vorzimmer mussten wir warten. Immerhin war er anwesend. Seine Sekretärin bot uns einen Kaffee an, da wurden wir schon vorgelassen.

»Hallo«, sagte ich. »Sorry, dass wir hier so reinplatzen. Herr Weber hat einen Brief von seiner Tochter Monika bekommen.«

»Hallo, Maria! Herr Weber, wir sehen uns ja schnell wieder!« Kleist deutete auf die Stühle der Sitzgruppe.

Weber reichte ihm den Brief. Seine Hände zitterten.

Kleist las den Brief zwei Mal durch und überlegte eine Weile. »Sie schien glücklich zu sein«, stellte er dann fest. »Und sie hatte Pläne. Auch wenn sie mit dieser Sekte zusammenhängen. Man kann niemandem vorschreiben, wie er seine Glückseligkeit sucht.«

»Die Kirche muss mit ihrem Tod zu tun haben«, sagte ich. »Sie war bis zuletzt dort und gefangen. In diesem Garten. Das steht doch alles in dem Brief!«

»Von Gefangenschaft steht da gar nichts. Die junge Frau hat sich sehr wohl gefühlt in ihrer Umgebung, jedenfalls schreibt sie das. Ob es diesen Garten wirklich gibt, steht nicht fest. Vielleicht ist es eine Metapher für einen Wohlfühlraum. Aber in einem hast du recht, Maria. Sie war bis zuletzt dort. Wir werden alle Personen, die mit Frau Weber zu tun hatten, ausführlich befragen. Danke, dass Sie beide sofort vorbeigekommen sind.«

Er wollte uns loswerden. Das Telefon klingelte. Ich spitzte die Ohren.

»Ist das wahr?«, sagte Kleist. »Kein Irrtum möglich? Ja, danke. Ich warte dann auf das amtliche Ergebnis.«

Er legte auf, atmete tief durch. »Herr Weber, ich habe noch eine Frage. Hatte Monika einen Freund oder Lebensgefährten? Einen Liebhaber?«

Weber verneinte.

»Sie war im vierten Monat schwanger«, verkündete Kleist. »Jetzt müssen wir unsere Ermittlungen sehr viel weiter ausdehnen. Und Sie haben keinerlei Verdacht? Gab es Telefonanrufe? Blumengeschenke? Irgendetwas, was auf einen Mann hindeuten könnte?«

»Ich hab nie etwas bemerkt.« Über Webers Gesicht liefen Tränen. »Bettina muss es wissen. Schwestern erzählen sich doch so etwas. Haben Sie Bettina schon vernommen?«

»Nein. Wir stehen noch ganz am Anfang. Gedulden Sie sich bitte.«

Damit komplimentierte er uns aus seinem Büro. Im Vorraum duftete es nach Kaffee. Kleists Sekretärin stand angeregt schwatzend neben der Kaffeemaschine.

»Dr. Kleist ist jetzt frei«, sagte sie mit einem Blick auf mich. »Bitte schön, Frau Billerbeck. Und auf Wiedersehen, Frau Grappa.«

Die Frau war klein und drahtig, hatte kurzes blondes Haar und eine rosige Gesichtsfarbe. Mindestens fünfzehn Jahre jünger als ich.

»Clara, schön, dass du da bist«, hörte ich Kleist in meinem Rücken. »Hattest du eine gute Fahrt?« Seine Stimme klang sehr erfreut.

Ich drehte mich noch einmal kurz um. Doch Kleist schenkte seine ganze Aufmerksamkeit der ehemaligen Kollegin. Fast wäre ich über einen großen Koffer gestolpert. Clara Billerbeck hatte sich nicht nur auf einen Kurztrip eingestellt.

Wie reinigt man eine Seele?

Die Pressemitteilung war wenig gehaltvoll. Der Tod einer Frau wurde gemeldet, die durch *Gewalteinwirkung gegen den Hals* zu Tode gekommen sei. Aber ich wusste ja schon mehr.

Das Foto, das ich von dem Brief gemacht hatte, war brauchbar.

Der Garten ist der Ort, in dem andere frühere Zweifler und ich eine Weile verbringen werden, um rein und offen zu werden … Nein, das war keine Metapher. Das klang eher nach einem Umerziehungslager für Sektenkritiker.

Ich rief Schnack an und gab ihm einen Kurzbericht der Ereignisse und wies auf Monikas Brief hin. Er zickte nicht, sondern gab mir sechzig Zeilen.

»Aber geben Sie bitte acht bei der Wortwahl, Grappa«, ermahnte er mich. »Diese Leute haben eine exzellente Rechtsabteilung.«

»Dezenz ist mein zweiter Vorname, Herr Schnack.«

Wer erwürgte Monika W.? –
Gibt es eine Verbindung zu der *Kirche der Erleuchteten?*

Monika W. ist tot. Ihre Leiche wurde in einem Wald bei Bierstadt gefunden. Ersten Ermittlungen zufolge wurde die 32-Jährige erwürgt. Der endgültige Obduktionsbericht ist noch nicht da, doch steht schon fest, dass die junge Frau schwanger war.

Es gibt einen Anlass zu der Frage, ob die *Kirche der Erleuchteten* mit diesem Todesfall in Zusammenhang steht. Das letzte Lebenszeichen von Monika W. ist ein Brief an den Vater, den dieser erst nach ihrem Tod erhielt. Dieses Schreiben liegt unserer Zeitung vor. Darin heißt es unter anderem: *Lieber Vater! Mach dir keine*

Sorgen. Es geht mir gut. Ich habe meinen Garten gefunden und er ist hier, in der Kirche. Ich bin angekommen im Paradies und werde den Weg weitergehen, bis zur völligen Befreiung meiner unsterblichen Seele.

Jetzt ist Monika tot und ihr Vater Arnold W. verzweifelt. Seine Tochter ist eine ganz normale junge Frau gewesen, lebenslustig und voller Pläne, so schildert er sie. Das änderte sich, als sie vor drei Jahren in Kontakt mit der *Kirche der Erleuchteten* kam – hineingezogen von der eigenen Schwester. Danach war nichts mehr wie früher.

Ich machte eine Pause und suchte die Visitenkarte von Robert Fuchs, dem Operierenden Thetan. Da er meinen Anruf sowieso erwartete, gab es keinen Grund, es nicht jetzt zu tun.

Ich drückte die Tasten und es meldete sich jemand.

»Hallo?«

»Spreche ich mit Herrn Fuchs?«

»So ist es.« Er hatte eine angenehm sonore Stimme.

»Grappa vom *Tageblatt.* Ihr Herr Hold gab mir Ihre Visitenkarte und richtete aus, Sie wollten sich entschuldigen. Wofür eigentlich?«

»Das ist jetzt ganz nebensächlich geworden. Mir hat nicht gefallen, wie Sie über Monika Weber berichtet haben. Die Mitglieder unserer Kirche sind frei wie jedermann. Niemand braucht sie gewaltsam aus unseren Fängen zu reißen oder vor uns zu retten, auch ein Vater nicht.«

»Sie ist tot«, warf ich ein.

»Ein schreckliches Ereignis.« Er seufzte.

»Wann haben Sie Monika Weber zum letzten Mal gesehen?«

»Bei einem Kommunikationskurs. Ich kannte sie nur flüchtig, wir sind ja so viele. Sie besuchte ab und zu die Mission, um ihre Emotionsskala aufzubessern. Sie war auf einem guten Weg. Ihr Tod trifft uns alle bis ins Mark.«

»Frau Weber hat in einem Brief von einem Garten gesprochen, in dem sie sich befand. Anscheinend ein Garten, der

Ihrer Kirche gehört. Gibt es so einen Ort und wo ist er?«, fragte ich.

Fuchs zögerte. »Möglicherweise meinte sie den Reinigungs-Rundown, dem sie sich gerade unterzogen hat, als sie von einem Garten schrieb.«

»Was ist das?«

»Der Reinigungs-Rundown spült die schädlichen Rückstände von Medikamenten, Drogen, Schadstoffen und Strahlung weg. Er ist das einzige Verfahren auf der Welt, mit dem man diese Rückstände aus dem Körper und dem Leben herausspülen kann. Ronny Hovart hat das Verfahren entwickelt.«

»Wie geht das?«

»Zum Rundown gehören immer wieder Saunagänge zum Ausspülen der Schadstoffe, Einnahme von Vitaminen und Niacin, das gegen radioaktive Strahlung schützt.«

»Ein strammes Programm für eine Schwangere«, pokerte ich.

Robert Fuchs atmete tief. »Frau Weber wollte es so. Ich denke, das war es. Sie betrachten uns nicht unvoreingenommen. Es wird sich schon herausstellen – Monika Webers Tod hat nichts mit unserer Kirche zu tun.«

»Na, da bin ich mal gespannt.«

»Sie können sich gern einmal unverbindlich bei uns umsehen, Frau Grappa. Mit den eigenen Augen schauen hilft oft gegen Vorurteile.«

»Vielleicht komme ich darauf zurück, Herr Fuchs.«

Ich beendete das Gespräch und schloss meinen Artikel mit den Sätzen:

Die *Kirche der Erleuchteten* räumt ein, dass die Tote die letzten Tage im Sektenzentrum verbracht hat – bei einem sogenannten Reinigungs-Rundown. Robert Fuchs, der den hohen Posten als Operierender Thetan in der Sektenhierarchie einnimmt, schildert diesen Prozess als eine Art Drogenentzug, dem sich Monika W. freiwillig unterworfen hat.

Ich speicherte den Artikel ab und gab Schnack Bescheid, dass ich fertig war. Kurze Zeit später erschien mein Artikel auf der Layoutseite der Zeitung.

Feierabend. Ich fuhr den Rechner runter, räumte meine Sachen zusammen und verließ das Büro.

Auf dem Parkplatz begegnete mir Margarete Wurbel-Simonis.

»Wie war's denn beim Chef?«, fragte ich. Erst jetzt bemerkte ich, dass ihre Augen gerötet waren.

»Ich werde den Presserat trotzdem informieren. Der Brief ist bereits formuliert. Das Vorgehen von Herrn Biber und die Duldung dieses Vorgehens durch Herrn Schnack ist unseriös. Betroffenheitskoffer! Dass ich nicht lache.«

»Hat Schnack Ihnen gedroht?«

»Nicht direkt«, schniefte Wurbelchen. »Er meinte, dass er meine Arbeit künftig sehr genau beobachten wird. Und der Betriebsrat hat nur blöde geguckt.«

Dann liest wenigstens einer ihre Artikel, dachte ich. Laut sagte ich: »Ich bin dabei. Geben Sie mir den Brief und ich unterschreibe ihn mit.«

Zu Hause wählte ich Kleists Festnetznummer. Schon nach dem dritten Klingeln meldete sich eine Frauenstimme. »Hier Billerbeck bei Kleist.«

»Hier Grappa. Ich möchte Herrn Dr. Kleist sprechen.«

»Er ist nicht zu Hause. Kann ich etwas ausrichten?« Die Stimme war hell und piepsig.

»Nein, danke. Sind Sie seine Frau?«

»Nein.« Sie kicherte. »Nur eine Freundin. Kann ich wirklich nichts bestellen?«

Ich legte auf.

Im Kühlschrank war noch eine angebrochene Flasche Weißwein. Schnell goss ich ein Glas ein und stürzte den Wein hinunter. Clara wohnte bei ihm. Ich hatte es geahnt.

Einige Minuten stiefelte ich durch das Zimmer, malte mir zärtliche Szenen zwischen Kleist und Clara aus, rief mich zur Ordnung. Wir führten eine offene Beziehung.

Nach einem zweiten Glas Wein wählte ich Kleists Handynummer. Er meldete sich nach dem vierten Läuten.

»Maria!«, stieß er hervor.

»Wo bist du?«, fragte ich.

»Ich arbeite.«

»Ist was passiert?«

»Ja. Wir haben den Mörder von Monika Weber festgenommen.«

Mehr erfuhr ich nicht.

Lange fand ich keinen Schlaf.

Liebesleid und Leserbriefe

Als ich das Großraumbüro betrat, lag die Pressemitteilung der Polizei schon ausgedruckt auf meinem Schreibtisch.

Zu meinem Erstaunen hatte ein Hinweis von Robert Fuchs zum Täter geführt. Eine Beziehungstat. Jemand hatte sich in Monika verliebt und war abgewiesen worden. Eine einfache und glatte Sache.

Mir erschien das zu simpel. Komplizierte Rätsel haben selten einfache Lösungen. Aber ich musste die offiziellen Fakten erst einmal verarbeiten. Den Artikel würde ich später schreiben.

Erst mal brauchte ich einen Kaffee.

Die Eifersucht hatte meine Nacht zu einer anstrengenden Angelegenheit gemacht. Immer wieder hatte ich mir Clara und Kleist bei intimen Handlungen vorgestellt. Meine Gefühle und mein Verstand waren in einen aussichtslosen Kampf verstrickt.

Ich hatte bisher keinerlei Beweis dafür, dass Kleist mehr als Kollegialität für die von ihrem Mann verlassene Frau Billerbeck empfand. Aber ich hatte in Kleists Vorzimmer ihren Blick gesehen und am Telefon ihre Stimme gehört. Sie suchte verzweifelt einen Nachfolger für ihren Gatten und einen neuen Ernährer für ihre Brut. Naturgesetz. Und da kam ihr der leitende Hauptkommissar der Bierstädter Kriminalpolizei gerade richtig.

»Grappa, was machst du denn für ein Gesicht?« Simon Harras war in die Kaffeeküche gekommen – in der Hand einen leeren Becher.

»Ich hab schlecht geschlafen«, gab ich zu. »Und dieser Laden hier geht mir auf die Nerven. Seit Peter weg ist, komme ich nicht mehr gern zur Arbeit.«

»Da bist du nicht allein«, entgegnete er. »Wurbelchen ist auch fertig. Sie ist gerade heulend rausgerannt.«

»Warum das denn?«

»Schnack hat ihr einen Brief geschrieben und ihr die Leserbriefseite aufs Auge gedrückt.«

»Bitte?« Die Leserbriefe hatten bisher die Sekretärinnen bearbeitet.

Harras nahm die Kanne und schüttete seinen Becher voll. »Du hast richtig gehört. Das Ganze heißt jetzt *Leserforum* und soll plötzlich ganz wichtig sein. Dazu gehört auch die Online-Bearbeitung der Briefe.«

»Wurbelchen hasst Computer wie die Pest!«

»Eben«, stimmte Harras zu. »Damit hat er sie richtig am Wickel. Der weiß, wie man Leute kaputt macht.«

»Die Zuweisung einer neuen Arbeit ist mitbestimmungspflichtig«, meinte ich. »Sie soll sich dagegen wehren und den Redakteursausschuss informieren.«

»Die Kultur macht sie weiter – zumindest das, was Schnack davon übrig gelassen hat«, wusste Harras. »Sie bekommt also keine neue Arbeit, sondern eine zusätzliche.«

»Trotzdem. Schnack will sie doch nur piesacken, weil sie den Presserat wegen Bärchen Bibers Kofferlüge einschalten will. Ich werde ihr jedenfalls beistehen.«

Harras grinste schief. »Du willst Wurbelchen helfen? Übernimm dich nicht. Sie hat eben behauptet, dass Schnack sie nur quält, weil er sich nicht an dich herantraut.«

»Die arme Frau«, seufzte ich. »Warum kapiert sie es nicht, wenn man mal auf ihrer Seite ist?«

»Ich muss los, Grappa«, verabschiedete sich Harras. »Interview bei Trainer Mopp im Vorfeld der Europa-Liga.«

Wurbel-Simonis fehlte in der Redaktionskonferenz. Schnack teilte allen mit, dass er den Leserbriefen unserer Kunden künftig mehr Gewicht in der Zeitung geben wolle.

»Auch kritische Stimmen sollen abgedruckt werden«, erklärte er. »Ganz im Sinne des Grundgesetzes. Eine Zensur findet nicht statt. Ich möchte unter unseren Leserinnen und Lesern eine lebhafte Diskussion in Gang bringen – auch über unsere journalistische Arbeit. Wir wollen ja nicht im Elfenbeinturm agieren. Die Kollegin Wurbel-Simonis wird sich in dieses Thema einarbeiten.«

»Sie ist wohl schon dabei, oder wo ist sie?«, fragte ich.

Schnack sah mich säuerlich an. »Sie fühlte sich unwohl und hat einen Arzt aufgesucht. Falls sie aus gesundheitlichen Gründen ausfällt, würde ich Sie bitten, das *Leserforum* vertretungsweise zu betreuen, Kollegin Grappa.«

Du Arsch, dachte ich. »Mache ich doch glatt, Herr Schnack.« Mein süßes Lächeln hätte einen Diabetiker spontan dahingerafft. »Aber zuerst schreibe ich über den Mord an Monika Weber. Der scheint nämlich aufgeklärt.«

Er runzelte mal wieder die Stirn. »Wir wollten doch die Blut-Themen etwas dämpfen in unserem Familienblatt, Frau Grappa.«

»Unsere Leser sind es aber gewohnt, über lokale Ereignisse informiert zu werden. Ich jedenfalls möchte nicht, dass sie abwandern zur Revolverpresse«, entgegnete ich.

»Na gut, dann plane ich sechzig Zeilen ein«, kündigte Schnack zögernd an. »Aber wenn Frau Wurbel sich nicht meldet, kümmern Sie sich vor allem um das *Leserforum*, Frau Grappa. Das hat absolute Priorität. Ich werde Ihnen, bevor ich zu einem auswärtigen Termin fahre, noch die Leserbriefe der vergangenen Tage zumailen. Treffen Sie doch bitte eine Auswahl für die morgige Ausgabe.«

Und noch ein Brief der besonderen Art

Das passte in meine Pläne. Vielleicht konnte ich Schnack ein echtes Ei ins Nest legen. Sarah hatte mir verraten, dass er und Bärchen Biber zur zweitägigen Tagung eines christlichen Forums gefahren waren. Gewissermaßen sturmfrei.

In meiner Mailbox fand ich dreißig Leserbriefe vor. Manche waren per E-Mail gekommen, andere per Post. Die hatte irgendeine schlecht bezahlte Kraft einscannen müssen. Auf den ersten Blick nichts Aufregendes.

Aber zuerst musste ich den Artikel über den Mord vom Tisch haben. Ich las die Pressemitteilung noch einmal und legte los:

Glaubensbruder gesteht Mord an Monika W. –
Frau wehrte sich gegen Zudringlichkeiten

Das Verbrechen an der 32 Jahre alten Monika W. ist aufgeklärt. Ein 40 Jahre alter Glaubensbruder der *Kirche der Erleuchteten* hat gestanden, die schwangere Frau erwürgt zu haben, weil sie sich gegen seine Annäherungsversuche gewehrt habe. Gegen den Mann ist gestern Haftbefehl wegen Mordes ergangen.

Wie Kripo und Staatsanwalt rekonstruierten, wollte Monika W. sich nach einem sogenannten Reinigungs-Rundown zurückziehen. Der Täter hielt sie auf und versuchte Monika W., in die er schon längere Zeit verliebt gewesen ist, zu Zärtlichkeiten zu bewegen. Dies habe sie aber strikt abgelehnt und ihm gedroht, die Kirchenleitung zu informieren. Er habe dann die Nerven verloren und sie erwürgt. Mit seinem Pkw habe er sie in das Waldstück gebracht und dort abgelegt.

Die schnelle Aufklärung der Tat verdankt die Kripo einem hochgestellten Mitglied der *Kirche der Erleuchteten.* Robert F., seines Zeichens Operierender Thetan der Sekte, schloss die Teilnehmer des Reinigungskurses an ein Gerät namens E-Meter an und stellte ihnen Fragen zu Monika W. Bei dem Täter wurden starke elektrische Impulse gemessen. Nach einer Befragung durch Robert F. gestand der Mörder die Tat und wurde der Polizei übergeben.

In einem Extrakasten nannte ich noch ein paar Fakten zur Sekte und ihren merkwürdig komplizierten Praktiken. Ich speicherte den Artikel ab und schickte ihn dann in die Layoutseite. Fertig.

Jetzt konnte ich mich in Ruhe um das *Leserforum* kümmern. Dazu musste ich das Haus verlassen. Ich brauchte dringend meine Mandelhörnchen. Ab zur Bäckerei Schmitz. Ich hatte freilich noch einen anderen Grund, Anneliese Schmitz zu besuchen.

Sie winkte mir schon zu, als ich die Straße zur Bäckerei überquerte. Sie räumte gerade Brote ins Schaufenster.

»Hallo, Frau Schmitz. Wie isses?«

»Tach, Frau Grappa. Muss. Und selbst?«

»Der neue Chef ist immer noch ungewohnt für mich«, seufzte ich. »Ich vermisse Peter Jansen. Kannst du das verstehen?«

»Kann ich, Frau Grappa. Willst du zum Trost ein kleines Mittagessen? Rührei mit Speck? Gürkchen? Weißbrot?«

»Das könnte ich jetzt gut verdrücken«, sagte ich dankbar. »Sag mal, Frau Schmitz ... Darf ich mal an deinen Computer? Ich muss ins Internet. Hab vergessen, was zu recherchieren.«

»Hinten im Raum. Er ist noch an. War grad bei eBay drinne.«

Ich zog den Vorhang hinter mir zu. Auf einem kleinen Tisch stand der alte Rechner, den ich der Bäckerin kürzlich besorgt hatte – inklusive DSL-Anschluss.

Ich rief die Homepage des *Bierstädter Tageblattes* auf und klickte das Kontaktformular an. *An die Leserbriefredaktion* – tippte ich.

Fünf Minuten genügten.

Guter Dinge begab ich mich zurück ins Bistro, an den gedeckten Tisch.

Nach dem Mahl packte mir die Bäckerin vier Mandelhörnchen in die Tüte.

Zurück in der Redaktion fand ich in meiner Mailbox ein Schreiben der WSDS-Pressefrau. Jessica von Neuenfels teilte mir mit, dass ich beim ersten großen Casting einen bevorzugten Platz erhalten würde. Auch einen Gruß von Pitt Brett bestellte sie mir.

Ich rief Sarah an. »Sind noch Leserbriefe eingegangen?«

Es war üblich, dass die Sekretärinnen die Briefe sichteten und weiterleiteten.

»Ich guck mal nach, Grappa«, meinte Sarah. »Ich hab schon gehört, dass der Schnack dir die Leserbetreuung an den Hals gehext hat.«

»Nur solange die Wurbel-Simonis krank ist«, stellte ich klar.

»Die hat einen Krankenschein für ein paar Tage«, verriet Sarah. »Aber die verlängert bestimmt noch.«

»Der Schnack hat ihr ganz schön zugesetzt«, machte ich auf Mitleid.

Eine Minute später hatte Sarah mir den zuletzt eingegangenen Leserbrief zugemailt. Auf den hatte ich gewartet.

An das Tageblatt. Hallo, ich kam neulich zufällig an einer Kreuzung vorbei, an der ein kleines Mädchen totgefahren worden ist. Da standen noch einige Polizisten und Leute rum und alle waren geschockt. Dann kam ein Wagen angefahren und zwei Leute stiegen aus. Der jüngere von beiden hatte einen Koffer dabei und holte einen Teddy, Kerzen und ein Schild heraus. Das alles stellte er dort auf die Straße, wo der Unfall passiert ist. Der Typ zündete die Kerzen an und der andere machte Fotos. Am nächsten Tag sah ich die Bilder in Ihrer Zeitung. Darunter stand, dass Mitschüler des kleinen Mädchens die Sachen dorthin gelegt hätten. Verarschen Sie die Leser immer so? Was stimmt denn noch und was nicht? Auf eine Antwort bin ich gespannt, aber die kommt ja nicht, weil kritische Briefe bestimmt weggeschmissen werden. Ich glaub euch nix mehr. Verona Müller aus Bierstadt.

Ich tippte die Überschrift *Teddy am Unfallort* über den Brief und formulierte eine Antwort an die Leserin.

Stellungnahme der Redaktion: Das Foto mit dem Teddy, den Kerzen und dem Schild haben wir bewusst veröffentlicht, weil es Entsetzen und Betroffenheit über den tödlichen Unfall ausdrückt. Es soll nicht die Realität abbilden, sondern Emotionen stimulieren. Wir nennen das: Symbolfoto. Natürlich wollen wir die Leser damit nicht belügen, sondern der höheren Wahrheit der inneren Betroffenheit unserer Leser dienen. Ihre Redaktion.

Ich setzte die Antwort unter den Leserbrief und wandte mich den anderen Anschreiben zu. Sie befassten sich mit verschiedenen Themen. Politik, Sport, Klatsch, Tratsch. Durchweg harmlos. Ich layoutete die Seite und schob den Teddy-Brief an eine prominente Stelle.

Ob Schnack mich wohl noch einmal an die Leserbriefseite heranlassen würde?

Natürlich hatte ich Gewissensbisse. Dreieinhalb Sekunden lang.

Mein Handy klingelte. »Hast du Lust, heute Abend mit mir zu essen?«, fragte Friedemann Kleist.

»Hmm …«, machte ich. »Gern. Soll ich etwas besorgen?«

»Nein. Es wird Zeit, die kleine Küche einzuweihen. Ich koche im Rahmen meiner bescheidenen Möglichkeiten. Für drei Personen schaffe ich das schon. Bist du dabei?«

»Dreiii Persooonen?«, dehnte ich.

»Clara wird auch da sein. Ich habe dir doch von ihr erzählt.«

»Nein, ich höre diesen Namen zum ersten Mal«, meinte ich trocken.

Kriegsähnliche Handlungen

Kleist öffnete die Tür, umarmte und küsste mich brüderlich. In jeder Hand hielt ich eine Flasche Wein – Kleist hatte ja nie welchen da.

»Hallöchen!« Eine Blondine kam auf uns zu. Sie trug Kleists Schürze mit der Aufschrift *Ich lasse nichts anbrennen.* Die Schürze, die sie ihm vor Jahren geschenkt hatte.

»Hallo, Maria«, lispelte sie. »Friedemann hat mir ja so viel von Ihnen erzählt.«

»Ich hoffe, nur Gutes«, meinte ich lahm, übersah ihre Hand und ging in die Küche. »Kann ich mal einen Korkenzieher haben?«

Ich fand ihn ohne Hilfe und entkorkte die Flasche. Kleist und Clara beobachteten mich. »Wollen Sie auch ein Glas?«, fragte ich sie.

»Nein, danke«, kicherte sie.

»Aha. Habt ihr euch beim Entzug kennengelernt?«, erkundigte ich mich süffisant.

»Das nicht«, entgegnete sie und band sich die Schürze ab. »Ich vertrage nur keinen Alkohol. Mir fehlt die Übung, verstehen Sie?«

»Ist doch schön, was uns alles unterscheidet«, sagte ich und goss mir ein. »Ich bin da gut im Training. Wie gefällt es Ihnen denn in Bierstadt, Frau Billerbeck?«

»Nennen Sie mich doch Clara.«

»Gern. Und Sie dürfen Frau Grappa zu mir sagen.«

Kleist verschwand – den Kopf leicht eingezogen – im Esszimmer. Ich folgte. Der Tisch war schön gedeckt, fast schon kitschig. Kerzen und künstliche Blumen lagen zwischen Tellern und Untersetzern und eine Räucherkerze schmauchte. Fast wie Weihnachten – allerdings war gerade Frühsommer.

»Riecht nach Zitrone und Apfel«, schnüffelte ich. »Passt prima zu meinem Wein.«

»Die Kerzen sollen lästige Insekten verscheuchen«, erklärte Clara mit unschuldigem Blick. »Marke Mückenschreck.«

»Dann sollten wir die Wirkung mal ausprobieren«, konterte ich. »Setzen Sie sich doch am besten auf diesen Platz, Clara.«

Ich deutete auf den Stuhl, in dessen Richtung die Rauchschwaden zogen.

»Wir machen lieber das Fenster auf«, mischte sich Kleist ein. »Ein bisschen kühle und frische Luft hat noch keinem geschadet. Könnten die Damen die kriegsähnlichen Handlungen vorübergehend einstellen? Die Hühnerbrüstchen sind *à point.*«

Clara und ich setzten uns gegenüber und hatten uns so gegenseitig voll im Blick.

»Ich hol das Essen«, kündigte Kleist an, blieb aber neben dem Tisch stehen.

»Soll ich dir helfen, Friedel?«, schnatterte Clara.

Friedel. Ein fettes Grinsen machte sich in meinem Gesicht breit.

»Ich schaff das schon«, sagte er. »Kann ich euch wirklich allein lassen?«

»Aber natürlich … Friedel«, versicherte ich. »Der Abend hat doch erst angefangen.«

Zögernd verließ er uns. Gelegenheit, die Claims abzustecken.

»Woher kennen Sie beide sich?«, fragte Clara.

»Von der Arbeit. Und Sie und Friedel?«

»Auch von der Arbeit.« Clara hob die Augenbrauen.

»Aha. Und jetzt suchen Sie wieder welche, wie ich hörte«, sagte ich.

»Genau. Ich bin alleinerziehend und habe zwei Söhne.«

»Was ist mit den Vätern der Kinder?«, fragte ich. »Auf der Flucht?«

»So ähnlich. Es ist aber nur einer. Er hat mich mit einer …«, ihr Blick fixierte mich, »… älteren Frau betrogen.«

»Vielleicht wollte er sich mal vernünftig unterhalten«, mutmaßte ich.

»Kann ich mir nicht denken«, entgegnete Clara. »Reden war nie sein Ding.«

»Ältere Frauen haben eben was. Fragen Sie Friedel mal«, schlug ich vor.

»Bei Gelegenheit«, versprach sie.

»Schön, dass ihr so guter Stimmung seid.« Kleist stand in der Tür – in der Hand ein Tablett. Er stellte den dampfenden Reis und die Kasserolle mit dem Fleisch auf den Tisch.

»Das Gemüse kommt gleich.« Weg war er wieder.

»Und jetzt wollen Sie in Bierstadt bleiben?«, machte ich weiter.

»Wenn ich hier eine Arbeit finde, ja«, meinte sie. »Friedel will mir helfen. Aus dem Polizeijob bin ich seit sechzehn Jahren raus. Ich muss wieder ganz unten anfangen, meint Friedel.«

Friedel hilft. Friedel meint. Sie ging mir auf die Nerven. Wie sollte ich diesen Abend überstehen? Und in welchem Zustand würde ich am Ende sein? Ich trank das Glas aus und schenkte sofort nach. Alkohol ist eben doch eine Lösung, dachte ich – wenngleich manchmal eine finale.

»Ich wäre den Damen sehr verbunden, wenn sie mich bei meinem korrekten Vornamen nennen würden.« Kleist stellte die Schüssel mit dem Gemüse auf den Tisch. »Aus der Friedel-Phase bin ich raus, Clara. Und Maria sollte sich diesen Namen gar nicht erst angewöhnen. Und jetzt guten Appetit.«

»Ja, Friedel, wie du möchtest.« Clara zog einen Flunsch. Kleists strafendem Blick wich sie aus.

Die Hühnerbrust war zart gebraten, perfekt gewürzt und mit Salbeiblättern bedeckt. Die Soße war ein Genuss.

»Lecker«, meinte ich. »Besonders die Soße.«

»Die ist von mir«, krähte Clara. »Fettreduziert. Ich muss auf meine Figur achten. Ich komme langsam in das Alter, in dem …« Sie schaute an mir hinunter.

Unwillkürlich zog ich den Bauch ein und setzte mich auf. Blöde Kuh, dachte ich. Noch ein Glas Wein und ich filetiere dich.

»Jede Frau hat halt ihre Reize«, lächelte ich. »Die einen haben Übergewicht und die anderen sind doof. Und wissen Sie, Clara, was der Witz dabei ist? Die einen können abnehmen, die anderen bleiben aber lebenslang doof. Welches Schicksal ist nun schlimmer?«

»Ich persönlich finde die Kombination von Intelligenz und runden Formen aufregend«, brachte sich Kleist ein und griff nach meiner Hand. »So wie bei Maria.«

Ich war perplex.

Clara starrte auf unsere Hände, sah erst mich und dann ihn an. Sie schien zu verstehen.

»Du hast deinen Geschmack geändert, Friedel. Oh. Entschuldige. Friedemann«, stellte sie fest. Sie blickte auf meine Taille. »Ich möchte noch etwas von der Soße. Und könnten wir sie noch etwas verfeinern? Vielleicht mit Butter?«

Kleist warf ihr einen stirnrunzligen Blick zu, holte aber brav die Butterdose, aus der Clara sich großzügig bediente.

Der weitere Abend verlief halbwegs harmonisch. Der Wein hatte mich müde gemacht und meine Aggressionen zurückgedrängt. Dennoch war ich weiterhin wachsam.

Irgendwann rief Kleist ein Taxi. Als es da war, brachte er mich nach unten. »Sie schläft auf dem Sofa, Maria«, erklärte er zärtlich. »Da ist nichts und da wird nichts sein. Und wenn du ihr das nächste Mal begegnest, dann lass die Messer zu Hause, okay?«

Sprengbombe im Elfenbeinturm

Schnack war auf hundertachtzig. Harras warnte mich telefonisch vor.

»Ich dachte, der ist auf dem christlichen Forum?«

»Abgebrochen. Er ist hier und schäumt. Der Leserbrief zu der Teddy-Nummer. Hast du ihn etwa mit Absicht reingenommen?«

»Na sicher. Kommt doch gut, oder?«

»Besser als gut«, meinte Harras trocken. »Jede Menge Fanbriefe. Grußpost vom Presserat und der Journalistengewerkschaft. Selbst der Verleger hat Schnack schon persönlich gratuliert. Und der hat einen Blumenstrauß für dich bestellt – mit einer Sprengbombe. Mach dich auf was gefasst!«

Mit unschuldigem Gesicht begab ich mich in die Redaktionskonferenz.

Volles Haus.

Außer Wurbel-Simonis waren alle da. Sogar die Sekretärinnen hatten sich hereingeschlichen. Die *Blöd-Zeitung* lag mitten auf dem Tisch. *Betrug am Leser – wie eine Lokalzeitung zu ihren Schlagzeilen kommt.*

»Guten Morgen allerseits!«, schnarrte Schnack. »Lassen Sie uns gleich zu einem unglaublichen Vorfall kommen.«

Er zauselte an seinem Bärtchen. Bärchen Biber saß neben ihm und zeigte ein betroffenes Gesicht. Harras und Wayne hatten Pokerfaces aufgesetzt. Die anderen ahnten nicht, was folgen würde.

»Es geht um die Leserbriefseite.« Die Wut ließ Schnacks Stimme heiser klingen.

»Die ist mir doch gut gelungen, oder?«, strahlte ich. »Hat es schon Resonanz auf das *Leserforum* gegeben?«

»Allerdings!«, brüllte Schnack. »Was, zum Teufel, ist in Sie gefahren, einen solchen Brief zu veröffentlichen, Frau Grappa?«

»Welchen Brief meinen Sie denn, Chef? Auf der Seite sind mindestens fünfzehn Briefe zu lesen.«

»Den Brief zu dem tödlichen Kinderunfall! Nun stellen Sie sich nicht blöder, als Sie sind!«

»Eine Zensur findet doch nicht statt, Herr Schnack. Wir müssen unsere Arbeit kritisch hinterfragen. Wir befinden uns nicht in einem Elfenbeinturm. Alles Ihre Worte!« Ich versuchte, betrübt auszusehen. »Ich habe genau nach Ihren Vorgaben gehandelt.«

Pöppelbaum und Harras nickten.

»Verarschen kann ich mich selbst!«

Die Kollegen raunten sich etwas zu und die drei Grazien aus dem Redaktionssekretariat hatten glänzende Augen bekommen.

»Wissen Sie, was ich glaube, Frau Grappa?« Schnack haute auf den Tisch. »Ich glaube es nicht nur, sondern ich bin fast sicher, dass Sie diesen Leserbrief selbst geschrieben haben. Unser Systemadministrator wird die IP-Nummer des Rechners der angeblichen Verona Müller feststellen. Verona Müller steht natürlich nicht im Telefonbuch. Und wenn der Brief auf Ihrem Rechner geschrieben wurde, dann ist das Sabotage! Was das bedeutet, können Sie sich ja bestimmt denken.«

»Nein, was denn?«

»Die fristlose Kündigung!«

Ich zuckte die Schultern und erhob mich. »Waidmannsheil, Herr Schnack. Sie bellen den falschen Baum an. Und jetzt entschuldigen Sie mich bitte. Ich habe zu arbeiten.«

Ich knallte die Tür hinter mir zu.

Schnack würde niemals herausfinden, dass ich den Leserbrief geschrieben hatte. Wie sollte er Anneliese Schmitz' Rechner finden? Staatsanwaltschaft und Polizei hatten zwar unter bestimmten Voraussetzungen die Möglichkeit, IP-Nummern bestimmten Computern zuzuordnen, würden aber in so einem Fall kaum tätig werden. Verona Müller hatte einen harmlosen Leserbrief geschrieben.

Ich schaute in die Redaktionsmailbox und sichtete die neuen Leserbriefe. Die meisten waren von Privatpersonen geschrieben worden, aber es gab auch welche von Amtsträgern wie Bundestags- und Landtagsabgeordneten. Der DGB hatte sich genauso gemeldet wie die Kirchen. Tenor aller Briefe: Herbe Kritik am *Bierstädter Tageblatt.* Für den Betroffenheitskoffer. Aber großes Lob für den Mut, den Leserbrief zu drucken. Mein schlechtes Gewissen hielt sich wieder mal in Grenzen und ich hakte die Sache ab.

Als die Konferenz vorbei war, besuchte mich Wayne in meinem Büro.

»Klasse Auftritt, Grappa-Baby«, schmunzelte er. »Nachdem du weg warst, hat Schnack Bärchen Biber den Arsch versohlt.«

»Darauf steht der Goldjunge doch bestimmt«, grinste ich.

»Grappa!«

»Was denn?« Ich schaute unschuldig.

Mittags verließ ich das Verlagshaus und kehrte bei Frau Schmitz ein.

»Hallo, Frau Grappa. Geh doch scho ma durch. Isses gut?«

»Muss. Mehr aber auch nicht. Machst du mir was Schönes, Frau Schmitz?«

»Sicha.«

Auch hier lag die *Blöd-Zeitung* aus, wie immer. *Betrug am Leser – wie eine Lokalzeitung zu ihren Schlagzeilen kommt.* Endlich konnte ich den Artikel in Ruhe lesen.

> Ein Kind wird überfahren und stirbt. Eine Lokalzeitung braucht eine Schlagzeile und schickt einen Reporter zum Unfallort. Der ist gut ausgerüstet: mit einem Koffer, den er immer mitnimmt, wenn es um einen Vorfall geht, der die Herzen der Menschen bewegen soll. Der Reporter ist nicht faul und öffnet den Koffer. Er holt einen Teddy, Kerzen und ein Pappschild mit der Aufschrift *Warum?* heraus und platziert es an der Unfallstelle …

Ich überlegte. Der Brief von Verona Müller war gestern Abend schon in der Online-Ausgabe des *Tageblattes* zu lesen gewesen. Die *Blöd-Zeitung* hatte sofort reagiert. Oder hatte jemand einen Tipp lanciert? Pöppelbaum hatte sich dermaßen über Bärchen Biber geärgert, dass ich ihm das zutraute. Nicht schlecht, dachte ich.

Aber dass ausgerechnet ein Boulevardblatt, das selbst nicht zimperlich war, auf dem *Tageblatt* herumhackte, gefiel mir nun doch nicht. Nun gut, ein bisschen Schwund ist immer. Schnack war angeschlagen, und das war der Sinn der Übung gewesen.

Anneliese Schmitz brachte ein Bauernomelett mit Gurken und ein Schälchen Bratkartoffeln.

»Keine Kartoffeln«, stöhnte ich. »Ich hab gestern Abend gut gegessen.«

»Mit ihm?«, fragte sie.

»Ja, er hat gekocht«, gab ich zu und hoffte, dass das Thema damit erledigt sein würde.

»Bei dir im Haus?«

»Nein, bei ihm. Er hat jetzt eine kleine nette Wohnung in der City.«

»Wie schön«, meinte Frau Schmitz. »Aber ...« Sie stockte.

»Was aber?«

»Dein Haus ist doch groß genug, Frau Grappa. Warum wohnt er nicht bei dir?«

»Ich hab ihn noch nicht gebeten, zu mir zu ziehen, und er hat auch noch nicht gefragt«, erklärte ich wahrheitsgemäß.

»Warum nicht?«

»Frau Schmitz, lass mal stecken, bitte«, sagte ich. »Wenn sich in meinem Privatleben was ändert, bist du die Erste, die es erfährt.«

»Is gut.« Leicht eingeschnappt war sie trotzdem.

»Mit der Birsen, das hat geklappt«, versuchte ich das Thema zu wechseln. »Am Samstag ist das WSDS-Casting. Und ich bin dabei und begleite die Kleine.«

»Die trällert nur noch volle Pulle rum«, berichtete die Bäckerin. »Das ganze Haus ist genervt. Aber der Brett wird ihr schon sagen, ob se singen kann oder nicht.«

»Und wie er ihr das sagen wird«, stimmte ich zu. »Ich freu mich schon drauf.«

Ein Sekretär mit Geheimfach

»Du hast Besuch, Grappa«, überraschte mich Stella, als ich wieder in der Redaktion war. »Ich hab ihn in die Kantine geschickt.«

»Wer ist es denn?«

»Keine Ahnung.« Sie zuckte die Schultern.

»Ist es denn zu viel verlangt, dass du dir einmal in der Woche einen Namen merken musst?«, fragte ich verärgert.

»Wieso sollte ich?«

»Weil eine gute Sekretärin das so macht«, erklärte ich. »Jetzt weißt du auch, warum du nie Chefsekretärin wirst. Wonderbra, hohe Hacken und Girlie-Getue reichen eben nicht.«

»Was ist denn los? Warum bist du so geladen?« Stella war fassungslos.

Ich ließ sie stehen und ging in die Kantine. An einem Tisch saß Arnold Weber.

»Herr Weber!«, sagte ich. »Das ist aber eine Überraschung. Geht es Ihnen einigermaßen?«

Er wirkte unsicher und nervös. »Sie müssen mir helfen, Frau Grappa«, stieß er hervor.

»Warum eigentlich immer ich?«, wunderte ich mich.

»Sie haben das Herz am rechten Fleck, Frau Grappa, ich hab einfach ein riesiges Vertrauen zu Ihnen.«

»Wenn ich kann, helfe ich Ihnen gern. Was liegt an?« Ich setzte mich.

Weber sah schlecht aus. Seine Haut war grau, die Lippen aufgesprungen und er hatte sich einige Tage nicht rasiert.

»Ich war in Monikas Wohnung, um ihre Sachen durchzusehen. Die Polizei hat mir den Schlüssel überlassen. Ich hatte einige Kartons dabei. Die Möbel werden nächste Woche abgeholt. Ich räumte also alles in die Kartons. Badezeug, Kosmetika, Kleider, Handtücher, Geschirr, Bücher und so weiter. Dann wollte ich den Sekretär ausräumen. Das ist so ein altes Teil aus Familienbesitz. Weichholz mit Schnörkeln und vielen Fächern. Und einem Geheimfach.«

Weber machte eine Pause.

Ich verstand. »Was war in diesem Fach?«, fragte ich.

»Fotos und Briefe.« Er reichte mir eine Plastiktüte.

»Kennt die Polizei diese Sachen?«

»Ich glaube nicht. Sonst hätten sie Robert Fuchs längst verhaftet.«

»Warum? Der Mörder hat doch gestanden. Der Fall ist abgeschlossen. Morgen wird Monika beerdigt.«

»Ich glaube nicht, dass es dieser Bernd Bussmann war«, präzisierte Weber.

»Und was soll Fuchs getan haben?«

»Lesen Sie die Briefe. Und studieren Sie die Fotos. Dann wissen Sie mehr.«

Ich zog mich mit der Tüte in mein Büro zurück. Weber musste ziemlich durch den Wind sein. Warum sollte Bussmann gestehen und eine lebenslange Haftstrafe riskieren, wenn er unschuldig war?

Ich packte den Inhalt aus. Die Fotos zeigten Monika Weber. Oder ihre Schwester Bettina? Immer mit demselben Mann. Robert Fuchs.

Er hatte gelogen, als er mir erzählt hatte, Monika Weber nur flüchtig zu kennen. Wieso war Weber so sicher, dass die Frau auf den Fotos Monika und nicht Bettina war?

Viele Situationen, in denen die beiden fotografiert worden waren, strahlten Intimität aus. Händchenhalten im Café, Umarmungen in einem Park und mehrere Bettszenen, die durch ein Fenster geknipst worden waren: Robert Fuchs und Monika beim Sex.

Ich wandte mich den Briefen zu. Es waren insgesamt fünf. Auf den Umschlägen stand Monika Webers Adresse.

Ich überflog das Geschriebene. Der Unterzeichner war ein R., was auf Fuchs hindeutete. Ich hatte Liebesbriefe erwartet, wurde jedoch enttäuscht. Es ging hauptsächlich um Geld und darum, dass die Beziehung zwischen Fuchs und Monika vor den Mitgliedern der *Kirche der Erleuchteten* geheim gehalten werden müsse.

Wir müssen darüber schweigen, um den Weg zur völligen inneren Freiheit nicht ungangbar zu machen. Das Wich-

tigste ist: Mach Geld. Mach mehr Geld. Mach, dass andere Leute produzieren, um mehr Geld zu machen.

Den Briefen lagen noch lose Zettel bei, auf denen Sprüche Ronny Hovarts zu lesen waren – zum Beispiel dies:

Wenn ein Thetan merkt, dass sein Körper stirbt, muss er sich eine neue Hülle suchen. Die Übernahme geschieht in den meisten Fällen wenige Minuten nach der Geburt. Ein Thetan übernimmt einen Babykörper dann, wenn dieser seinen ersten Atemzug macht.

Gruselig und verwirrend. Ich dachte an Monika Webers Schwangerschaft. Sollte ihr Baby als Hülle für einen alternden Thetan dienen? Hatte Bernd Bussmann diese Pläne zunichte gemacht?

Ich rief im Polizeipräsidium an.

Kleist war in seinem Büro.

»Habt ihr eigentlich die Wohnung von Monika Weber durchsucht?«, fragte ich.

Lieber hätte ich gefragt, ob er die Nacht trotz Clara ungestört verbracht hatte.

»Ja, aber wir haben nichts Auffälliges gefunden.«

»Arnold Weber war bei mir. In Monikas Sekretär gibt es ein Geheimfach. Briefe und Fotos. Weber glaubt nicht, dass ihr den richtigen Mörder habt.«

»Und wer soll es seiner Meinung nach gewesen sein?«, fragte Kleist.

»Robert Fuchs.«

»Geht das aus den Briefen hervor?«

Ich verneinte. »Die beiden hatten aber eine Beziehung und Fuchs wollte das geheim halten. Das Kind könnte von ihm sein. Habt ihr die DNA des Fötus gesichert?«

»Ja, das ist Standard. Aber verglichen haben wir die Proben nicht. Warum sollten wir auch? Wir haben ein Geständnis«, erinnerte Kleist.

»Vielleicht wollte Monika auspacken und hat sich mit Fuchs angelegt. Und er hat sie erwürgt.«

»Und Bussmann zu einem Geständnis gebracht?« Kleist lachte. »Ich bewundere deine Fantasie, Maria.«

»Und wenn Monika tatsächlich von Fuchs schwanger war?«

»Auch dann«, meinte er. »Ein bisschen wenig Motiv für einen Mord, findest du nicht?«

Da musste ich ihm leider recht geben. Trotzdem scannte ich die Fotos und Briefe und sandte sie ihm.

Zu schwach, den Irrweg zu erkennen

Die Staatsanwaltschaft hatte Monika Webers Leiche freigegeben und heute war der Tag ihrer Beerdigung. Es war ein schöner Sommertag, der alles andere verhieß als die Grablegung eines 32-jährigen Mordopfers. Ich war mit Pöppelbaum verabredet und gespannt, mit welchen Ritualen die *Kirche der Erleuchteten* ihre Mitglieder unter die Erde brachte.

Wayne wartete am Eingang des Friedhofs. »Hallo, Grappa. Wir haben volles Haus. Die sind alle schon an mir vorbei zur Trauerhalle.«

»Auch der Vater?«

»Nee, der noch nicht.«

»Dann warten wir noch«, beschloss ich. »Ich muss ihm noch etwas sagen.«

Wie aufs Stichwort hielt ein Taxi. Arnold Weber stieg aus – in der Hand einen Strauß gelber Rosen.

»Hallo, Herr Weber. Ich habe die Briefe gelesen und mir die Fotos angeschaut.«

»Dann wissen Sie ja jetzt auch, wer Monika in Wahrheit umgebracht hat.«

»Das geht aus dem Material nicht hervor«, widersprach ich. »Ich kann gut verstehen, dass Sie Fuchs nicht leiden können. Aber Sie verrennen sich da.«

Ein weiteres Taxi stoppte. Eine junge Frau mit kurzem blondem Haar stieg aus. Sie trug einen schwarzen Hosenanzug und hatte die Augen hinter einer riesigen Sonnenbrille verborgen.

»Bettina!«, rief Arnold Weber. »Bettina!«

Die Frau verharrte und schaute zu uns herüber. Weber lief auf sie zu, blieb dann aber stehen.

Mir war, als würden die Geräusche um uns herum verstummen.

Bettina Weber drückte das Kreuz durch, warf den Kopf zurück und ging schnell an Weber vorbei, ohne ihn eines weiteren Blickes zu würdigen.

Pöppelbaum reagierte und machte seine Arbeit.

»Bettina ...« Webers Stimme war nur noch ein Krächzen. »Nun warte doch!«

Doch Bettina war schon längst auf dem Weg zur Trauerhalle.

Wayne und ich nahmen Weber in die Mitte. Er weinte lautlos.

»Halten Sie das durch?«, fragte ich.

Er antwortete nicht, strebte aber weiter voran.

»Wir bleiben in Ihrer Nähe«, versprach ich. »Wer hat diese Beerdigung eigentlich organisiert?«

»Ich. Und ich habe diese Leute nicht eingeladen. Niemanden von ihnen. Nur Bettina. Und wenn einer von denen es wagt zu reden, dann werde ich das zu verhindern wissen.«

Das hörte sich nach einer Menge Ärger an. Die Trauerhalle kam in Sicht. Ein Organist spielte Bach.

Weber schob die Tür auf. Der Raum war zur Hälfte gefüllt.

»Ich habe den Pfarrer der Gemeinde beauftragt, die Totenrede zu halten«, flüsterte Weber. »Da ist er.«

Er ging zu dem Geistlichen hin, drückte ihm die Hand und sprach mit ihm.

Ich blickte mich um. Zu meiner Überraschung bemerkte ich Kleist – begleitet von zwei Kollegen in Zivil. Hatte ihn unser gestriges Telefonat dazu gebracht, an der Beerdigung teilzunehmen?

»Soll ich Fotos machen?«, fragte Pöppelbaum leise.

»Nur, wenn es niemand mitbekommt«, antwortete ich. »Lass den Blitz weg und bleib unauffällig. Ich brauch die Polizei, den Sarg und die Sektenleute. Und falls es Krach geben sollte ...«

»Alles klar, Grappa.«

Der Organist beendete sein Spiel. Ich setzte mich so, dass ich die Erleuchteten gut betrachten konnte. Robert Fuchs war eine imposante Erscheinung, das musste ich zugeben. Er sah besser aus als auf den Fotos und ich konnte mir gut vorstellen, dass die kleinen Sektenmädchen auf ihn abfuhren. Macht und gutes Aussehen wirkten immer sexy. Und als Operierender Thetan – so aufgeplustert diese Bezeichnung auch klang – hatte er diese Macht innerhalb der Sekte.

Rechts und links von Fuchs saßen zwei Frauen. Bettina Weber und eine sehr schlanke, fast magersüchtig anmutende Frau mittleren Alters.

Der Pfarrer hob zu seiner Rede an.

»Liebe Trauergemeinde, wir verabschieden heute Monika Weber. Dieser Abschied tut uns allen weh. Der bittere Schmerz wird nachlassen, doch der Verlust bleibt ein Leben lang. Monika hat die Schwelle zu einem Reich überschritten, in das wir sie nicht begleiten können. Unsere Gedanken gelten ihrem Vater und ihrer Schwester ...«

Bettina Weber zuckte nicht mit der Wimper. War sie wirklich so kalt oder riss sie sich nur zusammen?

»Heute wollen wir der Traurigkeit eine Stimme geben«, machte der Pfarrer weiter. »Monika wurde nur zweiunddreißig Jahre alt. In dieser Lebenszeit hat Gott es ihr nicht immer einfach gemacht und ihr Prüfungen auferlegt. Die Mutter starb früh, und als junge Frau geriet Monika in die Fänge einer Gemeinschaft, die sich Kirche nennt, aber keinen Gott hat – außer dem Gott Mammon. Sie war zu schwach, um den Irrweg zu erkennen. Sie verweigerte Hilfe. Das wurde ihr zum Verhängnis, und ihrem ungeborenen Kind, dessen kleine Seele nicht die Chance hatte, in diese Welt zu gelangen. Dennoch bin ich sicher, dass sich Gott der Verstorbenen und ihres Kindes annehmen wird.«

Arnold Weber zuckte in einem Weinkrampf. Bettina Webers Gesichtszüge wirkten noch immer unbeweglich, doch ihre Augen waren voller Tränen. Robert Fuchs hatte seine undurchdringliche Miene beibehalten. Die magere Frau neben ihm dagegen hatte die Hände vors Gesicht geschlagen und weinte bitterlich. Fuchs schaute kurz zur Seite und griff nach dem Arm der Weinenden.

»Wir danken Monika für manches gute Wort und für ein Lächeln.« Der Pfarrer war auf der Zielgeraden. »Wir haben einen wichtigen Menschen verloren und unser Herz ist schwer, doch uns bewegt in dieser Stunde auch die Dankbarkeit, einen ganz besonderen Menschen gekannt zu haben. Lassen Sie uns einen Augenblick schweigen – zur Erinnerung an Monika.«

Nach der Schweigeminute erklang erneut die Orgel. Der Sarg wurde auf einen Wagen gezogen und aus der Halle gefahren, um unter die Erde gebracht zu werden. Arnold Weber, der Pfarrer und einige der Trauergäste folgten.

Auch die Sektenmitglieder verließen das Gebäude. Fuchs ging voran. Draußen warteten Kleist und Kollegen. Pöppelbaum fotografierte. Fuchs folgte dem Hauptkommissar. Nach einer peinlichen Befragung sah das Ganze allerdings nicht aus.

Ich schickte Friedemann eine SMS und bat ihn zu einem Snack bei Anneliese Schmitz. Sekunden später blickte ich erleichtert auf die Antwort: *okay.*

Mandelhörnchen, Männer, Müdigkeit

Im Bistro saß ich zunächst allein. Nach dem Begrüßungsritual mit der Bäckerin ließ ich mich auf einen Stuhl fallen.

Eine bleierne Müdigkeit nahm Besitz von mir. Unterzuckerung. Mein Körper schrie nach einem Mandelhörnchen. Doch ich befand mich ja an der Quelle. Nachdem ich eins verputzt hatte, ging es mir besser.

»Kommt noch wer, Frau Grappa?«, fragte Frau Schmitz.

»Ja, Frau Schmitz.«

»Und wer?«, blinzelte sie.

»Ein Mann.«

»Ihr Mann?«

»Hab ich einen?«, fragte ich.

»Hast du!«, rief Friedemann Kleist im Hintergrund.

»Guten Tag, Herr Doktor!« Anneliese Schmitz war begeistert. »Was darf ich Ihnen bringen?«

»Nur keine Umstände«, lächelte mein Ab-und-zu-Mann.

»Rührei und Salat?« Die Bäckerin himmelte ihn regelrecht an.

»Genau richtig«, sagte er freundlich.

Als sie weg war, fragte ich: »Warum warst du auf der Beerdigung, wenn ihr ein astreines Geständnis habt?«

»Sprechen wir vertraulich?«

»Wenn es sein muss«, entgegnete ich.

»Bussmann hat sein Geständnis widerrufen. Aber das soll noch nicht an die Öffentlichkeit gelangen.«

»Das ist ja der Hammer!«, rief ich aus. »Wie kam es denn dazu?«

»Er hat einen guten Anwalt. Der hat ihm klargemacht, dass sein Geständnis etwas voreilig war.«

»Hältst du ihn denn jetzt für unschuldig?«, fragte ich.

Die Bäckerin kam mit dem Rührei. Es duftete nach Butter. »Bitte, Herr Doktor!«

Kleist haute rein.

»Also«, kommentierte ich, »deine Clara könnte dir ruhig ja mal was zum Frühstück machen.«

»Clara? Nein.« Er wischte sich den Mund ab. »Die schläft doch noch, wenn ich das Haus verlasse.«

»Wie lange bleibt sie eigentlich?« Mein Herz klopfte.

»Ich habe ihr einen Job besorgt«, antwortete er. »Bei der Stadt.«

»Ach, ja?« Ich war ehrlich überrascht. »Straßenreinigung? Kantinenhilfskraft?«

Kleist grinste. »Du bist süß, wenn du auf bösartig machst. Ich habe Peter Jansen angerufen. Die Verwaltung sucht dringend Politessen. Wegen des Haushaltslochs.«

»Clara wird Politesse?«, lachte ich. »Dann muss ich aufpassen, dass ich ihr nicht in die Hände falle. Hast du auch eine Wohnung für sie und ihre Brut besorgt?«

»Das erledigt sie selbst«, erklärte er.

»Kriegt sie das denn hin?«

»Das erwarte ich. Ich bin gern allein.«

Ups. Das war deutlich, weil es auch für mich galt.

»In welche Richtung ermittelst du denn jetzt nach dem Widerruf des Geständnisses?«, wurde ich wieder sachorientiert.

»In alle. Aber besonders Richtung Kindsvater. Die Fotos, die du mir geschickt hast, sprechen in der Tat für Fuchs. Wir werden ihn uns noch mal vornehmen«, kündigte er an.

»Weißt du, wer die Frau ist, die heute neben Fuchs saß?«

»Bettina Weber meinst du wohl nicht. Bei der anderen handelt es sich um die Ehefrau von Fuchs.«

Ich überlegte. Warum hatte Frau Fuchs so bitterlich geweint?

»Dann hat sie wohl nichts von der Affäre ihres Mannes gewusst«, sagte ich. »Sie war die einzige Erleuchtete, die betroffen wirkte.«

»Einen Speicheltest hat Fuchs abgelehnt«, erklärte Kleist. »Ich habe eine richterliche Verfügung beantragt.«

»Wie umständlich. Hätte ich das gewusst, hätte ich ihm ein Haarbüschel ausgerissen.«

»Ich weiß deinen Einsatz zu schätzen, Maria«, lachte er. »Aber ich mach das lieber auf meine Weise. Zumal ja nichts bewiesen ist – selbst, wenn er der Vater des Kindes sein sollte.«

Ein skurriles Grammofon

Es lohnte sich nicht, einen Bericht über Monika Webers Beerdigung zu schreiben. Offiziell war der Fall ja abgeschlossen. Morgen fand das erste WSDS-Casting statt. Ich sah mir die Vorschauspots an, welche die Fans in Stimmung bringen sollten.

In der Nacht hatte ich skurrile Träume. Bärchen Biber war entlassen worden und hatte einen Laden eröffnet, in dem man Betroffenheitsutensilien für alle Fälle erwerben konnte. Alle Journalisten kauften bei ihm ein – auch ich. Und das, obwohl Bärchen Biber schon lange tot war. Schnack hatte mich beauftragt, die passenden Accessoires für Bärchens Grablegung zu besorgen.

»Was würde denn zu dir passen?«, fragte ich Bärchen. Er schaute mich mit großen Augen an und reichte mir stumm einen Koffer. Ich öffnete ihn: ein Teddy mit rosa Strapsen, dic üblichen Kerzen und ein Pappschild mit der Aufschrift *Danke für alles.*

»300 Euro«, forderte Traum-Bärchen.

»Zu viel«, entgegnete ich entsetzt. »Und das Schild geht gar nicht.«

Bärchen lächelte und reichte mir eine neue Pappe – unbeschriftet – und einen dicken Filzschreiber. »Schreib selbst, was du mir wünschst.«

Ich überlegte. Eigentlich wünschte ich ihm gar nichts – noch nicht mal was Schlimmes.

Trotzdem nahm ich den Schreiber und kritzelte *Die Stimme seines Herrn* auf die Pappe. Wie von Zauberhand erschien daneben die bekannte Zeichnung des Terriers, der ins Grammofon lauscht.

Den Rest der Nacht schlief ich tief und traumlos.

Jackos Schwester und ganz viele Pailletten

Das Casting wurde nicht live ausgestrahlt, sondern zeitnah zum Sendetermin aufgezeichnet. Klar, nicht alle Kandidaten konnten gezeigt werden – der Sender entschied sich für die ganz schlechten, die Fremdschämen und harte Sprüche von Pitt Brett garantierten, und die wenigen, die wenigstens so singen konnten, dass die Zuhörer nicht gleich ins Wachkoma fielen.

Die Jury bestand aus drei Experten. Pitt Brett war seit Beginn der Serie dabei, garniert von weniger bekannten Größen aus dem Showbusiness. Diesmal waren es eine brasilianische Sängerin, die aussah wie die Zwillingsschwester von Michael Jackson, und ein singender Schönling, der in einer Boygroup trällerte.

In der Halle war es wuselig. Die Kandidaten warteten in einem Vorraum, hermetisch abgetrennt von der Jury. Überall Kameraleute, Maskenbildnerinnen und Gott-weiß-was-noch-für-Personen.

Birsen wurde von ihrer Mutter begleitet – einer kleinen Person mit Kopftuch. Sie wirkte völlig verloren in dieser Hektik. Ihre Tochter übte Tanzschritte – oder das, was sie dafür hielt. Birsen hatte ihre natürliche Schönheit mit Pfunden von Schminke und Augen-Make-up verdeckt. Sie sah nicht mehr aus wie sechzehn, sondern wie dreißig. Ihre Brüste hatte sie nach oben geschnürt, das Paillettenkleid endete kurz unter der Scham und die Stilettos eigneten sich als Stichwaffen.

Birsens Mutter vermied den Blick auf ihre aufgemotzte Tochter.

Pöppelbaum sah mich an und verdrehte die Augen. Ich wusste, was er dachte.

»Da musst du durch«, sagte ich. »Knips alles, was sich bewegt …«

»… und das, was sich nicht mehr bewegt. Klar, Grappa!«, vollendete er den Satz. »Am besten, wenn der Brett was auf die Mappe kriegt wegen seiner frechen Schnauze.«

Birsen unterbrach ihre Tanzübungen und posierte für Wayne.

»Was wirst du singen, Birsen?«, erkundigte ich mich.

»Das von der Ballermann. *Es tut ja so doll weh, wenn ich dich mal seh …*«

»Kannst du nur dieses eine Lied?«, fragte ich. »Manchmal will Brett ja noch was Englisches hören.«

»Ich kann nur das. Was willst du überhaupt? Ich bin schon aufgeregt genug. Und jetzt muss ich mich konzentrieren, menno.«

Sie zappelte wieder los.

Frustriert suchte ich mir einen guten Platz vor dem Monitor, auf dem das übertragen wurde, was sich im Juryraum abspielte.

»Noch fünf Minuten bis zur Aufzeichnung«, meldete eine Mikrofonstimme. »Kandidat eins bitte fertig machen. Und los!«

Ein pickeliger Junge mit einer umgedrehten Baseballmütze auf dem Kopf tänzelte zur Tür, die in den Juryraum führte. Sein Hosenboden hing fast in den Kniekehlen. Wayne belehrte mich, dass die Kids die Jeans jetzt so trugen und das für megacool hielten.

Der riesige Monitor zeigte den Jungen vor der Jury. Pitt Brett trug einen weißen Anzug mit glitzernden Pailletten, die Brasilianerin war tief dekolletiert und der Boygroup-Sänger hatte seinen Body in ein grell bedrucktes T-Shirt gepresst.

Das alles interessierte mich nicht. Schnell rechnete ich nach, wie viele Jahre ich noch bis zur Rente hatte. Zu viele. Mein Frust nahm zu.

Der Bengel versuchte zu singen. Es hörte sich grauenhaft an.

Pitt Brett und die anderen Mitglieder der Jury schienen mindestens so frustriert zu sein wie ich.

»Dein Gesang hat die Intensität von einem Flohrülpser!«, polterte Brett. »Aber eins muss ich dir sagen … Du hast eine gute Treffsicherheit beim Danebensingen.«

»Wieso glaubst du, dass du singen kannst?«, fragte das weibliche Jurymitglied. »Schaust du nicht mal Videoclips an oder so?«

»Ich singe ja nicht für mich«, bekannte der Junge. »Sondern für meinen Papa.«

»Was ist mit deinem Vater?«

Wayne hatte sich neben mir niedergelassen. »Gleich kommt die Geschichte mit der Krebskrankheit, wetten?«, raunte er.

»Mein Vater ist unheilbar krebskrank«, schluchzte der Kandidat.

»Und deshalb legst du uns hier so ’ne Scheiße hin?«, polterte Brett. »Hat dein Vater dich denn schon mal singen gehört?«

Bubi nickte.

»Das solltest du ihm nicht antun«, meinte Brett. »Dein Gesang ist aktive Sterbehilfe. Von mir kriegst du ein fettes Nein. Aber so was von.«

Auch die beiden anderen Juroren hatten kein Ja zu verteilen. Der Kandidat zog davon wie ein geprügelter Hund.

Im Aufenthaltsraum schleppte sich der Junge auf ein Sofa und ließ sich fallen. Eine Reporterin, gefolgt von einem Kameramann, stürzte auf ihn zu: »Hat wohl nicht so gut geklappt, oder? Was hat Pitt gesagt?«

Der Kandidat begann zu schluchzen. Die Kamera fing alles ein.

»Was hat er denn gesagt?«, hakte die Reporterin nach.

»Der Pitt kann mich mal«, heulte Bubi. »Der kann ja selbst nicht singen. Aber ich werde nicht aufgeben, ich lebe für meine Musik.«

Nach weiteren fünf Kandidaten, von denen immerhin einer mit einem Schein für den sogenannten Recall bedacht wurde, war Birsen an der Reihe. Ich war mir nicht sicher, ob ich schönen Gesang noch erkennen würde – mein Gehör war schon eine Stunde lang aufs Übelste gequält worden. Würde ich je wieder Mahlers Sinfonie Nummer 2 oder die Neunte von Beethoven genießen können?

Durch das Kameraauge betrachtet sah Birsen süß aus, als sie vor der Jury stand.

»Woher kommst du?«, fragte Pitt.

»Ich bin die Birsen aus Bierstadt. Siebzehn Jahre alt.«

»Und was machst du so?«

»Ich hab meine Lehre abgebrochen, um nur noch Musik zu machen«, klimperte Birsen.

»Was war das denn für eine Lehre?«, fragte die Jurydame.

»Verkäuferin«, antwortete Birsen.

»Und was singst du für uns?«, wollte Brett wissen.

Er war überraschend freundlich. Vermutlich gefiel ihm, was er sah.

»Ich sing nur für dich, Pitt«, strahlte Birsen.

Brett grinste fett. Aua, dachte ich.

»Und was?« Er bleckte diabolisch die Zähne. Aua, dachte ich wieder.

»Das tut ja so doll weh«, antwortete das Mädchen. »Von Annette Ballermann.«

»Na, hoffentlich tust du uns nicht doll weh«, grinste Brett. »Dann fang mal an, Kleine.«

Das tut ja so doll weh, / wenn ich dich mal seh. / Du warst die große Liebe. / Hab wie sonst was geweint, / Fühl mich am Boden / Furchtbar allein. / Das kann doch nicht wirklich sein …

Sie brach ab.

»Was ist jetzt?«, fragte Brett. »Mir tut das jetzt auch ganz doll weh …«

»Ich hab den Text vergessen«, zirpte Birsen. »Darf ich auf den Zettel gucken?«

Brett nickte grinsend.

Das Mädchen zog einen Zettel aus dem Ausschnitt und half seinem Gedächtnis auf die Sprünge. Sie streckte sich und sang:

Was zwischen uns gelaufen ist, / das war zu viel von Anfang an / Mehr als in tausend Jahren. / Das tut ja so doll weh, / wenn ich dich mal seh …

Es klang schrecklich piepsig.

Ich schloss die Augen und dachte an den Artikel, den ich würde schreiben müssen.

Birsen hatte zu Ende gepiepst und schaute erwartungsvoll zum Jurytrio.

»Also«, sagte Brett lächelnd. »Ich bin begeistert …«

Ich traute meinen Ohren nicht. Er lobte sie! Birsen strahlte.

»Echt«, fuhr der Pop-Titan fort. »Wirklich begeistert … von uns …, dass wir das so lange ausgehalten haben.«

Rums. Birsens Lächeln gefror.

»Ich geb dir mal einen guten Rat.« Brett lehnte sich in seinem Sessel zurück. »Du willst singen. Kannst du aber nicht. Du wirst auch nie singen können. Du solltest bei den beiden anderen Beschäftigungen bleiben, die auch mit S anfangen. Und weißt du, wie die heißen?«

Birsen schüttelte das Köpfchen.

»Shoppen und Saubermachen«, gab Brett Auskunft. »Du gehörst zu diesen Kakerlaken-ins-Koma-Sängerinnen.«

»Du bist so gemein«, flüsterte Birsen.

»Gemein ist mein Beruf, Herzchen. Aber du siehst ja süß aus. Mach was draus. Und jetzt tschüss.«

Im Warteraum stürzte Birsen heulend in die Arme ihrer Mutter. Die führte sie nach draußen. Hinter der Glastür bemerkte ich einen Mann. Er nahm beide Frauen in Empfang und gestikulierte wütend. Birsens Vater?

»Die Jury macht jetzt eine Stunde Pause«, teilte die Mikrofonstimme ein paar Kandidaten später mit. »Haltet euch danach wieder bereit. Das Catering für die Medienvertreter ist im Saal nebenan. Bitte zeigen Sie Ihre Akkreditierung vor.«

Der Monitor wurde dunkel.

Gettoblaster und Goldring

»Lass uns nach nebenan gehen!«, quengelte Pöppelbaum. »Ich brauch was zwischen die Kiemen.«

»Kleinen Augenblick«, bat ich. »Ich muss mir noch ein paar Notizen machen. Hast du den Mann eben gesehen? Das war bestimmt Birsens Vater. Gut, dass er nicht mitbekommen hat, wie Brett seine Tochter fertiggemacht hat.«

»Der sah schon wütend genug aus. Hier!« Wayne zeigte mir den Schuss, den er gemacht hatte: Birsen heulend in den Armen der Mutter und der mutmaßliche Chef der Familie mit wutverzerrtem Gesicht, die beiden Frauen vor sich herschiebend.

»Die beiden kriegen Ärger«, prophezeite ich. »Hoffentlich endet das nicht in einem Ehrenmord oder so was.«

»Dann hätten wir endlich eine gute Geschichte!«

Der Bluthund hatte den Satz kaum zu Ende gesprochen, als die Tür zum Saal aufging und eine Gruppe von drei Männern hereintanzte. Sie trugen die gleichen weißen Anzüge mit Pailletten wie Pitt Brett und sahen ihm verblüffend ähnlich. Alle drei hatten eine Maske vor dem Gesicht: Brett fett grinsend. Im letzten Karneval waren diese Teile der Renner gewesen.

Einer der Männer trug einen Gettoblaster auf der Schulter, aus dem Musik schepperte.

You're my head, you're my life …

Die drei bewegten sich zum Rhythmus der Musik. Die Kandidaten und ihre Begleiter klatschten und sangen mit. Einige tanzten.

Die Combo verschwand im Juryraum.

»Komische Einlage«, kommentierte ich. »Was sollte das?«

»Vielleicht Brett-Fans«, meinte Pöppelbaum. »*You're my head, you're my life* … Das ist ja ein ganz berühmter Song von vor tausend Jahren. Als Brett noch mit Benno Genau die Band *Last Eternity* war.«

»Die Texte waren genau so blöd wie heute«, meinte ich. »Hast du die drei gerade abgelichtet?«

»Nee, sollte ich?«, fragte Wayne.

»Besser wär's.«

»Dann warte ich hier, bis sie wieder rauskommen«, kündigte Pöppelbaum an. »Kannst du mir ein paar Schnittchen ranschaffen, Grappa-Baby? Und eine Cola oder so was.«

»Klaro.«

Ich erhob mich. Musik erschallte.

»Da kommen sie ja schon«, sagte ich zu Wayne. »Mach die Fotos und gut ist es.«

You're my head, you're my life …

Die drei tänzelten uns entgegen. Applaus.

Wayne fotografierte. Ich grinste, die Brett-Masken wirkten sehr skurril.

Einer der drei hatte sich wohl völlig verausgabt, denn die beiden anderen hatten ihn unter den Armen gepackt und zogen ihn mit sich.

Ein merkwürdiger Gedanke kroch in mein Hirn, doch ich bekam ihn nicht zu fassen.

Die drei verschwanden ins Freie. Wayne packte die Kamera ein. »Komm, Essen fassen, Grappa.«

Nebenan erwartete uns ein prächtiges Buffet im arabisch-türkischen Stil. Ich schaufelte Couscous mit geschmortem Gemüse auf den Teller, während Pöppelbaum vor einer Schüssel roter Suppe saß, die einen höllenscharfen Eindruck machte.

»Zeigst du mir mal kurz deine Fotos?«, fragte ich.

Er reichte mir die Kamera und ich öffnete die Diashow. Die letzten Bilder zeigten die Männer mit den Brett-Masken, wie sie den Saal verließen. Irgendetwas irritierte mich an den Fotos und ich drückte die Zoomfunktion.

Der Hintergrund wurde kleiner und die Männer waren besser zu erkennen. Ich scannte das Bild mit meinen Augen genau ab – und dann hatte ich es. Der Mann in der Mitte hatte den rechten Handrücken zur Kamera gedreht, ein fetter Goldring mit Skarabäus zierte seinen Finger! Ich zückte mein Telefon und rief Kleist an.

Bärchen ist schon unterwegs

Eine halbe Stunde später war das Gelände abgeriegelt. Die Kunde von Pitt Bretts Entführung hatte blitzschnell die Runde gemacht. Der Pop-Titan war mitten aus seiner eigenen Show geklaut worden!

Und ich war die Heldin, die es zuerst entdeckt hatte, denn ich hatte den Goldring in Erinnerung gehabt. Brett hatte ihn bei dem Interview im Hotel getragen.

Niemand durfte die Hallen verlassen, niemand durfte sie betreten – außer den Ermittlern und den Kollegen von der Spurensicherung. Die Journalistenmeute hatte sich vervielfacht, aber niemand wurde durchgelassen.

Kripobeamte vernahmen die beiden anderen Juroren. Die Männer hatten sie mit Waffen bedroht, gefesselt und geknebelt. Das machte gleich die Runde.

»Wayne, deine Fotos sind Gold wert«, stellte ich fest. »Besonders das letzte – das hat nämlich keiner außer dir.«

Mein Handy klingelte.

Schnack. »Geht es Ihnen gut, Frau Grappa?«, fragte er.

»Klar«, entgegnete ich, überrascht von seiner plötzlichen Fürsorge. »Wir sind mitten in der Geschichte drin. Haben sozusagen alles im Kasten. Wir kommen nur nicht weg. Die Polizei lässt niemanden raus.«

»Ich schicke Ihnen Verstärkung«, kündigte mein Chef an. »Herr Biber ist schon so gut wie unterwegs.«

»Ihr Bärchen muss aber draußen bleiben«, prophezeite ich. »Die lassen niemanden aufs Gelände.«

»Wie auch immer. Ich bin jedenfalls im Haus und bereite alles für eine Sonderausgabe vor. Herr Biber wird sie mit Inhalt füllen. Er stellt einfach die Fakten zusammen. Es kommt ja viel über die Agenturen. Und wenn er nicht weiterweiß, ruft er Sie an. Das Extrablatt bringen wir als Samstagsspätausgabe.«

»Das macht Sinn, ich komme hier ja nicht weg und kann nichts schreiben«, gestand ich ein.

»Schön, dass Sie einverstanden sind. Ihren Augenzeugenbericht können Sie morgen in aller Ruhe schreiben. Der kommt am Montag auf die erste Seite der regulären Ausgabe. Können Sie uns Fotos zusenden?«, wollte Schnack noch wissen. »Gibt es dort einen Rechner, den Sie nutzen können? Oder können Sie Handyfotos verschicken?«

»Nein, wir haben keinen Internetzugang. Informationssperre nach draußen. Und mein Handy kann keine Fotos machen.«

Ich beendete das Gespräch.

»Seit wann ist dein Handy nicht fototauglich?«, staunte Wayne.

»Seit eben«, grinste ich. »Bärchen muss ohne mich klarkommen.«

Der Monitor erhellte sich wieder. Der Sender hatte eine Live-Sondersendung aus dem Boden gestampft. Ein Reporter stand vor einem Übertragungswagen, im Hintergrund war die große Westfalenhalle zu sehen.

»Bisher wissen wir nur, dass Pitt Brett, Chefjuror von WSDS, spurlos verschwunden ist. Er wurde vermutlich während einer Castingpause von drei Männern verschleppt. Neben mir Hauptkommissar Holger Murr, Pressesprecher der Polizei. Was können Sie unseren Zuschauern mitteilen? Was unternimmt die Polizei, um Brett zu befreien?«

»Wir haben eine Ringfahndung eingeleitet. Herr Brett wurde nach Zeugenaussagen in ein Auto gezerrt. Dieses Fahrzeug suchen wir jetzt.«

»Die Täter trugen Masken. Pitt-Brett-Masken – ähnlich wie diese hier.« Ein Foto wurde eingeblendet. »Wie wollen Sie wissen, dass es wirklich Brett war?«, fragte der Reporter.

»Nach Zeugenaussagen trugen alle Täter diese Art Maske. Eine Person verlor ihre Maske, als die Täter ihr Opfer ins Fluchtfahrzeug verbrachten. Unter der Maske war aber auch das Gesicht von Pitt Brett. Das haben mehrere Zeugen beobachtet. Herr Brett wurde getragen. Augenscheinlich war er betäubt. Wir suchen einen hellen Geländewagen, dessen Kennzeichen mit Dreck unkenntlich gemacht worden ist.«

Hinter dem Reporter fuhr ein Wagen vor, den ich kannte. Friedemann Kleist rückte an. In dem Moment, in dem er ausstieg, bemerkte er den Übertragungswagen und war schon wieder aus dem Bild verschwunden.

Wayne hatte die Szene auch beobachtet. »Die Bullen schicken ihr bestes Personal«, lächelte er süffisant. »Kommt er, dich zu retten?«

»Höchstens vor der Langeweile, die sich gerade auftut. Geht das denn gar nicht weiter hier?«

»Gleich bekommst du doch eine Vorzugsbehandlung, Grappa-Baby.«

»Du auch, aber von mir«, drohte ich.

Mein Handy klingelte. Diesmal war es Bärchen Biber.

»Was können Sie mir sagen, Frau Grappa? Wie geht es Ihnen da drinnen? Und den anderen Jurymitgliedern und den Kandidaten?«

»Ganz gut so weit. Es ist nur ein bisschen öde hier«, antwortete ich. »Wir werden nach und nach alle vernommen, und das dauert.«

Kleist betrat den Raum, begleitet von zwei Kollegen. Er winkte mir kurz zu.

»Ich bin jetzt dran, Herr Biber. Bis später.« Ich drückte Bärchen weg.

»Können wir reden, Maria?«

»Sicher.« Wir verzogen uns an einen Stehtisch.

»Was hast du mitbekommen?«

Ich berichtete von den drei Männern, ihrem komischen Auftritt und dem goldenen Skarabäus-Ring.

»Gut beobachtet«, lobte er. »Durch deinen Anruf hast du uns eine Stunde geschenkt.«

»Habt ihr eigentlich den weißen Anzug gefunden?«, wollte ich wissen.

»Welchen Anzug?«

»Den vierten. Ich kann zwar nicht besonders gut rechnen, aber bis zehn komm ich klar. Also: Drei Männer mit Brett-Masken und weißen Anzügen kommen rein, bedrohen und fesseln zwei Juroren, packen sich den echten Brett und verschleppen ihn. Drei Männer also. Und drei Männer verlassen die Hallen. Zwei Entführer und Brett in ihrer Mitte. Wo ist der vierte Mann geblieben? Und sein Anzug?«

Der weiße Anzug wurde auf der Herrentoilette gefunden. Der dritte Entführer hatte sich locker unters Volk gemischt und war vermutlich längst über alle Berge.

»Wir haben bereits zu viele Leute nach Hause geschickt«, meinte Kleist. »Die, die nichts beobachtet haben. Darunter wird auch der dritte Täter sein, schätze ich. Wir haben zwar die Personalien aufgenommen, aber nicht alle hatten einen Ausweis dabei. Also müssen die Namen auch nicht stimmen. Ist dir sonst noch irgendetwas aufgefallen, was uns weiterbringen könnte?«

»Nee. Nur dass die Entführer Fantasie, Mut und den Schalk im Nacken haben müssen. Die Tanznummer nach dieser Schnulze von *Last Eternity* war grandios.«

»Du kannst übrigens gehen, wenn du willst«, sagte Kleist. »Du musst doch bestimmt noch arbeiten.«

»Erst morgen«, entgegnete ich. »Für die Montagsausgabe. Das Extrablatt macht ein Kollege.«

»Oh«, machte er. »Darf ich heute Abend auf ein Glas Wasser bei dir vorbeischauen?«

»Klar, Schnuggi. Wenn ich Wein trinken darf und du allein kommst«, säuselte ich.

Vom Pop-Titan zum Pop-Thetan

Während ich einen Imbiss vorbereitete, lief die Kiste. Alle Fernsehanstalten berichteten in Sondersendungen über die Entführung des Pop-Titanen. Die Nation war erschüttert. Was waren dagegen schon Schlammlawinen in Brasilien, Cholera in Haiti oder Selbstmordattentate in Afghanistan?

Irgendwann wiederholte sich alles und ich stellte das TV ab. Wo blieb Kleist? Er war schon zwanzig Minuten überfällig.

Prompt klingelte es an der Tür.

»Tut mir leid, Maria.« Er stürzte ins Haus. »Ich hasse Verspätungen.«

»Macht nichts. Gibt es was Neues?«

»Wir haben ein Bekennerschreiben erhalten. Darum kümmern sich nun die Kollegen. Allerdings sollte mein Handy auf Empfang bleiben.«

»Von wem ist das Schreiben?«, fragte ich. »Oder ist bei der Kripo wieder das große Schweigen ausgebrochen?«

»Nein, die Pressestelle hat eine Mitteilung vorbereitet, die in einer Stunde an alle Medien verschickt wird. Für dich habe ich eine Kopie des Bekennerbriefes mitgebracht. Hier!«

Er zog ein Blatt Papier aus der Innentasche seines Leinenjacketts. Ich riss es ihm aus der Hand.

Wir, die Kirche der Erleuchteten, *übernehmen die Verantwortung für die Entführung der unterdrückerischen Person Pitt Brett. Wir stellen keinerlei Forderungen. Seelenverbrecher Brett wird erst dann wieder freigelassen, wenn er bereit ist, seine antisoziale Persönlichkeit hinter sich zu lassen.*

»Kurz und knapp«, stellte ich fest. »Und hört sich nach einem längeren Aufenthalt Bretts bei der Sekte an. Gehirnwäsche inklusive. Vom Pop-Titan zum Pop-Thetan. Wie hat euch der Brief erreicht?«

»Er wurde von einem Fahrradkurier gebracht und an der Pforte abgegeben. Leider war in der Kurierzentrale niemand in der Lage, den Aufraggeber auch nur halbwegs vernünftig zu beschreiben.«

»Nun gut, dann lass uns jetzt mal zum gemütlichen Teil des Abends kommen«, schlug ich vor und schob ihn in die Küche.

»Lecker!« Kleist schnitt sich ein Stück *Pecorino pepato* ab und versenkte es in seinem Mund.

»Serviert dir deine Clara keine Leckereien?«, konnte ich mir nicht verkneifen zu sagen.

»Die ist grad nicht da«, gab er zurück. »Sie sieht nach ihren Kindern.«

»Ach ja, die lieben Kleinen«, säuselte ich. »Wie hießen die beiden noch gleich?«

»Kevin und Justin.«

»Kevin und Justin – wie originell. Jedes zweite Kind in Prekariatsfamilien heißt Kevin oder Justin.«

»Sind aber echt sehr nette Jungs«, kaute Kleist – sichtlich amüsiert.

»Du kennst die Kinder?« Ich leerte das Glas Sauvignon.

»Ich habe Fotos gesehen.«

»Und? Holt sie die Kinder nach Bierstadt?« Mein Ärger wuchs.

»Sicher. Ist doch ganz natürlich, dass sich eine Mutter nach ihren Kindern sehnt.«

»Wie willst du denn in deiner kleinen Wohnung noch zwei Kinder unterbringen?«

Kleist sah mich mit großen Unschuldsaugen an. »Ich dachte dabei an dich, Maria. Dein Haus ist doch groß genug. Und du bist doch eigentlich eine ganz liebe Frau – wenn du dir etwas Mühe gibst.«

Ich schnappte nach Luft, griff nach der Schale einer ausgedrückten Zitrone und bewarf ihn damit. Geschickt fing er die gelben Hütchen auf.

»Machst du mit Clara abends auch solche Wurfspiele?«, kicherte ich dann.

»Eher nicht. Ich komme sehr spät nach Hause und dann schläft sie meistens schon«, antwortete er.

»Wie lange soll das so weitergehen?«

Er lächelte, wurde aber schnell wieder ernst. »Sie hat jetzt eine Wohnung in Aussicht. Und einen Job. Bei der Stadtverwaltung.«

»Ach, hat das geklappt mit dem Politessen-Job?«, strahlte ich.

»Nein. Clara wird in der Familienhilfe arbeiten. Zunächst als Honorarkraft.«

»Prima. Sie hat eine Menge Erfahrung. Ehe zerrütten, zwei Kinder, die man Kevin und Justin nennt. Die kennt sich aus und kann sich bestimmt gut einfühlen in die Schicksale ihrer Klienten.«

»Wenn ich es nicht besser wüsste«, seufzte Kleist, »würde ich jetzt glauben, dass du ein Schandmaul bist, Maria.«

»Da wärst du aber der Erste, der so was über mich denkt.«

Wir frotzelten uns noch eine Weile gegenseitig an. Es gefiel mir gut.

Sonderkommission *Superstar*

Gut ausgeschlafen und emotional bestens aufgerüscht fuhr ich zur Redaktion. Ich mochte die Sonntagsdienste, wenn sich etwas Wichtiges ereignet hatte. Die Seiten wurden sonst meist mit Artikeln aus dem Stehsatz gefüllt. Aktuelle Wochenendereignisse dienten allein der Anreicherung. Aber diesmal war ja Bedeutendes passiert.

Auf meinem Schreibtisch lag die Sonderausgabe, die Bärchen Biber gestern fabriziert hatte. Er hatte sich auf das beschränkt, was über die Agenturen gelaufen war, und brav auf meinen Bericht in der morgigen Ausgabe hingewiesen:

> Unsere Reporterin Maria Grappa hat die Entführung des Pop-Titanen hautnah miterlebt! Lesen Sie ihren Bericht in der Montagsausgabe des *Bierstädter Tageblattes …*

Auch die Pressemitteilung von Polizei und Staatsanwaltschaft fand ich vor. Es gab weder eine Spur von Pitt Brett noch von dem hellen Geländewagen. Selbstverständlich wurde auch der Bekennerbrief erwähnt und abgedruckt.

> Die *Kirche der Erleuchteten* bestreitet, den Brief geschrieben zu haben. Zwar gebe es Auseinandersetzungen mit dem Geschädigten, doch mit der Entführung habe man nichts zu tun. Eine Hausdurchsuchung im Zentrum der Kirche hat keine Anhaltspunkte für eine Täterschaft erbracht. Die Ermittlungen laufen mit Hochdruck. Die Kreispolizeibehörde hat die Sonderkommission *Superstar* gegründet.

Pöppelbaum legte mir Ausdrucke seiner Fotos vor. Das Detail mit dem goldenen Skarabäus an Bretts Hand machte sich gut.

Ich betrachtete die Bilder ganz genau. Eines fiel mir auf. Es musste während der Pause entstanden sein, denn der Monitor war dunkel und es hielten sich nicht mehr viele Menschen in der Vorhalle des Juryraums auf.

»Weißt du noch, wann genau du dieses Foto gemacht hast? Waren die Entführer da schon in dem Juryraum?«

Der Bluthund überlegte. »Bei ihrem Einzug hab ich sie ja verpasst«, erinnerte er sich. »Du hast mir gesagt, ich soll sie beim Rauskommen ablichten. Das hab ich dann auch gemacht. Zwischen diesem Foto und dem danach liegen … Moment!«

Er schaute auf das Display seiner Kamera. »Hier hab ich es. Drei Minuten. Also müssen die Täter den Juryraum betreten haben, als ich dieses Bild geschossen habe. Aber warum fragst du, Grappa? Das Bild ist doch uninteressant, noch nicht mal auf dem Monitor ist was los.«

»Auf dem Monitor nicht«, entgegnete ich. »Aber hier!«

Ich deutete auf die Stelle der Aufnahme, an der eine Person zu sehen war: unscharf zwar, aber eindeutig als Frau zu erkennen. »Wer ist das?«

Pöppelbaum grübelte. »Keine Ahnung. Aber es scheint, dass sie die Tür zum Juryraum aufmachen will.«

»Genau, und wenn die Entführer im Raum waren und diese unbekannte Frau hineingegangen ist, muss sie doch was beobachtet haben, oder?«

»Eigentlich schon. Aber vielleicht hatten die Entführer von innen abgeschlossen und sie konnte gar nicht rein.«

»Wer hatte Zugang zu dem Juryraum?«, fragte ich. »Catering, Kandidaten, Maskenbildnerinnen, Produktionsmitarbeiter?«

»Die Kripo hat alle Beteiligten vernommen«, stellte Wayne fest. »Die haben das bestimmt schon geklärt.«

»Mag sein«, sagte ich unentschlossen. »Die Frau hat einen karierten Rock an, siehst du? Und darüber eine kleine weiße Schürze, wie sie Kellnerinnen tragen. Sie muss doch zu identifizieren sein.«

»Also, Grappa! Du suchst wieder die Nadel im Heuhaufen. Wenn die Frau drin war, dann weiß die Polizei das.«

»Du hast recht. Ich koch jetzt eine Kanne Kaffee und mach mich an meinen Artikel.«

Wer verschleppte den Pop-Titanen? –
Bekennerbrief der Erleuchteten!

Noch immer keine Spur von Pitt Brett: Der Pop-Titan (54) wurde während des Castings zu der Show *Wir suchen dich, Superstar!* von drei Männern entführt. Sie verschleppten ihn während einer Pause. Die drei Männer trugen Brett-Masken und weiße Anzüge (siehe Foto). Sie zerrten den Jurychef in einen hellen Geländewagen und fuhren davon. Zeugen haben die Szene beobachtet. Un-

> serem Fotografen gelang es, die Entführung im Bild festzuhalten.

Ich stellte die Fotoserie in den Text. Die grinsenden Brett-Masken wirkten unheimlich – wie Figuren aus einem Horrorfilm. Dann das Close-up der schlaff herabhängenden Hand mit dem Goldring.

> An der Authentizität eines »Bekennerbriefes«, der einige Stunden nach der Entführung bei der Polizei einging, haben die Ermittler erhebliche Zweifel. Fest steht aber, dass die Sekte das Entführungsopfer Brett bedroht hatte. Die *Kirche der Erleuchteten* hat jedoch inzwischen jede Beteiligung an der Straftat zurückgewiesen.

Abends gönnten sich Pöppelbaum und ich noch einen Absacker. In der Kneipe, in die wir zufällig hineingerieten, lief der Fernseher. Bretts Entführung beherrschte nach wie vor die Nachrichten. Aber mehr Informationen als ich hatte die Konkurrenz auch nicht.

Der WSDS-Sender hatte die Ausstrahlung des gestrigen Castings vorgezogen, um zeitnah Quote zu machen. Über die Bilder wurde ein Rolltext eingeblendet: *Aktuell! Pitt Brett wurde entführt. Von ihm fehlt jede Spur! Alle News zum Thema hier bei uns!*

»Da ist Birsen«, zeigte ich auf die Mattscheibe.

»Im Fernsehen kommt sie ja noch schlimmer als live«, stöhnte Pöppelbaum erschüttert.

»Ja klar, die Filmaufnahmen werden geschnitten, mit neuen Texten besprochen oder verfremdet. So werden die Kandidaten so richtig lächerlich gemacht.«

»Was machst du denn so?«, fragte Brett die nächste Kandidatin.

»Isch?«

»Ja, du.«

»Kochen, shoppen, quatschen und telefonieren«, antwortete die glutäugige Braut.

»Deine Stimme gehört auf ein Fahndungsplakat«, gab Brett einem anderen Kandidaten mit auf den Weg. Und schon wurde eine Grafik eingeblendet. Sie zeigte einen Steckbrief mit Bild und Namen des Kandidaten. Delikt: *Musikfolter.*

»Die sind echt hart«, meinte Wayne und bestellte noch ein Bier. »Viele Leute hätten Grund, dem Brett mal die Fresse zu polieren. Die tun mir echt leid.«

»Mein Mitleid hält sich in Grenzen. Niemand wird gezwungen, dort vorzusingen. Die Jungs und Mädels machen mit dem Sender schließlich einen Vertrag«, erklärte ich. »Alle Rechte an Fotos, Videos und Tonaufnahmen gehen damit für immer und ewig auf den Sender über. Manche sind noch Jahre später eine Lachnummer als Klingelton oder in der x-ten Wiederholung in der Chartshow der peinlichsten Auftritte zu sehen.«

Ich schaute auf den Rolltext, der jetzt rot unterlegt war: *Aktuell! Pitt Brett wurde gestern entführt. Von ihm fehlt jede Spur! Bekennerschreiben einer Sekte ist gefälscht. Alle News zum Thema hier bei uns!*

»Die haben das *Tageblatt online* gelesen«, tippte Wayne.

»Wohl eher die Pressemitteilung. Ich bin sehr gespannt, wann Brett wieder auftaucht. Eins steht jedenfalls fest: Was Besseres konnte dem Sender nicht passieren. Die Quote von WSDS wird in astronomische Sphären schnellen.«

Am Ende der Show konnten die Zuschauer dreitausend Euro gewinnen. Da aber die Götter den Schweiß vor den Erfolg gesetzt hatten, musste erst eine Frage beantwortet werden: *Was ist eine Krankheit? A) Ziegen-Peter oder B) Ziegen-Uschi.*

»So finanzieren die ihren Quatsch«, begriff Wayne. »Gewinnspiel und Kandidatenvoting. Fünfzig Cent pro Anruf. Das funzt!«

»Bei einem Marktanteil zwischen acht und zehn Millionen Zuschauern kommt da einiges zusammen«, nickte ich. »Diese Gewinnspielfragen haben wirklich Charme. *Ziegen-Uschi* hört sich an wie eine Kandidatin bei *Bauer sucht Frau.*«

Weiße Schürze an kariertem Rock

Der Montag begann mit einer Überraschung: Knalliger Sonnenschein spiegelte Hochsommer vor und es wurde wirklich richtig warm. In der Konferenz am Morgen bekam ich Lob von Schnack. Aber ich konnte es nicht entsprechend würdigen. Ich hatte wenig geschlafen, weil mir ein Foto nicht aus dem Sinn ging: Wie die weiß geschürzte Frau mit dem karierten Rock vor der Tür des Juryraums stand – die Hand an der Klinke –, während die drei Entführer hinter der Tür die Jury bedrohten und fesselten.

War sie hineingegangen oder war der Raum zu der Zeit abgeschlossen gewesen? Hatte sie an der Tür gerüttelt und war dann unverrichteter Dinge wieder abgezogen? Oder hatte sie die Tat gar beobachtet?

Letzteres erschien mir unwahrscheinlich, denn dann hätte Kleist eine perfekte Zeugin gehabt und es mir erzählt.

Möglicherweise hatte die Frau aber auch einen Grund, über ihre Beobachtung zu schweigen.

Ich erreichte Kleist im Präsidium und fragte nach dieser Frau. Aber er konnte mir nichts sagen, denn er hatte die wenigsten Vernehmungen selbst geführt. Und in Protokollen wurden zwar die Personalien der vernommenen Personen festgehalten, nicht aber, was sie anhatten.

»Wie sind die Entführer in den VIP-Bereich gelangt?«

»Sie hatten eine Einladung. Der Sender ist ja nicht gerade geizig damit umgegangen. Du hattest doch auch eine.«

»Stimmt. Ich hab ein komisches Gefühl.«

»Ich halte mich an Fakten«, stellte Kleist klar. »Ein Mensch ist entführt worden. Das ist ein schweres Verbrechen.«

»Du hast recht. Und der Brett ist auch nur ein armes Schwein. Hoffentlich kommt er heil wieder zurück.«

Ein bisschen hatte mich mein Hauptkommissar wieder auf den Boden der Tatsachen zurückgebracht. Doch dieses Gefühl hielt nur einige Stunden an. Nach zwei Tassen Kaffee und keinem (!) Mandelhörnchen rief ich Jessica von Neuenfels an, die Pressefrau des Senders.

»Können wir uns treffen? Ich würde Ihnen gern ein paar Fotos zeigen.«

Sie war überrascht, stimmte aber zu.

Ich schlug die Westfalenhallen als Treffpunkt vor, und zwar den Aufenthaltsraum der Kandidaten.

»Die Polizei hat heute früh alles freigegeben. Passt also.«

»Wie wird die Show jetzt weitergehen?«, fragte ich.

»Darüber ist noch nicht entschieden. Ohne Brett ist WSDS nicht denkbar. Elizabetha Lazeira und Danny Forehead sind keine Garantie für eine ordentliche Quote.«

»Die waren doch ganz nah dran an der Entführung«, fiel mir ein. »Haben die beiden denn gar nichts gesehen, was weiterhilft?«

»Die waren an Stühle gefesselt, selbst die Augen waren verbunden. Zudem spielte sich alles hinter ihrem Rücken ab.«

Ich griff mir die Ausdrucke von Pöppelbaums Fotos und machte mich auf den Weg. Die Bundesstraße war mal wieder verstopft. Unfall. Ein Sportwagen hatte sich um eine Platane gewickelt. Mit zehn Minuten Verspätung parkte ich den Golf. Jessica sah trotz der Hitze aus wie einem Wellnessschuppen entsprungen.

»Ich muss unbedingt was essen«, meinte sie. »Deshalb hab ich einen Tisch im *Goldsaal* reserviert. Ist das okay für Sie?«

War es. Doch was sie Essen nannte, war ein großer Salat mit Putenbrust. Ich entschied mich für Gemüselasagne. Während wir auf das Mahl warteten, legte ich ihr die Fotos vor.

»Mir geht es vor allem um diese Frau hier.« Ich deutete auf die unscharfe Person in dem karierten Rock. »Kennen Sie sie?«

Sie betrachtete das Bild. »Nein. Das Gesicht ist ja völlig verschwommen«, stellte sie messerscharf fest. »Aber eine Frau ist es, das erkennt man an den Beinen. Und auf der Schürze, das hier, das dürfte das Logo der Firma sein, die uns betreut. Und … die Frau hat die Hand an der Klinke.«

»Wer darf während der Pause den Juryraum betreten?«, fragte ich.

»Die Visagisten und das Catering. Und ich, wenn es etwas zu besprechen gibt.«

»Und? Gab es am Samstag etwas zu besprechen?«

»Nein. Ich war gar nicht da. Mein Büro befindet sich in Köln. Ich hab die Vorab-PR für unsere neue Sendung *Verzeih mir* erarbeitet. Ich saß brav an meinem Schreibtisch.«

»Bleiben also die Visagistinnen und die Kellnerinnen. Wie viele gibt es von denen?«

»Keine Ahnung. Wir wickeln das beides über Dienstleister ab. Von der *Beauty Academy* kommen die Make-up-Stylisten und das Catering macht *Mystic Food.* Schon seit Jahren. Die arbeiten bundesweit, das ist sehr praktisch.«

»Die machen doch bestimmt Dienstpläne«, mutmaßte ich. »Könnten Sie mir die Namen der Leute besorgen, die während des Castings gejobbt haben?«

»Das war doch erst vorgestern, da liegen die Abrechnungen bestimmt noch nicht vor.« Jessica überlegte. »Aber ich könnte unseren Produktionsleiter bitten, dass er die Namen anfordert. Das macht er bestimmt, wenn ich ihn frage.« Sie lachte. »Wann brauchen Sie die Namen?«

»Vorgestern«, lächelte ich.

Mein Allerweltsgesicht wird erkannt

Beauty Academy und *Mystic Food.* Im Büro googelte ich die beiden Firmen. Sie gehörten zu den besten ihrer jeweiligen Branche.

Die Liste mit den Namen der Leute, die am Samstag Dienst gehabt hatten, kam am frühen Nachmittag per E-Mail. Die Make-up-Firma hatte drei Visagisten geschickt, für jedes

Jurymitglied einen, zwei Friseure und einen Schichtleiter. Den rief ich an und erfuhr, dass die *Beauty Academy* bei WSDS ausschließlich Männer im Einsatz hatte.

Schwieriger gestaltete sich die Recherche bei *Mystic Food.* Legionen von Kellnerinnen und mehrere Köche waren zur Castingshow abgeordnet worden, viele noch nicht mal fest angestellt, sondern Aushilfskräfte. Ich zählte durch. Insgesamt dreißig Menschen hatten sich um das leibliche Wohl der Jury, des Teams, der Medienvertreter und der Kandidaten gekümmert. Fleißarbeit – ich komme!

Zunächst sortierte ich die Männer aus: Zwei Köche und einen Kellner. Blieben genügend übrig. Ich fand auch hier den Namen der Schichtleitung und wählte die Nummer der Firma.

Undeutlich stellte ich mich vor und fragte: »Kann ich Frau Stickel sprechen, bitte?«

Ich erfuhr, dass sie freihatte.

»Können Sie mir ihre Adresse geben? Oder eine Telefonnummer?«

»Adressen und Telefonnummern geben wir nicht heraus«, widersetzte sich die Telefontante. »Wer sind Sie überhaupt?«

»Paketdienst, Frischelieferung. Es gibt ein paar Unklarheiten bei einer Bestellung und das Zeug muss schnellstens raus, sonst kommen diese kleinen weißen Würmer, genannt Maden, und …«

»Igitt, hören Sie auf!« Sie gab mir Adresse und Telefonnummer. »Aber von mir haben Sie das nicht. Die reißt mir sonst wieder den Kopf ab!«

Annabell Stickel. Eine Frau, die ihren Kolleginnen gern mal den Kopf abreißt. Der kann ich mit der Nummer von der lieben Pressedame nicht kommen, dachte ich, die pariert bestimmt nur, wenn die Staatsmacht persönlich anrollt. Sollte ich? Nein, lieber nicht.

Bevor ich Kleist näher kennengelernt hatte, hatte ich gern mal die Rolle einer Kriminalbeamtin gemimt: Mit strenger

Miene meinen Presseausweis so gezückt, dass er nicht richtig zu erkennen war, und dabei knappe, harte Fragen rausgefeuert. Oft hatte es geklappt und ich hatte die Informationen bekommen, die ich haben wollte. Jetzt machte ich das nicht mehr – zu anstrengend und ich hatte keine Lust, ein Verfahren wegen Amtsanmaßung an den Hals zu bekommen und dem leitenden Hauptkommissar der Kripo Rede und Antwort stehen zu müssen. Du wirst alt und seriös, Grappa, dachte ich.

Ich setzte mich ins Auto, um Frau Stickel wenigstens zu Gesicht zu bekommen. Ob eine Ansprache möglich war, würde ich spontan entscheiden. Doch ganz ohne Begleiter wollte ich nicht gehen. Pöppelbaum war nicht erreichbar, was mich sehr wunderte. Ich sprach auf die Mailbox. Also doch erst mal allein. Meine Digitalkamera lag schussbereit in der Handtasche.

Ich quälte mich durch die Innenstadt. Die Hitze stand zwischen den Häusern. Die Luft flimmerte.

Frau Stickels Wohnung befand sich in einer Seitenstraße der Fußgängerzone. Ich parkte halbwegs legal. Das Haus beherbergte vier Familien. Ich überprüfte die Namensschilder neben den Klingelknöpfen. A. Stickel und R. Fuchs. Robert Fuchs? Nein, so ein Blödsinn. Fuchs war kein seltener Name.

Ich hörte Schritte hinter der Tür, wich zurück und drehte mich zur Seite. Eine Frau trat aus dem Haus. Ich erkannte sie sofort.

Sie war die dünne Frau, die auf Monika Webers' Beerdigung neben Robert Fuchs gesessen und so bitterlich geweint hatte.

Ich rannte hinter ihr her. »Frau Stickel!«, rief ich. »Bitte warten Sie!«

Sie drehte sich um, überlegte wohl, wo sie mein Gesicht einordnen konnte.

»Wir haben uns beim Casting gesehen«, half ich ihr. »WSDS am Samstag. Sie haben das Catering organisiert.«

»Wer sind Sie? Was wollen Sie?«

Gute Frage. Ich entschied mich für die halbe Wahrheit. »Grappa vom *Tageblatt.* Ich arbeite an einer Hintergrundreportage über die Entführung von Pitt Brett. Wie haben Sie die Aktion erlebt?«

»Was ich zu sagen hatte, habe ich der Polizei gesagt. Ist sonst noch was?«

»Bitte keine Aufregung. Es geht um die sogenannten weichen Fakten«, sülzte ich. »Was hat die Jury zu Mittag gegessen? Hatte Herr Brett besondere Wünsche? Hat er die Dekoration mitgegessen oder liegen lassen?«

Annabell Stickel sah mich immer noch misstrauisch an. »So ein Quatsch. Ich verstehe nicht, was diese Fragerei soll. Ich bin von der Polizei vernommen worden und gut ist. Es ist bedauerlich, dass Herr Brett entführt wurde, aber was hab ich mit der Sache zu tun?«

»Vielleicht sind Sie eine wichtige Zeugin. Waren Sie während der Entführung im Saal?«

»Nein. Ich war in der Küche. Ich habe von dem Vorfall nichts mitbekommen.«

Sollte ich den karierten Rock an der Tür erwähnen? Lieber nicht, dachte ich. Er war eine Spur, die sonst niemandem aufgefallen war.

»Danke, dass Sie Zeit für mich hatten«, trat ich den Rückzug an. »Einen schönen Abend noch, Frau Stickel.«

»Ich habe Sie schon mal gesehen.«

»Ich weiß, vorgestern beim Casting.«

»Nein. Das war woanders.«

Sie grübelte wieder.

Es war nur eine Frage der Zeit, bis sie sich an mich und meine Artikel über die Sekte und den Fall Monika Weber und an mein Auftauchen bei der Beerdigung erinnerte.

»Ich habe ein Allerweltsgesicht«, behauptete ich. »Viele glauben, mich schon einmal gesehen zu haben. Das begegnet mir immer wieder.«

Kleist hatte sein Büro schon verlassen, teilte mir seine Sekretärin mit. Ich befand mich in der Nähe seiner Wohnung. Ich hatte Lust auf einen Überraschungsbesuch. Ganz wohl war mir allerdings nicht dabei, bisher hatte ich mich immer bei ihm angekündigt.

Es war nach zwanzig Uhr. Ich dachte nicht weiter nach, was ich tun sollte, sondern tat es. Auto parken, aussteigen, zum Haus gehen, klingeln und warten. Eine Sprechanlage gab es nicht. Kleist musste die Tür also aufdrücken oder es lassen. Ich stellte mich so, dass ich vom Fenster aus nicht gesehen werden konnte. Die Tür wurde entsperrt, ich schob sie auf und nahm die Treppe nach oben.

Clara stand im Flur – das Blondhaar zerzaust und den Körper nur in ein Badetuch gewickelt. Aus der Wohnung tönte leise Schmusemusik.

»Guten Abend«, sagte ich. »Ist Dr. Kleist zu sprechen?«

»Moment, Frau Grappa«, zirpte sie. »Ich frag mal eben.«

Sie drehte mir den Rücken zu, tänzelte zum Bad und öffnete die Tür einen Spalt. »Friedel! Du hast Besuch. Die liebe Frau Grappa. Zieh dir doch kurz was an.«

Das war zu viel. Ich stürzte die Treppe hinunter, wäre fast gefallen und lief auf die Straße. Schnell ins Auto, mich außer Sichtweite begeben und erst einmal durchatmen. Tränen der Wut und Enttäuschung liefen mir übers Gesicht. Hatte er sich doch mit der blonden Schlampe eingelassen!

Das war es dann wohl, dachte ich. Wir hatten uns zum Glück nie nah genug gestanden, als dass mich diese Nummer umwerfen könnte. Der Herzschmerz, der mich die nächsten Stunden fast umzubringen drohte, würde nur von kurzer Dauer sein – hoffte ich. Ich durfte nur nicht dagegen ankämpfen.

Männer waren so scheiße und Alkohol schon wieder eine Lösung. Ich grub ein Zitatbüchlein heraus, das von einer Urgestein-Feministin herausgegeben worden war, setzte mich gemütlich aufs Sofa, trank eine Flasche Wein und ergötzte mich an Sätzen wie: *In jedem Mann steckt etwas Gutes – und wenn es nur ein Küchenmesser ist.*

Erleuchtete Mahlzeiten

»Frau Grappa, wie siehst du denn aus?«

Anneliese Schmitz war mal wieder brutal ehrlich.

»Ich habe eine harte und unruhige Nacht hinter mir«, brummte ich, »und ich möchte jetzt ein kräftiges Frühstück mit allem Zipp und Zapp.«

»Ach? War der nette Mann denn nicht da?«, forschte sie.

»Er war nicht da, sonst hätte ich ihn mitgebracht«, antwortete ich.

»Dann musser bestimmt arbeiten«, meinte sie. »Oder?«

»Frau Schmitz, bring mir bitte den Kaffee, sonst fall ich um.«

»Irgendwas ist doch, Frau Grappa.« Sie blieb stehen und sah mich durchdringend an.

»Verdammt noch mal!«, brüllte ich. »Ist das hier eine Bäckerei oder eine psychologische Beratungsstelle?«

»Ist ja schon gut, Frau Grappa. Kaffee kommt sofort.«

Sie schob ab.

Komm runter, Grappa, ermahnte ich mich und atmete einige Male durch die Nase ein und durch den Mund wieder aus. Eine Atemübung, die angeblich entspannt. Leider nicht mich. Die Szene mit der halb nackten Clara hatte sich als Endlosfilmschleife in meinem Hirn installiert und spielte sich ab, ohne dass ich einen Knopf drücken musste. *Friedel! Du hast Besuch. Die liebe Frau Grappa. Zieh dir doch kurz was an.*

»Der Kaffee – bitte schön!«, sagte Frau Schmitz förmlich.

»Tut mir leid, dass ich eben gebrüllt habe«, lenkte ich ein. »Aber deine Fragerei kann ich heute nicht ab.«

»Musste ja nicht. Ich dachte nur, wir wären …«, sie stockte, »… befreundet.«

»Sind wir ja auch, Frau Schmitz.« Ich legte den Arm um sie. »Deshalb sag ich es dir ja auch. Der nette Mann kommt nicht mehr.«

»Isser tot?«

»Nein, nein! Wir sind nicht mehr zusammen. Seit gestern Abend.«

»Och. Das ist schade. Ich dachte, dass du endlich den Deckel gefunden hast, der auf dich Pott passt.«

»Vielleicht bin ich ein Wok«, griff ich den alten Singlefrauen-Scherz auf. »Und jetzt will ich nur eins: Frühstück.«

»Gottchen, das Rührei brennt an!« Die Bäckerin rannte in die Küche.

In der Konferenz schlug ich vor, der Frage nachzugehen, ob es eine Verquickung von *Mystic Food* und der *Kirche der Erleuchteten* gab.

Schnack zögerte.

Ich stellte dar, dass das Thema mit der Entführung und damit der Castingshow zusammenhing.

Da akzeptierte Schnack.

Bärchen Biber hatte das Haar mit viel Gel nach oben gestylt und daraus ein Brikett geformt. Er machte den Vorschlag, mit Pitt Bretts Freundin Kontakt aufzunehmen und über sie und ihr Leid eine Geschichte zu schreiben.

Schnack lehnte ab. »Das überlassen wir der Boulevardpresse, Herr Biber. Außerdem habe ich diese Dame schon in einigen Fernsehmagazinen gesehen und gehört. So etwas braucht die Welt nicht.«

Bärchen zog eine Schnute. Der Betroffenheitskoffer hatte ihn in Schnacks Gunst ganz nach hinten katapultiert. Wenigstens seine Kolumne *Bibers Welt* hatte der Chef ihm gelassen. Doch dort beschäftigte Bärchen sich mit Themen, die die Welt auch nicht brauchte: gestörte Telefonanschlüsse, die Messe *Jagd und Hund* und demolierte Spielgeräte im Norden der Stadt. Ein Lächeln zog über mein Gesicht.

Ich legte Pöppelbaums Foto auf meinen Schreibtisch. Die Art des Karomusters nannte man Glencheck. Ich hätte Glencheck eher einem britischen Buchhalter der Zwanzigerjahre zugetraut als einer modernen Kellnerin. Doch das Design kam wohl wieder in Mode.

Mystic Food gehörte Annabell Stickel – so sagte es mir das Handelsregister. Die Chefin als Schichtleiterin. Praktisch. Aber war Stickel tatsächlich auch die Ehefrau des Operierenden Thetans Robert Fuchs? Das musste ich noch klären.

Ich kramte die Visitenkarte des Erleuchteten heraus und wählte die Nummer des Sektenzentrums. Robert Fuchs war nicht im Haus. »Dann geben Sie mir bitte seine Frau. Annabell Stickel«, forderte ich.

»Frau Stickel ist ebenfalls nicht anwesend.«

Immerhin. Die *Mystic Food*-Chefin ging als Frau des Thetanen durch. Ich fuhr den Rechner hoch und begann zu tippen.

Mitten in der Arbeit klingelte mein Handy. Ich erkannte Kleists Nummer im Display. Ich drückte ihn weg und sperrte seine Telefonnummern.

Hoffentlich würde ich die Kontaktsperre durchhalten!

Eine Stunde später hatte ich meine Zeilen geschrieben.

Brett-Entführung:

Welche Rolle spielt die Catering-Firma *Mystic Food?*

Was hat die Sekte *Kirche der Erleuchteten* zu verbergen? Sie hat Pitt Brett zu einer ›unterdrückerischen Person‹ erklärt und will jetzt nichts mit seiner Entführung zu tun haben. Sie bestreitet, den Bekennerbrief geschrieben zu haben. Unserer Zeitung liegen Informationen vor, dass die Sekte seit Jahren das Catering für die WSDS-Talentshows übernimmt. Die Firma *Mystic Food* gehört der Ehefrau des Sektenoberhaupts Robert F., seines Zeichens Operierender Thetan der Kirche. Auch am Tag der Entführung sorgte *Mystic Food* mit dreißig Mitarbeitern und Mitarbeiterinnen für das leibliche Wohl der Jury und der Kandidaten.

Das *Tageblatt* verfügt über ein Foto, das in dem Moment gemacht wurde, als die drei Entführer die Jury überfielen und den Pop-Titanen in ihre Gewalt brachten. Das Bild zeigt eine Kellnerin mit Schürze, wie sie die Tür zum Juryraum öffnen will. Wir fragen: Wer ist diese Frau? Was hat diese Frau gesehen? Steckt sie mit den Entführern unter einer Decke?

Leider war die Chefin der Firma nicht zu einer Stellungnahme bereit.

Ich schilderte noch einmal die Umstände der Entführung und garnierte den Bericht mit Fotos, auch mit dem Bild von der Kellnerin im Glencheckrock.

Wieder ging ich die Liste der Mitarbeiter durch, die mir Jessica von Neuenfels gemailt hatte. Doch der Klick in meinem Hirn blieb aus. Keiner der Namen sagte mir etwas.

Es gibt ganz schlechte Alibis

Herzschmerz bedeutet Hunger. Auf dem Heimweg kehrte ich bei meinem Lieblingsfeinkostladen ein. Käse, Schinken, Leberpastete – alles nur noch für eine Person, nämlich mich.

Mein Garten wartete. Ich würde dort nur für mich den Tisch decken, essen, Wein trinken, Musik hören und den ganzen Abend für niemanden zu sprechen sein. Mein Lebensentwurf für die nächsten Jahre: allein leben mit Niveau und Genuss.

Vor meinem Haus stand ein bekannter Wagen. Kleist stieg aus, als ich mein Auto in den Carport setzte.

»Hallo, Maria!«, sagte er.

»Was willst du?«, fragte ich unfreundlich.

»Dich sehen. Clara hat gebeichtet. Und ich wollte etwas richtigstellen.«

»Richtigstellen?«, blaffte ich. »Krieg ich jetzt den Klassiker zu hören? *Es ist nicht so, wie es den Anschein hat?* Oder was?«

»Müssen wir die Diskussion vor der Tür führen?«, gab er zurück. »Lässt du mich hinein?«

»Dazu habe ich keine Lust. Warum bist du hier?«

»Clara hat sich einen üblen Spaß erlaubt«, behauptete er. »Ich war gestern Abend gar nicht zu Hause.«

Das war die Höhe! »Hast du dir das ausgedacht, Herr Hauptkommissar? Deine Clara war halb nackt und du warst im Bad. Sie hat dich ja sogar angesprochen hinter der Tür. *Friedel! Du hast Besuch«*, machte ich ihre Piepsstimme nach, *»die liebe Frau Grappa. Zieh dir doch kurz was an.«*

»Das hat sie gemacht, um dich zu ärgern.« Kleist atmete tief durch. »Ich war nicht in der Wohnung. Und wenn du nicht weggerannt wärst, dann hättest du das auch gemerkt.«

»Wo warst du denn?«

»In der Gerichtsmedizin.«

»Um diese Uhrzeit?«, fragte ich.

»Muss ich dir wirklich erzählen, dass Tote auch nach der *Tagesschau* obduziert werden?«

»Und wer ist gestorben?«

»Maria! Das ist doch völlig nebensächlich. Ich erwarte, dass du mir glaubst.«

»Das ist mal wieder typisch für dich, dass du dir einen Toten als Alibi aussuchst«, grummelte ich. »Tote reden nicht mehr. Welch mieser Trick! Sehr geschickt, aber nicht geschickt genug für mich.«

»Ich dachte, du hättest mehr Vertrauen in mich und unsere Beziehung.« Er wandte sich ab und ging zu seinem Auto. Bevor er einstieg, drehte er sich noch einmal um. »Ich habe Clara übrigens rausgeworfen. Aber das ist bestimmt auch nur ein mieser Trick von mir.«

Brett – betäubt und benommen

»Ich habe ihn sofort erkannt«, erzählte die Frau im Radio. »So ein Gesicht vergisst man nicht. Außerdem kommt der ja jede Woche im Fernsehen mit dieser Show. Und dann wirbt er noch für diesen Linseneintopf.«

Pitt Brett war gefunden worden!

Überrascht stand ich in der Küche mit der ersten Tasse Kaffee des Tages in der Hand. Ich rannte in mein Arbeitszimmer, fuhr den Rechner hoch und rief ein Nachrichtenportal auf.

Der vor drei Tagen während einer Fernsehshow entführte Pop-Titan Pitt Brett (54) ist heute in den frühen Morgenstunden lebend aufgefunden worden. Die Mitarbeiterin eines Restaurants an einer Autobahnraststätte an der A 40 bei Bierstadt entdeckte ihn völlig benommen in einem Gebüsch. Aufgrund seiner Popularität erkannte die Frau Brett sofort und rief Polizei und Notarzt. Obwohl der 54-Jährige noch unter Betäubungsmitteln steht, geht es ihm den Umständen entsprechend gut – so die Ärzte in einer ersten Stellungnahme. Brett konnte noch nicht vernommen werden. Von den Entführern fehlt jede Spur. Unbekannt ist auch, ob es zu einer Lösegeldzahlung gekommen ist.

Als ich im Büro ankam, hatte sich Bärchen Biber die Story schon an Land gezogen. Er war, begleitet von Wayne, zu der Autobahnraststätte gefahren. Schnell drückte ich meine Säuernis zurück – sollte er doch. An die wirklich wichtigen Informationen würde er nicht herankommen. Ich leider auch nicht mehr nach dem Zerwürfnis mit Kleist.

»Da kommt gleich eine Sondersendung«, teilte mir Stella mit.

Ich ging ins Großraumbüro, wo bereits der Fernseher flimmerte. Kaffee stand auf dem Tisch und Mandelhörnchen lagen auf einem Teller.

»Ich dachte, ich schmeiß mal eine Runde«, sagte Simon Harras. »Schnack ist beim Verleger und die Konferenz auf unbestimmte Zeit verschoben.«

»Das sind ja die Originale mit den Schokoecken«, stellte ich fest. »Gut gemacht, Baby!«

»Ich kenne deine Dealerin, Grappa«, lachte Simon. »Und schöne Grüße von Frau Schmitz.«

Die Sondersendung begann. Ein aufgeregter Reporter meldete sich live von der Raststätte. Die Kamera zeigte das Restaurant und das Gebüsch, in dem der Pop-Titan entdeckt worden war.

Die Zeugin schilderte erneut ihren spektakulären Fund. »Er konnte kaum sprechen und ich verstand nichts. Zuerst dachte ich, er sei betrunken. Doch dann erkannte ich ihn. Den kennt ja inzwischen jeder. Und ich wusste auch, dass er entführt worden war. Ich hab dann mit dem Handy die Bullen geholt und die waren auch schnell da.«

»Hat Herr Brett gesagt, wo er die letzten drei Tage gefangen war? Wer ihn entführt hat?«

»Der hat nur gelallt. Er sagte immer was von einem Garten und lachte so komisch dabei.«

»Was für ein Garten?«, hakte der Reporter nach.

»Keine Ahnung. Ich zog den Mann auf eine Bank und dann war auch schon die Polizei da und die Ärzte auch.«

Garten. Bei dem Wort horchte ich auf. Brett war in einem Garten gewesen. Ich dachte an Monika Webers Abschiedsbrief. Da hatte es geheißen:

Ich habe meinen Garten gefunden und er ist hier, in der Kirche. Ich bin angekommen im Paradies und werde den Weg weitergehen bis zur völligen Befreiung meiner unsterblichen Seele.

War dies derselbe Garten? Meinte Brett den Garten Monikas? Aber vielleicht hatte sich die Zeugin auch verhört.

»Guck mal, das Bärchen!«, rief Stella.

Auf dem Monitor drängelte sich Biber hinter den Fernsehreporter und schaute in die Kamera.

»Gleich winkt er und grüßt seine Oma«, lachte Harras.

»Nicht die Oma«, widersprach ich. »Der grüßt höchstens seinen Gönner – den lieben Herrn Schnack.«

Doch Bärchen kam nicht dazu, jemanden zu grüßen. Ein Einspielfilm zeichnete die Karriere des Pop-Titanen nach.

Dann eine Schalte zum Krankenhaus, in dem Pitt Brett behandelt wurde. Eine Reporterin hielt dem Chefarzt ein Mikrofon vor die Nase. »Wie geht es Herrn Brett?«

Der Arzt schaute auf eine Karte. »Herr Brett war bei seinem Eintreffen in unserer Klinik dehydriert und stand unter dem Einfluss des Schlafmittels GHB, im Volksmund auch als Liquid Ecstasy oder K.-o.-Tropfen bekannt. Diese Substanz wirkt stark einschläfernd und es entsteht eine partielle Amnesie, man könnte auch Filmriss sagen.«

Im Rücken des Arztes war das Krankenhausportal zu erkennen. Ein Mann verließ gerade das Gebäude, gefolgt von zwei anderen.

»Ist das nicht dein Lebensabschnittspartner?«, fragte Harras. Stumm biss ich in mein Mandelhörnchen.

Der Chefarzt redete weiter. »Zurzeit ist Herr Brett ansprechbar und er fühlt sich gut. Er befindet sich in einem psychisch stabilen Zustand und kann schon wieder Witze machen.«

»Wann ist Herr Brett vernehmungsfähig?«, fragte die Reporterin.

»Das wird sich zeigen. Die Polizei ist bereits im Haus. Und jetzt entschuldigen Sie mich bitte, meine Damen und Herren.« Der Mediziner rauschte ab.

Szenenwechsel. Jessica von Neuenfels gab ein Statement ab. »Ich habe mit Herrn Brett soeben Kontakt gehabt. Es ist ihm ein Anliegen, dass die Castingshow WSDS ohne Zeitverzug weitergeht. Die nächste Sendung ist für den kommenden Samstag geplant. Auf Wunsch von Herrn Brett wird sie live gezeigt werden, und zwar noch einmal hier aus Bierstadt. Herr Brett will demonstrieren, dass er brutaler Gewalt nicht nachgibt. Außerdem fühlt er sich den Kandidaten verpflichtet, die an dem Tag der Entführung nicht mehr vorsingen konnten.«

»Das gibt die höchste Einschaltquote seit Bestehen des deutschen Fernsehens, wetten?«, sagte Harras voraus.

»Ich halte nicht dagegen«, meinte ich.

Es wird immer unklarer

Am späten Nachmittag veröffentlichten Staatsanwaltschaft und Polizei eine weitere Pressemitteilung. Der Pop-Titan könne sich nicht genau erinnern, wo er sich befunden habe. Von einem Garten war in der Meldung keine Rede. Hinweise auf die Täter gebe es nicht, aber man ermittle auf Hochtouren. Das war eine ganz schön dünne Suppe.

Ich rief Jessica von Neuenfels an. »Sie haben doch mit Brett gesprochen. Hat er Ihnen etwas von einem Garten erzählt, in dem er gefangen gehalten wurde?«

»Ja. Er redete von Bäumen und Blumen. Ich denke allerdings, dass dies den Folgen der K.-o.-Tropfen zuzuschreiben ist.«

»Wirkt er sonst irgendwie verändert?«, fragte ich. »Was ist in den letzten drei Tagen passiert?«

»Er ist nur müde. Sonst ist mir nichts aufgefallen.«

»Ich verstehe den Sinn dieser Entführung nicht. Keine Forderungen und Pitt Brett ist derselbe wie vorher? Was sollte das Ganze?«

»Das dürfen Sie mich nicht fragen, Frau Grappa«, entgegnete die Pressesprecherin.

Gegen Abend überschlugen sich die Ereignisse. Robert Fuchs, der Operierende Thetan, war erschossen aufgefunden worden, so meldete die Polizei. Fassungslos starrte ich auf die Worte. *Wir berichten nach* – so endete der Text.

Schnack teilte mir vierzig Zeilen zu. Die mussten in zwei Stunden geschrieben sein, um in der Andruckausgabe erscheinen zu können.

Ich griff mir Pöppelbaum und wir düsten zum Sektenzentrum. Er hatte den Polizeifunk abgehört und wusste schon ein bisschen mehr. »Fuchs lag in seinem Büro mit einem runden Loch im Schädel.«

Vor dem Gebäude wurde gerade ein Aluminiumsarg in einen Leichenwagen geschoben. Ich stoppte genau davor. Wayne fotografierte durch das Fenster.

»Das war knapp«, meinte er.

»Ich lass dich hier raus, parke die Karre um die Ecke und komm nach«, kündigte ich an. »Knips alles, was … und so weiter.«

Fünf Minuten später war ich wieder bei ihm. Wayne sprach gerade mit einem Polizisten, der vor dem Eingang stand.

»Grappa vom *Tageblatt*«, sagte ich mit dem Presseausweis in der Hand. »Wer leitet diesen Einsatz hier?«

»Hauptkommissar Dr. Kleist«, antwortete der Beamte.

»Er erwartet uns«, log ich. »Wir haben wichtige Informationen.«

»Moment. Das muss ich erst abklären.« Er griff zum Funkgerät. »Hauptkommissar Dr. Kleist? Hier Polizeiobermeister Klink. Bei mir stehen zwei Journalisten, eine weibliche und eine männliche Person, die behaupten, dass Sie sie erwarten.«

»Wie heißen die Leute?«, fragte Kleist. Das Gerät verfälschte seine schöne Stimme zu einem Knirschen.

»Grappa und Pöppelbaum«, sagte ich laut.

»Lassen Sie die beiden durch!«, kam Kleists Anweisung. »Dritte Etage, Konferenzraum.«

»Es geht doch nichts über persönliche Beziehungen zu Vertretern der Ordnungsmacht«, grinste der Bluthund, als wir im Aufzug nach oben schwebten.

Ich sagte nichts dazu. Mein Herz pochte.

»Willst du dich nicht im Haus umschauen?«, fragte ich. »Versuch an das Büro heranzukommen, in dem die Leiche gefunden wurde.«

»Aha, du willst mit Kleist allein sein.«

»Quatsch. Ich bin beruflich hier.«

Ich drückte die Tür auf, und da stand er. Im Kreis seiner Kollegen.

»Hallo, Maria«, sagte er. »Einen Moment bitte.«

»Ich warte.«

Während Kleist sich mit seinen Kollegen besprach, ging ich zum Fenster. Es gab den Blick in einen Innenhof frei, der mit exotisch wirkenden Bäumen und Sträuchern bepflanzt war. Auch die Blumen schienen ihre Heimat nicht in unseren Breiten zu haben. Dazwischen Statuen aus Stein. Antike Skulpturen, aber auch christliche Figuren: Engel und Marien aus Marmor. Ein schöner, friedlicher Anblick. Hatten Monika Weber und Pitt Brett diesen Innenhof als Garten bezeichnet, in dem sie sich befunden hatten? Nein, das wäre zu einfach.

»Maria?«

Kleists Mitarbeiter waren verschwunden.

»Du hast viel zu tun«, meinte ich. »Erst Pitt Bretts Entführung und jetzt der tote Fuchs. Wer könnte das getan haben und warum?«

»Fuchs hatte viele Feinde«, stellte der Hauptkommissar fest. »Wir haben sozusagen freie Auswahl. Vor zwei Tagen hat Bernd Bussmann noch einmal ausgesagt. Jetzt behauptet er, dass Fuchs ihn auf Monika angesetzt hat. Fuchs ist eindeutig der Vater von Monikas ungeborenem Kind. Das ergab ein DNA-Test. Bussmann sollte sie unschädlich machen, da ihre Seele unrein und unterdrückerisch sei, so habe Fuchs es Bussmann verkauft.«

»Habt ihr Fuchs noch mit dieser Behauptung konfrontieren können?«

»Ja, wir haben ihn gestern dazu vernommen. Er hat natürlich alles bestritten. Somit steht Aussage gegen Aussage.«

»Wer kommt denn nun infrage für den Mord an Fuchs? Bussmann kann es ja nicht gewesen sein.«

»Da ist zuerst Monikas Vater, Arnold Weber. Aber auch Annabell Stickel, Fuchs' Ehefrau. Es gab immer wieder Streit wegen Fuchs' außerehelichen Affären. Allerdings spricht gegen beide, dass der Täter oder die Täterin ausgesprochen professionell vorgegangen ist«, erklärte Kleist. »Die

Person ist einfach an den Eingangskontrollen vorbei ins Haus spaziert, hat bei Fuchs geklopft, ist eingetreten, hat die Waffe gezogen, abgedrückt und ist wieder verschwunden.«

»Hat niemand einen Schuss gehört?«

»Nein. Vermutlich wurde ein Schalldämpfer benutzt.«

»Gibt es eine Überwachungskamera? Die Erleuchteten nehmen es doch genau mit der Überwachung ihrer Leute.«

»Richtig, Maria. Es gab sogar eine Kamera am Tatort. Doch die lief angeblich nicht. Der Oberguru wollte sich wohl nicht so gern beobachten lassen bei seinen Aktivitäten.«

»Kann ich verstehen. Besonders, wenn er mit Frauen rumgemacht hat. Einen, der auch ein Motiv hätte, Fuchs zu erledigen, hast du eben nicht genannt«, überlegte ich.

»Und der wäre?«

»Pitt Brett. Fuchs steckt hinter der Entführung, da bin ich sicher. Denk an das Flugblatt und den Bekennerbrief.«

Kleist schüttelte den Kopf. »Brett ist doch noch in der Klinik. Der hat andere Sorgen. Zum Beispiel seine Quote.«

»Um seine Quote macht der sich grad überhaupt keine Sorgen«, widersprach ich. »Und er hätte jemanden engagieren können, der Fuchs erledigt«, fuhr ich fort. »Sich einfach so wegpflücken zu lassen, widerspricht doch bestimmt Bretts Ego.«

»Wir werden – wie immer – in alle Richtungen ermitteln. Leider gehen mir langsam die Leute aus. Ich muss die Sonderkommission *Superstar* personell verkleinern. Immerhin geht es bei Fuchs um Mord.«

Pause. Er schaute mich an. Ziemlich neutral.

»Ist Clara wirklich ausgezogen?«, fragte ich.

»Nein. Sie ist nicht ausgezogen.«

»Ich wusste es«, grummelte ich. »Warum müssen Männer immer …«

»Ich hab sie hochkant rausgeworfen, Maria!«, motzte er mich an. »Und an dem Abend, als sie diese üble Schmierenkomödie abgezogen hat, war ich in der Gerichtsmedizin. Sag bloß, du hast das noch nicht überprüft?«

»Ich hatte genug andere Sachen zu tun. Und jetzt muss ich in die Redaktion – vierzig Zeilen schreiben.«

»Und danach?«, fragte er.

»Danach habe ich Feierabend.«

»Diesmal koche ich«, lächelte er. »Und ich fahre sogar noch zur Tankstelle und kaufe Wein. Wäre das okay?«

Immer wieder Glencheck

Der Text flutschte mir nur so aus den Fingern.

Mysteriöser Mord an Sektenchef –
Wer schoss Robert F. in den Kopf?

Der Täter passierte die strengen Kontrollen am Eingang zum Sektenzentrum der *Kirche der Erleuchteten* unbehelligt, gelangte ohne Probleme ins Büro des Opfers Robert F., tötete den Operierenden Thetan mit einem gezielten Schuss in den Kopf und verschwand wieder, ohne aufzufallen. Dies haben erste Ermittlungen der Kriminalpolizei ergeben. Das legt den Verdacht nahe, dass der Mörder oder die Mörderin im Sektenzentrum bekannt war.

Das 57-jährige Opfer hatte sich genug Feinde gemacht.

Wie das *Tageblatt* aus sicherer Quelle erfahren hat, war F. der Vater des ungeborenen Kindes von Monika W., jener Frau, die von dem Sektenmitglied Bernd B. (40) erwürgt worden ist. Der spricht nun von einem Auftragsmord. Auftraggeber soll Robert F. gewesen sein.

War möglicherweise die Ehefrau Robert F.s es leid, von F. ständig mit anderen Frauen betrogen zu werden?

Doch auch andere hätten ein Motiv: Arnold W., der Vater der getöteten Monika, könnte sich an F. gerächt haben. Ebenso infrage käme Bettina W., die Zwillingsschwester, die in der Sektenhierarchie als sogenannte Ethikoffizierin tätig ist. Vielleicht hat sie den Tod ihrer Schwester nicht verkraftet?

Ganz auszuschließen ist auch nicht, dass der Pop-Titan Pitt Brett mit dem Tod des Thetans zu tun hat. Immerhin hat die Sekte ihn

als »unterdrückerische Person« bezeichnet, ihn »zum Abschuss« freigegeben und vielleicht sogar entführen lassen.
Keine leichte Aufgabe für den leitenden Hauptkommissar der Kripo, Dr. Friedemann Kleist. Er wird die Sonderkommission *Superstar,* die eigentlich die Entführung von Pitt Brett aufklären sollte, jetzt auch mit den Ermittlungen im Mordfall Robert F. beauftragen.

Guter Dinge und mit viel Vorfreude im Herzen machte ich mich auf zu Kleist. Ich fand einen Parkplatz direkt vor dem Haus.

Plötzlich trat eine Gestalt auf mich zu. Clara! Sie hielt einen Koffer in der Hand.

Ich stieg aus.

»Sie haben gewonnen«, zischte sie.

»Ich weiß«, lächelte ich.

»Was habe ich falsch gemacht?«

»Alles«, antwortete ich.

»Was genau?«

»Ich gebe keine Tipps.« Ich ging zur Haustür und klingelte. »Ein schönes Restleben noch, Frau Billerbeck.«

»Fahren Sie zur Hölle, Frau Grappa!« Ich hörte das Klappern ihrer Absätze auf dem Pflaster.

Der Türöffner summte. Bevor ich das Haus betrat, schaute ich noch einmal zurück. Clara Billerbeck befand sich tatsächlich auf dem Rückzug – bekleidet mit einem Glencheckrock. Das gibt es nicht, dachte ich.

»Was wollte Clara noch hier?«, fragte ich oben.

»Sie hat ihre letzten Sachen abgeholt«, erklärte Kleist. »Sag bloß, ihr seid euch über den Weg gelaufen.«

»Sie stand plötzlich vor mir.«

»Sie ist vor einer Stunde gegangen.« Kleist schüttelte den Kopf. »Hat sie das Gespräch mit dir ohne Blessuren hinter sich bringen können?«

Ich lächelte. »Sie konnte noch aufrecht gehen.«

Den Rest des Abends sorgte Kleist dafür, dass mir weder Clara noch ihr karierter Rock im Kopf herumspukten.

Harras auf der Flucht

Das Glencheckmuster drängelte sich am anderen Morgen wieder in meine Vorstellungen. Ich legte die Liste mit den Namen der *Mystic Food*-Mitarbeiter auf meinen Schreibtisch. Auf dem Weg in die Redaktionskonferenz begegneten mir vier Menschen, die ebenfalls Glencheck trugen: Hose, Krawatte und zwei Röcke. Drehte ich langsam durch?

Auf dem Konferenztisch sah ich das *Tageblatt* von heute. Mein Artikel über den Mord an Fuchs stand an prominenter Stelle auf der ersten Lokalseite, Bärchen Biber hatte es mit seinen Zeilen über Bretts Auftauchen auf die erste Mantelseite geschafft. Egal, dachte ich, wir werden sehen, wer den längeren Atem hat.

Wie immer leitete Schnack die Diskussion um die tägliche Arbeit.

»Ich werde am Fall Fuchs dranbleiben«, kündigte ich an. »Und mich auf die Show übermorgen Abend vorbereiten. Brett wird eine sensationelle Einschaltquote haben und ich hoffe, dass ich vorher noch ein Exklusivinterview mit ihm bekommen kann.«

»Exklusiv? Das wäre gut«, nickte Schnack.

»Dazu brauche ich Herrn Pöppelbaum im Team. Brett kennt ihn schon vom letzten Mal.«

»Sie bekommen alles, was Sie wollen, Frau Grappa«, meinte Schnack.

»Wenn du so weitermachst, wirst du noch Schnackis Liebling«, frotzelte Harras nach der Konferenz. »Das Bärchen wird schmollen.«

»Ob der schmollt oder nicht, geht mir ehrlich am Arsch vorbei«, grinste ich. »Und für das Wort *Arsch* entschuldige ich mich jetzt schon mal in aller Form. Und ersetze es durch *Anatomie*.«

Harras lachte schallend. »Dich möchte ich nicht zum Feind haben, Grappa-Baby.«

»Dann streng dich an.«

»Mach ich. Darf ich dir einen Kaffee an deinen Schreibtisch bringen?«

»Gerne. Vergiss die Milch nicht.«

»Für wen hältst du mich, Grappa?«

Drei Minuten später hatte ich meinen Becher. Harras machte allerdings keine Anstalten zu gehen, sondern ließ sich auf einen Stuhl fallen.

»Kann ich was mit dir bereden, Grappa?«

»Natürlich.«

»Ich hab ein Angebot. Für eine andere Stelle.«

Ich schreckte hoch. »Das kannst du mir nicht antun!«

»Und warum nicht?«

»Ihr könnt mich doch nicht alle allein lassen«, muffelte ich. »Erst Jansen und jetzt du.«

»Ich bin noch nicht weg. Außerdem hast du noch Wurbelchen und die drei Grazien im Sekretariat«, entgegnete Simon.

»Und Pöppelbaum!«, erinnerte ich ihn.

»Wayne könnte mit mir kommen. Die wollen uns im Doppelpack.«

»Bitte? Ihr seid doch völlig durchgeknallt!«, rief ich. »Und wo wollt ihr eigentlich hin? Ich dachte, der Markt sei dicht.«

»So dicht auch wieder nicht«, erklärte Harras. »Profis werden immer gesucht.«

»Also? Wer ist es?«

»Die Zeitung, die du immer *Blöd-Zeitung* nennst.«

»Das könnt ihr nicht machen!«, rief ich entsetzt. »Was wollt ihr bei diesem Blut-und-Sperma-Blatt?«

»Arbeiten. Seit Schnack hier ist, macht nichts mehr Spaß. Du hast dich zwar irgendwie durchgebissen. Aber du bist ja auch ein altes, erfahrenes Schlachtross. Der Schnack kann froh sein, dass er unter dir Chef sein darf.«

»Den Vergleich mit einem Pferd verbitte ich mir!«, blaffte ich.

»Ich wollte dir ja nur sagen, was Sache ist«, trat Harras den Rückzug an. »Entschieden ist noch nichts.«

Er ging zur Tür. Das pinkfarbene T-Shirt mit den gelben Zitronen darauf spannte über seinem Bauch.

»Simon! Überleg es dir gut. Den Schnack können wir uns doch gemeinsam zurechtschnitzen.«

Sanft fiel die Tür ins Schloss.

Clara schreibt sich anders

Die Namen auf der Liste von *Mystic Food* sagten mir immer noch nichts.

Siebzehn weibliche Namen. Ich sprach sie laut vor mich hin – auf eine Eingebung wartend. Bei zwei Namen stockte ich dann doch etwas, denn die Vornamen waren abgekürzt. *B. Schillinger* und *K. Liefers*.

Ich rief bei *Mystic Food* an und gab mich als Mitarbeiterin der Buchhaltung des Senders aus.

»Es geht um die Begleichung der Rechnung für das Catering. Ich brauche die Vornamen von zwei Kellnerinnen, um das Geld anweisen zu können. Unsere Honorarabteilung ist da sehr pingelig. Es geht um B. Schillinger und K. Liefers.«

»Moment, ich schau nach.« Die Telefonistin blätterte.

»Brigitte und Klara. Klara mit K.«

Bingo. Klara – mit K.

Ich rief Kleist an. »Nur ganz kurz«, sagte ich, »wie heißt deine Clara mit Mädchennamen?«

»Sie ist nicht meine Clara«, entgegnete er.

»Welchen Mädchennamen hatte sie?«

»Liefers.«

»Und ist sie eine Clara mit C oder eine Klara mit K?«

»K.«

»Genau das wollte ich hören«, jubelte ich. »Danke dir.«

»Moment … Was soll diese Frage?«

»Später. Ich melde mich.«

Es ergab trotzdem keinen Sinn. Klara jobbte bei *Mystic Food,* besaß einen Glencheckrock und war beim Casting eingesetzt worden. Annabell Stickel hatte sie eingestellt. Na und? Catering-Unternehmen arbeiteten immer mit Aushilfskräften. Nichts Besonderes.

An meiner Eifersucht konnte es ja bestimmt nicht liegen, dass meine Synapsen zu tanzen begannen und ich mir Klara als Spinne in einem Netz vorstellte, die Pitt Brett, Monika Weber, Annabell Stickel und Robert Fuchs aus irgendwelchen dunklen, aber bestimmt bösen Motiven umspann und bei Friedemann Kleist Unterschlupf suchte, um den Finger am Puls der Polizei zu haben. Gesetzt, sie wäre hinter Brett her, war ihre Strategie genial.

Aber mir wollte kein Motiv einfallen, das Klara mit einer der Personen in dem Feld von kriminalistisch involvierten Menschen verbinden könnte.

Es blieb, dass sie sich als Kellnerin in den Westfalenhallen frei bewegen konnte und dass sie sich an Kleist herangemacht hatte, den Mann, der die Untersuchungen führte. Nur – wozu?

Jessica von Neuenfels unterbrach meine Grübeleien. »Sie bekommen Ihr Interview. Exklusiv. Aber erst morgen, und nicht hier in Bierstadt. Sie müssten Herrn Brett in seinem Haus aufsuchen.«

»Mit Fotograf?«

»Meinetwegen. Aber Pitt kann seine Meinung auch wieder ändern. Hoffentlich geht das gut Samstagabend.«

»Was ist denn mit ihm?«

»Er ist komisch drauf … fast so …« Sie zögerte.

»Wie denn?«, hakte ich nach.

»Viel zu ruhig, fast schläfrig. Als wäre er irgendwie noch auf Droge.«

»Der wird schon wieder der Alte«, tröstete ich. »Wann dürfen wir morgen bei ihm vorsprechen?«

»Elf Uhr. Die genaue Anschrift maile ich Ihnen gleich. Ich werde auch da sein.«

Brett hält sich prächtig

Die Villa wurde von Polizisten bewacht. Aus gutem Grund, denn im Umfeld lauerten einige Paparazzi. Oder waren es Stalker?

Pöppelbaum und ich mussten uns ausweisen. Jessica von Neuenfels holte uns an der Eingangstür ab. Die Fotografen hoben ihre Kameras, doch als sie die Pressefrau erkannten, ließen sie sie wieder sinken. Jessica würdigte die Typen keines Blickes.

»Pitt ist bereit«, erklärte sie. »Ich weiß allerdings nicht, wie lange er durchhält.«

»Das hört sich nicht gut an. Wir werden sanft mit ihm umgehen.«

Das Wort ›sanft‹ im Zusammenhang mit dem Pop-Titanen war eigentlich ein Witz.

Jessica führte uns zu Bretts Arbeitszimmer. Sie klopfte und trat ein.

Der Titan saß tief eingesunken in einem Sessel – die Hand vor den Augen. Das Zimmer war abgedunkelt.

»Ich lasse Sie jetzt allein«, flüsterte Jessica und verschwand.

»Hallo, Herr Brett«, sagte ich in ganz normaler Tonlage. »Schön, dass Sie wieder da sind. Wie geht es Ihnen heute?«

»Besser, als es sich manche wünschen.« Die Stimme klang klar. »Setzen Sie sich bitte.«

Ich zog einen Stuhl heran, Pöppelbaum blieb im Hintergrund.

»Was ist mit diesem Saukerl Fuchs?«, fragte Brett. »Ist er wirklich tot?«

»Toter geht es gar nicht«, antwortete ich. »War er der Entführer?«

»Selbst hat er es nicht gemacht. Vermutlich waren es seine Handlanger. Der hat ja genug Arschlöcher in seiner Gurkentruppe.«

Na also, dachte ich, Pitt Brett ist doch noch ganz der Alte. »An was können Sie sich erinnern?«

»Ich brauch erst mal einen doppelten Espresso. Sie auch?«

Wir stimmten zu. Brett rief nach Jessica und bestellte.

»Was glauben Sie: Aus welchem Grund hat die Sekte Sie entführt?«

Ob er jetzt antworten würde? Im ersten Interview hatte er jede Frage nach der *Kirche der Erleuchteten* abgeschmettert.

»Ich sag Ihnen mal was. Diese Leute glauben, dass ich ihnen eine Menge Kohle schulde. Ist aber nicht so. Zwei meiner früheren Lebensabschnittstussis sind denen auf den Leim gegangen, und die glaubten, ich komme für alles auf. Ja, Pustekuchen. Die Silikontitten meiner letzten Verflossenen hab ich auch nicht bezahlt. Und diese schrecklichen schneeweißen Zähne von der davor auch nicht. Meine Anwälte haben für solche Abzockereien ein umfangreiches Vertragswerk erarbeitet. Bevor eine in meine Kiste darf, muss sie das unterschreiben. Ich will schließlich um meiner selbst geliebt werden und nicht, damit die beim Onkel Doktor shoppen gehen oder sich ihr Selbst in einer Psychosekte aufpimpen lassen. Die Erleuchteten haben sich dann aber doch nicht getraut, ihre Nummer durchzuziehen. Und jetzt hat der Oberguru den Löffel abgegeben. Merken Sie was, junge Frau?«

»Ich merke, dass es wohl nicht wirklich geschickt war, sich mit Ihnen anzulegen.«

»Genau!« Brett strich sich zufrieden über das Nussknackerkinn.

»Woran können Sie sich erinnern?«

Brett wurde ernster. Es klopfte. Ein Hausangestellter brachte den Kaffee. Der Pop-Titan versenkte vier Stück Zucker in dem Tässchen und rührte.

»Es ist alles so verwirrend«, sagte er leise. »Es kommt mir wie ein Traum vor. Ein Traum, der sich anfühlt wie Watte.«

»Watte?«, fragte ich verdattert.

»Ich strecke die Hand aus oder laufe und alles ist irgendwie verlangsamt. Und überall dieses schreckliche Grün.«

»Grün? Gehört das Grüne vielleicht zu einem Garten?«

Brett schwieg. Sein Gesichtsausdruck hatte sich verfinstert. »Ja, ein Garten«, murmelte er. »Ich bin im geheimen Garten. Es ist dunkel und feucht, riecht nach Moder und Tränen. Das einzige Geräusch, das ich höre, ist mein Atem. Wie lange bin ich schon hier? Was erwartet mich? Wird mich jemand finden?«

»Herr Brett!«, rief ich. »Geht es Ihnen gut?«

»Lassen Sie mich«, flüsterte er.

»Soll ich einen Arzt holen?«, fragte ich.

»Nein, nein. Ich bin wohl noch nicht ganz fit. Hatte grad einen Flash.«

»Können Sie denn die Show morgen Abend überhaupt durchstehen?«

»Na, sicher!«, grinste er. »Das zieh ich durch. Und wenn es das Letzte ist, was ich in diesem Leben tue. Die Leute warten auf mich.«

Jessica brachte uns nach draußen.

»Ein bisschen wirr redet er ja doch«, stellte ich fest. »Aber er fängt sich bestimmt wieder.«

»Er hat einen Hypnotiseur bestellt«, verriet die Pressefrau. »Der ist auf dem Weg hierher. Brett will wissen, was diese Leute mit ihm gemacht haben.«

»Darf ich das schreiben?«

»Meinetwegen. Aber bitte ohne meinen Namen zu nennen.«

Ich hatte mein Exklusivinterview mit dem Pop-Titanen. Pöppelbaum hatte aus dem Hintergrund fotografiert, trotz des spärlichen Lichts ohne Blitz. Entstanden waren weiche Aufnahmen, die Pitt Brett ganz anders zeigten, als man es gewohnt war: nachdenklich, in sich gekehrt und ein bisschen verletzlich.

Ich begann mit dem Artikel, der in der morgigen Ausgabe erscheinen sollte:

Nach der Entführung fragt Pop-Titan:
Was geschah im geheimen Garten?

Heute Abend tritt Pitt Brett wieder vor ein Millionen-Fernsehpublikum, um jungen Leuten die Chance zu geben, eine Karriere als Sänger zu starten, oder zu verderben. Er wird wie immer sein: deutlich, klar und ehrlich. Er wird feststellen, wer singen kann und wer nicht. Tränen werden fließen, Träume werden zerplatzen und viele werden zornig auf ihn sein.

Seit acht Jahren schon gestaltet Pitt Brett die Castingshow maßgeblich mit. Er hat sie zu einer der beliebtesten Sendungen im deutschen Fernsehen gemacht. Vor knapp einer Woche wurde der Pop-Titan von unbekannten Männern verschleppt, unter Drogen gesetzt und drei Tage später wieder freigelassen. Diese drei Tage fehlen in Bretts Erinnerung. Er glaubt, in einem Garten gewesen zu sein. Einem Garten, der etwas mit der Sekte zu tun hat, die sich *Kirche der Erleuchteten* nennt. Pitt Brett hat beschlossen, sich einer Hypnose zu unterziehen – um endlich die Wahrheit zu erfahren.

Auch Männer können mit Damenpistolen schießen

Ich schwebte zwischen zwei Fällen. Entführung Brett und Mord an Fuchs. Eine Ahnung sagte mir, dass beide Taten miteinander verbunden waren.

Aber wie?

Wenn Brett der Sekte angeblich Geld schuldete und die Anwälte das schon geregelt hatten, warum dann noch eine Entführung? Eine Entführung, bei der es einen Bekennerbrief, aber keine Forderung gegeben hatte und bei der das Opfer wohlbehalten wieder aufgetaucht war. Eine Geldforderung hätte zu der *Kirche der Erleuchteten* gepasst, wenn diese mit der anwaltlichen Regelung nicht zufrieden war.

Der Mord an Robert Fuchs zeugte von Kaltblütigkeit und großer krimineller Energie. Und Motive gab es jede Menge.

Ich rief Kleist an. »Gibt es schon Ergebnisse der ballistischen Untersuchung?«

»Hallo, Maria. Ja, warte mal. Ich hole mir eben den Bericht der Kriminaltechnik. Bleibt das unter uns, zumindest so lange, bis es im Pressebericht erscheint?«

»Du kannst dich darauf verlassen.«

Es dauerte nur eine halbe Minute und er war wieder da. »Bei der Tatwaffe handelt es sich um eine kleine *Beretta 92F* mit Schalldämpfer. Eine Damenpistole.«

»Also ist der Täter eine Frau?«

»Das muss nicht zwangsläufig sein. Auch Männer können Damenpistolen abfeuern. Man kann diese Waffe aufgrund ihrer geringen Größe gut in einer Handtasche unterbringen – deshalb der Name.«

»Deutet das nicht auf Fuchs' Ehefrau, die Frau Stickel?«

»Die hat ein Alibi. Sie war beim Friseur. Ganz profan. Welche Fragen darf ich dir sonst noch beantworten?«

»Klara Liefers.«

»Nicht schon wieder, Maria«, seufzte Kleist. »Das Thema ist doch durch, dachte ich.«

»Nicht, was du meinst. Klara hat für Annabell Stickel bei *Mystic Food* gejobbt. Als Kellnerin während des Castings. Sie war die Frau in dem karierten Rock – von wegen, sie hat ihre Söhne besucht!«

»Ja, du hast recht, sie hat mich von Anfang an belogen. Und … ich erinnere mich. Klara hat mir von einem Job erzählt, den ihr eine Schulfreundin vermittelt habe. Aber ich wusste nicht, dass es sich dabei um Annabell Stickel und *Mystic Food* handelte.«

»Na, siehst du«, meinte ich triumphierend. »Ist doch seltsam, oder?«

»Warum? Das bedeutet doch nur, dass sie sich ein paar Euro verdient hat«, gab er zurück.

»Das kann doch kein Zufall sein. Klara ist nicht die, die sie zu sein vorgibt«, behauptete ich. »Ich glaube, dass sie etwas mit der Brett-Entführung zu tun hat.«

»Maria! Hör auf damit«, forderte Kleist. »Ihr seid nicht gerade Freundinnen, aber so weit solltest du nicht gehen, ihr die Beteiligung an einer Straftat zu unterstellen.«

»In welcher Stadt hat sie zuletzt gewohnt?«, blieb ich dran. »Wo leben ihre Kinder?«

»In Düsseldorf – soviel ich weiß.«

»Und ihr Exmann? Wer ist das?«

»Ein Mann namens Billerbeck«, erwiderte Kleist spöttisch.

»Wie heißt er mit Vornamen?«

»Ich habe keine Ahnung. Darf ich jetzt weiter meine Fälle zur Aufklärung bringen?«

Billerbeck – Düsseldorf. Google spuckte zwar eine Menge aus, aber nichts passte. *Klara Billerbeck – Klara Liefers.* Fehlanzeige. *Kevin Billerbeck, Justin Billerbeck.* Da wurde ich fündig. In einer Lokalzeitung war ein 15-jähriger Junge namens *Justin Billerbeck* erwähnt worden, er hatte bei einer Schulaufführung den *Waldgeist* in einem Märchen gemimt, sein Auftritt wurde sehr gelobt. Na also!

Die Schule war genannt und ich hatte meine erste Spur. Wo sie hinführen könnte, war mir nicht klar. Vermutlich ins Nichts. Aber ich war in meinem Leben schon einigen Spuren gefolgt, ohne zu wissen, wo sie endeten.

Ein Zuhause für Träume und Tränen

Vor der Westfalenhalle drängte sich ein Ü-Wagen an den anderen. Jeder wollte dabei sein, wenn der wiederauferstandene Pitt Brett Möchtegernsänger in die Wüste schickte. Der Sender hatte unter Hinweis auf die Entführung den aufgezeichneten ersten Teil des Castings bereits am Nachmittag ausgestrahlt und angekündigt, dass der zweite Teil abends live übertragen werden sollte.

Für die Show war ein Pressezentrum eingerichtet worden. Dort hatten sich zahlreiche Kollegen versammelt. Das Live-

Casting würde über einen riesigen Monitor hierher übertragen werden.

Ich war sauer, denn mit der Freizügigkeit war es vorbei. Vor einer Woche noch hatte ich mich ungehindert im VIP-Bereich bewegen können, doch heute musste ich wie alle Journalisten in diesem Raum bleiben.

»Was soll ich hier fotografieren?«, maulte Wayne. »Die Kollegen von der Konkurrenz?«

»Warte es ab. War doch klar, dass heute Großkampftag für die Sicherheitsleute ist.«

»Ich will hier raus.«

»Dann viel Erfolg«, meinte ich. »Warst du schon mal vor der Tür und hast dir die netten Jungs angeschaut, die uns bewachen?«

Draußen befanden sich bullige Kerle von einer Securityfirma, gegen die *Inkasso Moskau* ein Tanzstundenunternehmen war.

»Ich bleib doch lieber hier«, winkte Wayne frustriert ab.

Die Sendung begann. Der Jingle lief und schon richteten sich die Kameras auf die Jury. Eine Stimme aus dem Off nannte die Namen: »... und auch wieder bei uns: Pitt Brett, der Pop-Titan! Drei Tage lang in der Hand von Verbrechern und nun wieder auf der Showbühne: Brett, Brett, Brett ...«

Das Publikum stimmte ein: »Brett, Brett, Brett ...«

Applaus brandete auf. Brett erhob sich, winkte wie ein amerikanischer Präsident und grinste über alle Backen.

Mit einer Geste dämpfte er den Applaus. »Ihr habt mich wieder!«, rief er. »Ihr, mein treues Publikum, und auch ihr, meine Kandidaten. Ich will weiterhin euren Träumen und Tränen ein Zuhause geben!«

Tosender Beifall. Und schon folgte die erste Werbestrecke. *Asiatischer Magentee, Bier aus dem Sauerland, deutsche Würstchen, Steinofenpizza* und *Speed-Dating.*

Der erste Kandidat. Glasbausteine vor den Augen, eine Jeans mit Löchern und ein Hüftschwung wie der selige Michael Jackson.

»Hallo, ich bin der Dennis aus Karlsruhe. Ich singe von Xaver Nadann *Dieser Tag.*«

»Wie lange singst du schon?«, lächelte Brett.

»Seit sechs Wochen.«

»Und was machst du sonst so?«

»Ich habe einen Job in einem Garten-Center.«

Brett lächelte verschmitzt – vermutlich befand er sich im Landeanflug auf den ersten Hammerspruch.

»Wie wundervoll«, sagte der Juror dann freundlich. »Blumen sind so etwas Zartes und Sanftes.«

Wayne und ich schauten uns an. Irgendetwas lief schief.

Auch Dennis aus Karlsruhe war verunsichert. »Soll ich jetzt singen?«, fragte er.

»Ja, mach mal.«

Dieser Tag wird kein heller sein, / dieser Tag wird kurz und leer. / Du wirst meine Liebe sein / denn nur Freundschaft ist mir zu schwer ...

»So ein schwachsinniger Text«, meinte ich. »Und der singt wie eine rostige Nähmaschine! Brett macht den gleich alle.«

»Aber er lächelt so selig«, wunderte sich Pöppelbaum. »Guck mal!«

Tatsächlich. Der Pop-Titan schien vom Gesang des Kandidaten angetan.

»Du singst das besser als Xaver Nadann.« Brett hielt den Recall-Zettel hoch. »Du hast ein Ja. Auch von den anderen, oder?«

Er schaute seine beiden Mitjuroren an. Elizabetha Lazeira und Danny Forehead wirkten wie vom Donner gerührt, widersprachen aber nicht.

Dennis aus Karlsruhe grapschte nach dem Zettel, der ihn eine Runde weiterbrachte, und verschwand jubelnd aus dem Raum.

Im Pressezentrum wurde es unruhig.

»Ich brech zusammen. Brett hat Kreide gefressen.«

»Oder er erlaubt sich einen Superspaß«, warf Wayne ein. »Das Publikum jedenfalls weiß noch nicht, was es davon halten soll.«

Pfiffe und Applaus hielten sich die Waage.

Brett sprang von seinem Jurysessel auf. »Jeder Mensch hat eine unsterbliche Seele, die sich nach Befreiung sehnt«, rief er. »Befreit eure Seelen und ihr werdet glücklich sein!«

Das Bild auf dem Monitor wackelte und fiel ins Schwarze. Neue Werbeeinblendung. *Versicherung mit Herz, Supersanfte Tampons, Kalktabletten für die Waschmaschine* und *Saugwunder, die Küchenrolle, die alles schluckt.*

Die Show ging weiter. Die nächste Sängerin war dunkelhäutig und ging bauchfrei.

»Ich heiße Samira und sing einen Song von Whitney Houston. *One moment in time.*«

»Das ist ein sehr schwieriges Lied«, stellte Pitt Brett fest. »Aber du kannst das bestimmt gut. Dann fang mal an, Kleine.«

Itsch dei Ei lif / Ei wonnt tu bi, / e day tu giff / se best off mi, / Eim only wan / hat not älon, / mei feinest dey / iss jet announ, / Ei brok mei hart / for evry gain, / tu täst se swiet / Ei faist se peyn, / Ei reis änt foll / jet sru it oll, / sis matsch rimäins, / Ei wont wan moment in teim …

Wayne griff sich an den Kopf. »Ich glaub, die Maus hat größere Probleme als das Singen. Und bewegen kann sie sich auch nicht. Was machen wir eigentlich hier, Grappa-Baby?«

»Das frag ich mich auch«, seufzte ich.

Die Jury hatte das Wort. Diesmal hatte Elizabetha Lazeira die erste Beurteilung abzugeben.

»Das war nicht gut. Du kannst nicht singen und nicht performen. Dein Englisch ist grauenhaft. Von mir hast du ein klares Nein.«

Danny Forehead schloss sich an. »Das war nichts. Such dir lieber einen anderen Beruf. Eine Sängerin wirst du nie. Von mir auch ein Nein.«

Die Kameras schwenkten zu Brett. Der hatte den Kopf in die Hände gestützt.

»Ich liebe diesen Song«, säuselte der Pop-Titan. »Und ich habe ihn niemals besser gehört. Whitney Houston ist eine alte, drogensüchtige Krähe gegen dich. Für mich bist du weiter.«

Er reichte der Kandidatin den Recall-Zettel.

Rumms. Schwarzbild. Lauftext: *Bild- und Tonstörung – Unsere Techniker arbeiten fieberhaft an der Behebung des Problems.*

»Na, also«, meinte ich zufrieden. »Da haben wir ja unseren Skandal. Der Pop-Titan ist weich gespült. Möchte wirklich wissen, wer hinter diesem Coup steckt.«

Im Pressezentrum steppte der Bär. Die Kollegen stürzten nach draußen, um ihre Berichte abzusetzen.

Jessica von Neuenfels kam angelaufen. »Die Sendung wird abgebrochen. Herr Brett ist auf dem Weg ins Krankenhaus.«

»Freiwillig?«, fragte ich.

»Natürlich. Er hat eingesehen, dass er nicht ganz bei sich ist. Und Hilfe braucht.«

»Ich fand es sehr erfrischend«, grinste ich. »Herr Brett hat seine weiblich-sanfte Seite gezeigt. Sehr mutig von ihm.«

»Das werden unsere Werbepartner anders sehen«, schnappte Jessica von Neuenfels. »Die E-Mails gehen im Sekundentakt ein.«

Brett bohrt dünne Bohlen

Am Sonntag überschlugen sich die Schlagzeilen: *Pop-Titan erleuchtet? Pitt Brett auf dem Schmusetrip*, und: *Gehirnwäsche brutal: Brett bohrt dünne Bohlen* – waren noch die harmlosesten Überschriften in den Boulevardblättern.

Ein Online-Medienmagazin prophezeite der Show den Einbruch der Einschaltquoten. *Der alte Wolf hat seine Zähne verloren – die Kunden laufen davon* – so die Überschrift.

Im Durchschnitt erreichen die Castings rund sechs Millionen Zuschauer, was zu einem hervorragenden Marktanteil von etwa zwanzig Prozent führt. In der neuen Staffel liegen die Reichweiten nur noch bei viereinhalb Millionen Zuschauern – einer Quote, von der andere Sendungen immer noch träumen.

Schon seit einigen Monaten befürchten die Macher der Show, dass die Marktanteile noch weiter einbrechen könnten. Die anderen Fernsehanstalten versuchen, diesen Trend zu beschleunigen, setzen attraktive Sendungen in Konkurrenz zu WSDS in der Primetime und holen auf.

Ein weiterer Einbruch gestern. WSDS startete mit sage und schreibe fünf Millionen Zuschauern – eine absolute Traumzahl! Doch nach fünfzehn Minuten halbierte sich der Marktanteil. Der Grund: Das ungewöhnliche Auftreten des Jurychefs Pitt Brett. Die Sendung wurde nach einer halben Stunde abgebrochen. Brett wurde ins Krankenhaus gebracht. Sein Verhalten könnte mit seiner Entführung vor einer Woche in Zusammenhang stehen, die noch immer nicht aufgeklärt ist.

Im Gästebuch des Senders forderten die WSDS-Fans vehement die bösen Sprüche zurück. Ähnliches war auf der Homepage des Pop-Titanen zu lesen. Alle wollten ihren Pitt Brett so gemein und verletzend wie er gewesen war!

Bis zum Mittag hatte ich meinen Artikel fertig. Ich hatte nicht mehr zu bieten als das, was die Agenturmeldungen hergaben. Bevor ich den Text endgültig im Redaktionssystem freigab, klingelte ich Jessica von Neuenfels an. Sie saß in ihrem Büro und übte sich in Krisenbewältigung.

»Hier ist der Teufel los«, klagte sie. »Ohne Pitt ist WSDS so spannend wie der *Musikantenstadl.* Wenn der nicht wieder auf die Füße kommt, können wir die Sendung einstampfen. Was haben diese Leute bloß mit Brett angestellt?«

»Er wollte sich doch gestern mit einem Hypnotiseur beraten«, erinnerte ich mich. »Was ist dabei herausgekommen?«

»Nichts. Pitt hat den Mann nach fünf Minuten rausgeschmissen und ihn als ›geldgeilen Quacksalber‹ bezeichnet.«

»Dann war er gestern Abend ja noch ganz der Alte. Verraten Sie mir noch, in welcher Klinik er ist?«

»In keiner mehr. Er hat sich selbst entlassen. Seine Freundin hat ihn abgeholt. Ich hab keinen blassen Schimmer, wie das hier weitergehen soll. War sonst noch was, Frau Grappa? Ich würde mich gern weiter um die Beschwerdebriefe kümmern.«

Blechbläser, Holzbläser und die große Kultur

»Die Luft ist raus aus WSDS«, teilte ich auf der Redaktionskonferenz am Montag mit. »Brett ist außer Gefecht und die Werbekunden des Senders wollen ihre Verträge nicht verlängern.«

»Gut, dass diese schreckliche Musikveranstaltung ausgesetzt wird.« Margarete Wurbel-Simonis hatte ihren Krankenschein abgefeiert und spielte sich mal wieder als Gralshüterin der bürgerlichen Hochkultur auf. »Und – wenn ich noch etwas anmerken darf – Frau Grappas Geschichten dienen nicht gerade dazu, dieser Zeitung ein erträgliches kulturelles Niveau zu geben.«

»Ihre Reportage über die Blechbläserfamilie auch nicht«, konterte ich. »Was ist daran kulturell, dass Papa Tuba, Mama Trompete, Tochter Nummer eins Saxofon und Tochter Nummer zwei Klarinette bläst? Es kommt doch wohl auf die Musik an.«

»Die Klarinette gehört zu den Holzbläsern, Frau Grappa!«, belehrte mich Wurbelchen.

»Na, und? Das Saxofon von Tochter Nummer eins auch, verehrte Kollegin.«

Wurbelchen war schlecht beraten. Sie ging in die Falle: »Saxofone werden sämtlich aus Blech gefertigt, Frau Grappa.«

Ich seufzte laut und machte auf Volkshochschule. »Frau Doktor Wurbel-Simonis, ein Holzblasinstrument kann aus jedem Material gebaut werden. Entscheidend ist, wie der

Ton erzeugt wird. Bei Instrumenten mit Rohrblatt wie beim Saxofon oder Luftblatt wie bei Flöte und Orgel handelt es sich um Holzblasinstrumente. Es gibt sogar Blechblasinstrumente aus Holz, Alphorn und Zink zum Beispiel. Die haben ein Kesselmundstück wie die Trompete und sind daher hölzerne Blechblasinstrumente.«

Das Wurbelchen sagte nichts und wurde rot.

»Aber was soll's?«, tröstete ich. »Blasen ist Blasen.«

»Diese Töchter würde ich jedenfalls gern mal kennenlernen«, kicherte Pöppelbaum. »Die haben es bestimmt drauf.«

»Und ich die Frau Mutter«, machte Harras mit. Die Männer lachten, die Frauen schwiegen.

»Ich muss doch sehr bitten«, polterte Schnack. »Zickenkrieg hat in dieser Konferenz nichts zu suchen – genauso wenig wie schlüpfrige Bemerkungen, meine Herren. Und jetzt wünsche ich Ihnen allen einen angenehmen Arbeitstag.«

Klara Billerbeck ging mir immer noch nicht aus dem Kopf. Hatte mir die Eifersucht einen falschen Weg gewiesen?

Ich druckte den Artikel aus, in dem die Düsseldorfer Lokalzeitung über Justin Billerbecks Darstellung des *Waldgeistes* geschwärmt hatte. Der Bericht war ein halbes Jahr alt. Die Figur entstammte dem Märchen *Dornröschen* und die Titelrolle hatte ein Mädchen gespielt, das Yvette Schneider hieß.

Ich rief in der Schule an und gab mich als Yvettes Mutter aus. »Justin hat sein Handy bei uns liegen lassen und meine Tochter hat nichts gesagt. Haben Sie seine Adresse, damit ich mich entschuldigen und es ihm zurückgeben kann?«

Zum Glück kannte die Schulsekretärin weder Justin noch Yvette.

»Ich schau eben im Computer nach«, meinte sie. »Da hab ich es. Justin Billerbeck … Ach, es gab auch noch einen Kevin Billerbeck.«

»Wieso gab?«

»Die beiden sind nicht mehr an unserer Schule.«

»Und wo sind die beiden jetzt? Ist die Familie umgezogen?«, fragte ich.

»Scheint so.«

»Ich hab so eine vage Erinnerung … Wohnt die Familie nicht mehr in der Bahnhofstraße?«, fragte ich auf gut Glück. Eine Bahnhofstraße gab es in jeder Stadt.

Pause. Ich hörte die Sekretärin tippen.

»Da haben die nie gewohnt, jedenfalls steht hier nichts. Zuletzt Landgrafenstraße 35. Hier steht, dass die beiden sich mit ihrem Vater in die Staaten abgemeldet haben. Vor vier Monaten. Eine Adresse ist aber nicht angegeben. Das Handy müssen Sie wohl entsorgen.«

Die Information verschlug mir fast die Sprache. Ich schaffte es gerade noch, mich zu bedanken.

Klara Billerbeck hatte skrupellos eine Menge Lügen verbreitet. Von wegen alleinerziehende Mutter. Unverzüglich rief ich Kleist an und erreichte ihn in der Rechtsmedizin.

»Wer ist denn jetzt schon wieder ermordet worden?«, fragte ich.

»Der neue Chef des rechtsmedizinischen Instituts gibt seinen Einstand«, erklärte er. »Im Moment ist der Sezierraum eine Partymeile.«

»Wie romantisch! Bier und Frikadellen neben den Skalpellen. Und die Toten liegen stumm in den Schubladen herum.«

»Das reimt sich ja, Maria«, staunte Kleist. »Ich mag poetische Frauen. Komm doch vorbei. Hier ist jede Menge Presse.«

»Stimmt, ich hatte auch eine Einladung, aber ich hab sie völlig vergessen. Ich möchte dich gern etwas fragen. Wo wohnt Klara jetzt?«

»Maria! Hört das denn nie auf?«

»Du irrst dich. Sie hat dich belogen. Ihre beiden Kinder sind in den USA. Sie ist keine alleinerziehende Mutter. Es gibt nur einen alleinerziehenden Vater.«

»Das wusste ich nicht«, räumte er ein. »Aber es kann doch einen ganz einfachen Grund geben, warum sie nicht die ganze Wahrheit gesagt hat. Vielleicht schämt sie sich.«

»Vor dir – einem guten alten Freund?«, zweifelte ich.
»Du verrennst dich in etwas.«

Landgrafenstraße 35. Es gab Adressbücher im Internet – auch ältere. Ich gab Namen und Straße ein und fand tatsächlich eine Telefonnummer, die dazu passte. Der zweite Schritt: *Landgrafenstraße 35* und *Düsseldorf.* Ich hatte Glück. In dem Gebäude gab es eine Arztpraxis und das Sonnenstudio *Sunny Side.*

Bevor ich wieder in eine Rolle schlüpfte, brauchte ich einen Kaffee. In der Küche fand ich Bärchen Biber – auf dem einzigen Stuhl sitzend. Er hielt sich an einem Becher fest und hatte verweinte Augen. Mein erster Impuls war: Kaffee packen und nichts wie weg! Doch der Kaffee war alle und ich musste neuen aufsetzen. »Hallo, Herr Biber.«

Biber schnäuzte das Tempo voll. »Hallo, Frau Grappa.«

»Wie isses?«

»Muss«, meinte er. »Und selbst?«

»Geht so.«

Ich grinste innerlich. Fast hätte ich ihn nach Mandelhörnchen gefragt. »Ist was passiert?«

»Nein. Wie kommen Sie darauf?«, schluchzte er.

»Ihre Haare liegen nicht so wie sonst«, entgegnete ich.

Es dauerte nicht lange, bis der Kaffee durchgelaufen war. Ich verzog mich, bevor Muttergefühle von mir Besitz ergreifen konnten. Prompt fühlte ich mich schlecht. Für etwa zwei Minuten.

»Ich suche die Familie Billerbeck. Die wohnten in der Landgrafenstraße 35«, erzählte ich der Sprechstundenhilfe. »Ich bin eine alte Freundin von Klara Billerbeck.«

»Das ist ja hier im Haus. Der Name sagt mir aber nichts«, entgegnete die Frau. »Ich arbeite aber erst seit einem Monat hier. Moment.«

Eine andere Frau meldete sich. »Die Billerbecks wohnen nicht mehr oben. Aber eine Adresse hab ich nicht.«

»Schade. Ich bin extra aus den USA gekommen«, half ich ihrer Erinnerung auf die Sprünge.

Erfolgreich, denn sie meinte: »Aus den USA kommen Sie? Aber dahin ist der Vater mit den Jungs ja hin. Kalifornien oder Florida – ich verwechsel das immer.«

»Und Klara?«

»Weiß nicht. Es gab doch diesen Prozess vor Gericht. Um das Sorgerecht für die Kinder.«

Ich jubelte innerlich. Ein Sorgerechtsstreit! Das bedeutete, dass es Akten gab, Anwälte und weitere Quellen.

»Dann ist die Ehe ja wohl endgültig gescheitert«, meinte ich. »Die armen Kinder. Danke Ihnen sehr. Ich werde dann mal in Florida oder Kalifornien nachfragen.«

Gefangen in einem Garten

Am Abend teilte der Sender in einem Prominenten-Magazin mit, dass Pitt Brett in einer Woche wieder an Bord von WSDS sein werde. Nach einer intensiven ärztlichen Untersuchung habe er sich einer Blutwäsche unterzogen, um die letzten Rückstände der Drogen aus seinem Körper zu entfernen. Während eine Stimme aus dem Off erzählte, waren aktuelle Bilder Pitt Bretts zu sehen: Er lustwandelte im Garten seines luxuriösen Anwesens im Norden des Landes. Die WSDS-Kandidaten, die bei der Livesendung am Samstag von ihm einen Recall-Zettel erhalten hatten, durften in der kommenden Show noch einmal antreten.

»Noch immer ist es den Behörden nicht gelungen, die Entführer des Pop-Titanen dingfest zu machen«, teilte die Moderatorin des Magazins mit. »Sehen Sie nach einer kurzen Werbeunterbrechung ein Interview mit dem leitenden Kriminalhauptkommissar Dr. Friedemann Kleist.«

Ich ging in die Küche, griff mir eine Flasche Riesling aus der Wachau und brach ein paar Stücke aus dem *Parmigiano Reggiano*.

Mein Schnuggi im TV! Und schon erschien er im Bild – hinter seinem Schreibtisch thronend. Er sah müde aus und es stand ihm gut. Der Zweitagebart gab seinem Gesicht etwas Verruchtes.

Reporter: Warum haben Sie den Fall Brett noch nicht aufgeklärt?
Kleist: Weil es nicht möglich war.
Reporter: Und warum war es nicht möglich?
Kleist: Es gibt keinerlei Spuren, die wir verfolgen könnten.
Reporter: Was bedeutet das genau?
Kleist: Bei der Entführung gab es drei Täter, die maskiert und in weißen Anzügen ins Gebäude eindrangen und Herrn Brett verschleppten. Zuvor bedrohten und fesselten sie die beiden anderen Jurymitglieder mit Kabelbindern. Die Täter trugen Handschuhe, die Kabelbinder waren neu. Die Täter betäubten Herrn Brett mit einer schnell wirkenden Droge und schafften ihn weg. Wie bekannt ist, blieb einer der Täter zurück, er konnte sich unter die Teilnehmer der Show mischen und unerkannt verschwinden.
Reporter: Es gab einen weißen Anzug auf der Herrentoilette!
Kleist: An diesem Anzug haben wir zwar jede Menge Spuren gefunden – aber keine, die in unserer Kartei vorhanden waren. Das Auto, in dem das Opfer transportiert wurde, ist nicht wieder aufgetaucht. Und das Wichtigste: Herr Brett kann sich an nichts erinnern.
Reporter: Es gibt Gerüchte, dass er sich an eine bewachsene Gegend erinnert. Eine Art Garten.
Kleist: Ja. Herr Brett behauptet, in einem Garten gefangen gehalten worden zu sein. Aber er stand stark unter Drogen. Seine Angaben sind daher ungenau. Also sind sie nicht hilfreich für uns.
Reporter: Es gab einen Bekennerbrief. Was hat die Sekte mit dem Fall zu tun?
Kleist: *Die Kirche der Erleuchteten* bestreitet die Tat. Eine Hausdurchsuchung hat keinerlei Verdachtsmomente ergeben, weder in Hinsicht auf die Entführung noch auf das Bekennerschreiben.
Reporter: Also werden Sie den Fall nicht klären können?
Kleist: Wir haben keinen Ansatzpunkt für zielhaltige Ermittlungen. Noch nicht. Vielleicht führen uns mögliche Motive auf eine Spur.

Motive haben wir zuhauf. Der Mann hat sich bei sehr vielen seiner Kandidaten extrem unbeliebt gemacht. Da stehen wir also vor einem Heuhaufen, bei dem es auch nichts hilft, hineinzuspringen, um die Nadel zu finden. Aber ich werde diesen Fall klären – glauben Sie mir. Manche Dinge sind nicht so, wie sie scheinen. Und manche scheinen so, wie sie nicht sind. Und bei manchen will man gar nicht glauben, dass sie so sind.

Reporter: Was wollen Sie damit sagen?

Kleist: Das genügt jetzt. Ich habe Ihnen den Stand der Ermittlungen dargelegt.

Diese Andeutung überraschte mich. Was ging in Kleists Kopf vor? Er hatte jedenfalls eine ungewöhnliche Idee entwickelt. Anders konnte ich den Satz: *Und bei manchen will man gar nicht glauben, dass sie so sind* nicht interpretieren.

Auch Margarete kann kariert

In der Nacht zerbrach ich mir mal wieder den Kopf. Aber nicht über Kleist und seine geheimnisvollen Sätze, sondern über die Familie Billerbeck.

Die erste Hälfte der Nacht grübelte ich, die zweite Hälfte träumte ich schlecht. Am Morgen hatte dann ich eine fette Migräne.

Ich meldete mich krank, verdunkelte den Raum und zog die Decke über den Kopf. Die Schmerzen hämmerten Dellen in meine Hirnschale. Ich dämmerte vor mich hin – wie lange, wusste ich nicht.

In meinen Tagträumen erschien Klara Billerbeck, wie sie einen Song zum Besten gab. Schnack, Bärchen Biber und Pöppelbaum saßen in der Jury und Margarete Wurbel-Simonis trug einen karierten Rock und servierte Fingerfood.

»Du bekommst deine Kinder nicht zurück, wenn du weiter so scheiße singst«, schrie Schnack. »Mit deiner Stimme kannste meiner Mutter die Knorpel aus dem Knie singen.«

Irgendwann wirkte die Tablette und ich schlief ein. Keine Träume mehr.

Es war schon später Nachmittag, als ich aufwachte. Keine Meldungen auf meinem Handy. Allerdings mehrere Anrufe von Nummern, die ich nicht zuordnen konnte. Ich duschte lauwarm und dann kalt, bis mein Kopf ganz klar war.

Kaffee wäre jetzt Gift gewesen. Ich kochte einen Kräutertee, der eine belebende Wirkung versprach, und aktivierte die Lautsprecher am PC. Partiten für Cello von Bach – die richtige Musik, um wieder auf die Beine zu kommen.

Es klingelte an der Tür. Vorsichtig spähte ich. Kleist! Mein Herz machte einen Freudenhüpfer.

»Was ist mit dir?«, fragte er. »In der Redaktion sagte man mir, dass du krank seist.«

»Es geht schon wieder. Eine Migräne. Vom Feinsten. Möchtest du einen Kräutertee?«

»Es gibt Tee in deinem Haus?«, wunderte er sich.

»Nur, wenn ich krank bin.«

»Verstehe.«

In der Küche fragte ich: »Was führt dich hierher?«

»Ich habe mir Sorgen gemacht.«

»Ich bin gerührt. Aber es ist ja wieder alles gut. Als Mädchen hatte ich jede Woche Migräne. Jetzt haben die Hitzewellen die Migräne weitgehend abgelöst. Du bist doch noch aus einem anderen Grund hier, stimmt's?«

»Ja. Ich habe ein Problem mit dem Fall Pitt Brett«, räumte er ein.

»Das dachte ich mir. Dein Interview war so … merkwürdig.«

»Ich habe eine These, die ich dir darlegen will«, kündigte er an. »Eine kühne These. Lach aber nicht.«

Ich schüttelte den Kopf. »Ich mag kühne Thesen. Also los!«

Kleist sah mich so an, dass mir warm ums Herz wurde. »Also. Die These ist: Pitt Brett ist gar nicht entführt worden!«

»Uups!«

Pause.

»Wie kommst du darauf?«, fragte ich schließlich.

»Ich versuche jetzt mal zu denken wie Pitt Brett.«

»Das wird schwer«, kicherte ich. »Aber ich höre dir gern zu. Besonders, wenn es dir gelingt, so unflätig rumzuprollen wie der Brett.«

»Ich bin Pitt Brett. Ich mache seit acht Jahren diese Show. Sehr erfolgreich. Meine Rolle ist die des Scharfrichters. Ich kann beurteilen, wer singen kann und wer eine Chance im Musikgeschäft hat. Erfüllt jemand diese Voraussetzungen nicht, fliegt er raus und wird zudem noch lächerlich gemacht. Aber das stört Möchtegernsänger nicht, sie wollen das und niemand zwingt sie, an meiner Show teilzunehmen. Ich werde angegriffen – von Journalisten, Medienwächtern und jedem, der sich dazu berufen fühlt.« Kleist nahm einen Schluck Tee. »Plötzlich sinkt die Quote. In meinem Sender entsteht Murren. Man will, dass ich meine Kritik geschmeidiger formuliere. Man will mir das Privileg wegnehmen, den Gewinnertitel zu produzieren und zu vermarkten. Und das Erstzugriffsrecht auf Verträge mit den Gewinnern soll ich auch verlieren. Das bedeutet: sehr viel weniger Geld.«

»Woher weißt du das alles?«, fragte ich.

»Ich hatte einen Termin mit den Geschäftsführern des Senders. Die waren sehr offen zu mir.«

»Langsam dämmert mir, auf was du hinauswillst«, sagte ich. »Bei sinkender Quote hilft ein Aufreger in der Presse, der nicht direkt aus der Show entsteht, sondern aus dem richtigen Leben. So etwas wie eine Penisoperation. Oder ein Einbruch oder so. Oder eben eine Entführung. Die kann man inszenieren. Dann hat man wieder mehr Zuschauer und die Chefs im Sender beruhigen sich.«

»Richtig. Also: Ich bin immer noch Pitt Brett. Und ich bereite diese Sache natürlich gut vor, denn ich bin ja nicht so doof und primitiv, wie viele glauben. Ich beherrsche die Regeln des Medien- und Showgeschäftes wie sonst kaum einer. Ich lege mich zum Schein mit dieser Sekte an. Der Sektenchef ist eingeweiht – gegen eine hübsche Geldsumme, versteht sich. Er verteilt Flugblätter, ich greife ihn auf meiner Homepage an.«

»Nun wird es aber wildromantisch«, lächelte ich. »So viel Fantasie hätte ich dir gar nicht zugetraut.«

»Du unterschätzt mich, meine Liebe. Aber weiter: Ich organisiere die Entführung. Drei Männer mit Masken und das Ganze während des Castings. Man hätte Brett ja auch abends im Hotel abfangen können oder beim Shoppen in der Stadt oder sonst wo. Nein, es passiert genau dort, wo die größte Aufmerksamkeit sichergestellt ist, wo Kameras laufen und Hunderte Menschen alles mitbekommen.«

»Es wird immer interessanter«, ermunterte ich Kleist, weiterzumachen.

»Ich lasse mich also entführen und alle sorgen sich um mich. Die Medien – auch die konkurrierenden und die internationalen Sender – kommen an dem Thema nicht vorbei. Ich bleibe kurze Zeit verschwunden. Die Sekte schreibt einen Bekennerbrief, der so dilettantisch ist, dass sogar die begriffsstutzige Polizei ihn nicht für echt halten kann.«

Ich setzte die Geschichte fort. »Dann tauche ich wieder auf, bin ziemlich verwirrt und kann mich an nichts erinnern. Wie praktisch!«

»Kurz vor meinem Auftauchen werfe ich noch eine Ecstasypille ein, damit die Ärzte etwas finden«, übernahm Kleist wieder. »Und ich will sofort mit der Sendung weitermachen – und zwar live.«

»Ja, das war komisch«, überlegte ich. »Warum hat sich Brett nicht erst mal eine Erholungspause gegönnt?«

»Das hat mich nicht stutzig gemacht«, entgegnete Kleist. »Denn Brett ist ein Vollprofi. Ich fing erst an, an seiner Version zu zweifeln, als er darauf bestand, dass das Casting live ausgestrahlt würde.«

»Er war auf eine bombastische Einschaltquote scharf!«, meinte ich.

»Das auch – aber nicht nur«, erklärte Kleist. »Brett hatte an dem Abend Kreide gefressen und gab sich ganz anders als sonst. Deshalb wollte er die Live-Ausstrahlung.«

Ich nickte: »Alle sind sauer, dass er den lieben Papa spielt. Kunden drohen dem Sender mit Werbeentzug. Sogar die Medien, die ihn wegen seiner Grobheit immer beschimpft haben, wollen den alten Stänkerer Pitt Brett zurück. Wenn das Casting aufgezeichnet worden wäre, hätte der Sender die Folge niemals gezeigt.«

Kleist nickte. »Und ich bin immer noch Brett. Der Sender bricht die Show ab. Genau das habe ich beabsichtigt. Ich verziehe mich in eine Klinik, dann nach Hause. Und alle rennen mir die Tür ein, dass ich weitermachen soll. Man bietet mir einen besseren Vertrag mit sehr viel mehr Geld und mehr Macht. Genau das habe ich beabsichtigt. Keine Rede mehr davon, dass ich die Siegertitel nicht mehr produzieren darf.«

»Dann hat Brett seine Macht über die Show extrem erweitert!«

»So ist es«, bejahte er.

»Und wie willst du das alles beweisen?«

»Gute Frage, Maria. Ich weiß nicht, ob ich sie jemals beantworten kann.«

»Dein Szenario hat aber einen Denkfehler, lieber Hauptkommissar.«

»Ach?«, runzelte er die Stirn. »Und wo steckt der?«

»Die Sendung wurde doch abgebrochen, weil die grobe Bohle namens Brett sich in ein Schmusekaninchen verwandelt hat. Warum sollte der Sender dem sanften Plüsch-Pitt bessere Konditionen bieten?«

Kleist dachte eine Weile nach.

Dann brummte er: »Du hast recht, Maria. Die Zuschauerzahlen sind zwar enorm gewesen, aber nur wegen der Entführung. Wenn der Brett nicht zu seiner Grobheit zurückfindet, geht der Plan nicht auf. Dann zerstört sich die Sendung selbst.«

»Darum wird es sehr interessant sein, die weitere Entwicklung der Sendung zu verfolgen. Nicht nur für uns, sondern auch für die Medien und damit das große Publikum.«

»Der Effekt von Entführung und Weichspülung wird sich eine Weile halten. Selbst ich werde mir diese blöde Sendung reinziehen. Irgendwie klappt Bretts Plan, wenn es denn so sein sollte, wie wir spekulieren«, seufzte Kleist. »Der Titan sollte seine Konditionen ganz schnell neu verhandeln. Er hat jetzt Oberwasser. Kann ich noch eine Tasse von diesem schrecklich gesunden Kräutertee bekommen?«

Hysterische Mutter und bunte Pullover

Am nächsten Morgen nach der Redaktionskonferenz rief ich die Justizbehörde in Düsseldorf an. Ich erfuhr, dass es mehrere Familiengerichte gab. Beim dritten Anlauf fand ich die Richterin, welche die Billerbecks geschieden hatte.

»Die Scheidung war nicht das Problem, sondern der Sorgerechtsstreit«, erzählte sie überraschend offen.

»Sie haben die Kinder dem Vater zugesprochen?«, fragte ich.

»Ja, das Gericht ist den Gutachten gefolgt. Wir entscheiden immer im Interesse der Kinder.«

»Hatte das Ganze mit der *Kirche der Erleuchteten* zu tun?«

»O ja, und wie, darum ging es ja. Frau Billerbeck war aus der Religionsgemeinschaft ausgetreten. Darum ließ sich ihr Mann ja scheiden. Persönlich habe ich kein Verständnis für sein Verhalten, aber das haben wir als Gericht nicht zu beurteilen.«

»Wie hat die Mutter auf das Urteil reagiert?«, fragte ich.

»Hysterisch. Sie schrie und tobte. Die Justizbeamten mussten sie schließlich aus dem Saal führen.«

Ich konnte kaum glauben, dass sie von der coolen Klara redete, die versucht hatte, mich auszutricksen.

»Können Sie mir mehr sagen über den Vater? Vielleicht den Vornamen? Ich suche ihn.«

»Tut mir leid. Datenschutz.«

Ich durchforstete das Netz noch einmal nach Spuren der Billerbecks – jetzt verknüpft mit den Worten *Sorgerecht* und *USA* – vergebens. Auf diesem Weg kam ich nicht näher an Klara heran.

In der Kaffeeküche traf ich Harras.

»Hast du dich inzwischen entschieden?«, fragte ich.

»Was?«, fragte er zurück.

»Ob du kündigst oder nicht.«

»Mist, der Kaffee ist alle«, lenkte er ab. »Ich frag mal, ob die drei mit dem S noch irgendwo ein Päckchen gebunkert haben.«

Kurze Zeit später kehrte er mit einem Pfund Kaffee zurück.

»Du hast meine Frage nicht beantwortet«, erinnerte ich ihn.

Harras schüttete Kaffeepulver in den Filter.

»Aus dem Wechsel wird nichts«, antwortete er dann. »Ich bleibe. Sie haben sich für jemand anderen entschieden. Auch Wayne darfst du weiter rumschubsen.«

»Oh, super«, freute ich mich. »Dann hat meine Mail an die *Blöd-Zeitung* doch was genutzt. Ich hab denen Fotos von deinen Pullovern geschickt.«

»Du hast was?« Er war wie vom Donner gerührt.

»Achtung! Scherz!«, sagte ich schnell, bevor er sich aufregen konnte.

Er konnte nicht darüber lachen. »Ich bin zu alt für einen Wechsel.«

»Finde ich auch.«

»Ich fühle mich nicht zu alt. Aber man hat mir gesagt, dass ich zu alt sei. Die Stelle bekommt Bärchen Biber.«

»Bärchen haut ab?«, rief ich begeistert. »Das ist ja super. Aber dass die ihn nehmen! Das Blatt hat doch schwer über den Betroffenheitskoffer abgelästert.«

»Das scheint Schnee von gestern zu sein. Er ist noch keine dreißig und kann sich gut verkaufen.«

»Der? Neulich hat er hier in der Küche wie ein kleines Mädchen geheult.«

»Das war wegen der Abmahnung. So was macht sich nicht gut in einer Vita«, enthüllte Harras.

»Stimmt. Deshalb hab ich alle Abmahnungen, die ich je bekommen habe, aus der Personalakte rausgeklagt.«

»Ich muss los, Grappa.« Harras stellte den Becher ab.

»Simon?«

»Ja?«

»Ich freue mich sehr, dass du bleibst.«

»Ohne Scheiß?«

»Ohne Scheiß!«

Reden hilft Denken

Heinrich von Kleist, vermutlich verwandt mit meinem Lieblingshauptkommissar, hat ein Traktat *Über die allmähliche Verfertigung der Gedanken beim Reden* geschrieben. Und zwar vor über zweihundert Jahren. Kleist behauptete, wenn der Sprechende seine Gedanken ordnet, um seine Sichtweise dem Hörenden zu erläutern, wird er sich der Dinge bewusster und gelangt dadurch zu einer tieferen Einsicht in die von ihm angesprochenen schwierigen Sachverhalte. Wir würden heute sagen: Darüber reden ist hilfreich.

In der Bäckerei und während meiner Gespräche mit Anneliese Schmitz waren mir schon häufiger ganze Kronleuchter aufgegangen. Nicht, dass ich es darauf angelegt hätte – im Gegenteil. Oft wollte ich gar nicht reden, doch Frau Schmitz konnte sehr stur sein und hörte nicht auf, Fragen zu stellen. So verhalf sie mir regelmäßig zur kleistschen tieferen Einsicht.

»Hallo, Frau Grappa«, begrüßte sie mich. »Auch mal wieder da. Wie isses?«

»Hallo, Frau Schmitz. Schön, dich zu sehen. Mir isses gut. Und selbst?«

»Muss«, meinte sie. »Gehst du durch? Soll ich was machen?«

»Eine Kleinigkeit wäre nicht schlecht.«

»Brötchen mit Schinken und Käse?«, schlug sie vor.

»Gute Idee.«

»Kommt noch wer?« Sie hatte Neugier im Blick.

»Ich glaub nicht«, enttäuschte ich sie.

Ich begab mich ins Bistro. Es war noch ziemlich leer und ich konnte meinen Stammplatz einnehmen – hinten rechts und von der Straße aus nicht einsehbar.

Ich griff nach einem lokalen Frauenmagazin, das die In-Läden in Bierstadt vorstellte: Bars, Clubs, Sonnenstudios, Wellness-Schuppen und Klamottenläden. Nichts davon interessierte mich. Ich würde lieber durch den Gaza-Streifen laufen als durch Boutiquen. Immerhin fiel mir wieder das Glencheckkaro ins Auge. Es zierte einige der abgebildeten Klamotten und meine Gedanken waren prompt bei Klara Billerbeck.

Frau Schmitz brachte das Brötchen.

»Was würdest du machen, wenn man dir deine Kinder wegnimmt?«, fragte ich.

»Wie kommst du denn auf so 'ne Frage, Frau Grappa?«

»Das beschäftigt mich. Ich kenne jemanden, dem es so ergangen ist. Und jetzt sind die Kinder weit weg und dieser Jemand sieht sie nicht mehr.«

»Die Frage ist doch, warum man mir die Kinder weggenommen hat«, meinte Frau Schmitz. »Weil ich eine schlechte Mutter war?«

»So in etwa. Du hast vielleicht ein paar seelische Probleme wegen der Scheidung und so. Und du hast keinen Job, um die Kinder durchzubringen.«

»Das ist hart.«

»Was würdest du also machen?«, wiederholte ich die Frage.

»Ich würde versuchen, mich zu bekrabbeln, und dann die Blagen zu mir zurückholen.«

»Aber das Gericht hat dem Vater das alleinige Sorgerecht zugesprochen.«

»Hat der Vater denn eine neue Frau?«, wollte sie wissen.

»Keine Ahnung. Wäre aber vorstellbar.«

»Dieser Krieg zwischen Eltern um die Kinder ist voll daneben«, stellte die Bäckerin fest. »Gestern war so ein Drama im Fernsehen. Da ging es auch um so was. Warte mal eben, Frau Grappa, ich muss nach vorn. Kundschaft!«

Sie entschwand. Ich griff nach dem *Tageblatt* von gestern und schlug die Fernsehseite auf:

Bis nichts mehr bleibt – der Film erzählt die Geschichte einer Familie, die zerrissen wird von einer Sekte mit dem Namen *Kirche der Erleuchteten.* Der Vater, der aus der Sekte aussteigt, verliert in einem Sorgerechtsstreit seine beiden Kinder.

Es ist ein spannender Film mit einem starken Ensemble. Und es ist eine Premiere. Bisher hat kein deutscher Fernsehsender dieses heikle Thema zu einem fiktionalen Stoff verarbeitet. Gedreht wurde an Originalschauplätzen, so auch vor der Europazentrale der Sekte in Kopenhagen.

»Ich bin dann mal weg«, sagte ich zu der Bäckerin und legte einen Schein auf die Theke. »Bis demnächst, Frau Schmitz.«

Vielleicht lag ich falsch mit der Annahme, dass Klara Billerbeck etwas mit der Entführung von Brett zu tun hatte. Aber vielleicht mit dem Mord an Fuchs. Sie hatte bei Annabell Stickels Firma als Kellnerin angeheuert. Was also, wenn Klara nicht an Brett, sondern an Fuchs interessiert gewesen war? Aber welches Motiv konnte dahinterstecken? Hatte Fuchs etwas getan, für das Klara Rache ausübte? Oder hatte sie auch vielleicht einfach nur Annabell Stickel geholfen, sich des ungetreuen Ehemanns zu entledigen?

Ich ging mir selbst auf die Nerven. Warum wollte ich nur unbedingt, dass Klara in ein Verbrechen verwickelt war?

Schein und Sein

»Jetzt übertreibst du aber mal wieder«, meinte mein Hauptkommissar, als ich ihm abends die kühne These vorlegte. »Warum in aller Welt sollte Klara etwas mit dem Mord an Fuchs zu tun haben? Erst verdächtigst du sie, dass sie bei der Entführung mitgemacht hat, und nun das!«

»Was weißt du über Fuchs?«

»Er ist seit einem Jahr der hiesige Sektenchef, war vorher in den USA zur Thetanen-Ausbildung. Im Sektenhauptquartier der *Illuminated Church* in Florida.«

»Vater Billerbeck ist mit seinen Kindern nach Florida gezogen«, sagte ich. »Könnte aber auch Kalifornien sein. Ich muss das noch rauskriegen.«

»Aha. Dabei kann ich dir helfen. Ich weiß inzwischen seinen Vornamen. Er heißt Sven.«

»Sven Billerbeck also. Der müsste ja zu finden sein.«

»Ich habe ihn gefunden. Er lebt mit den beiden Söhnen in Florida.«

»In Clearwater?«

»Nein, in St. Petersburg«, antwortete Kleist. »Das ist aber nicht besonders weit von Clearwater entfernt. Er arbeitet dort im Sektenzentrum in der oberen Etage der Sektenhierarchie.«

»Das weiß du alles schon?«, fragte ich verdattert.

»Ich weiß noch mehr«, lächelte er. »Billerbeck hat eine neue Lebensgefährtin. Ihr Name ist Bettina Weber.«

»Die Schwester von Monika! Das ist ja ein Ding. Und warum unternimmst du nichts?«

»Was bitte, soll ich denn unternehmen? Soll ich etwa einen Auslieferungsantrag für Sven Billerbeck stellen, weil er einer Sekte anhängt, einen Sorgerechtsprozess gewonnen und eine Frau an seiner Seite hat, deren Schwester ermordet worden ist?«

»Nein, natürlich nicht«, gab ich kleinlaut zu. »Es geht ja weniger um Billerbeck, sondern eher um Klara. Und den Mord an Fuchs.«

»... den du nur zu gerne Klara anhängen willst. Was ich für völlig absurd halte.«

»Irgendjemand muss ihn doch erschossen haben. Und es war kein Fremder, sondern jemand, der sich im Sektenzentrum völlig ungehindert bewegen konnte. Sonst wäre der Täter aufgefallen.«

»Du hast recht, Maria«, stöhnte er. »Irgendjemand war es.«

»Ich kenne jemanden, der sich frei bewegen kann in der *Kirche der Erleuchteten.*«

»An wen denkst du?«

»Bettina Weber. Die gehört doch zu dem Laden.«

»Bettina ist aber nicht Klara.«

»Dann hat sich Klara eben als Bettina verkleidet«, trotzte ich.

»Nun lass doch mal die Hasskappe gegen Klara weg. Es gibt einige, die ein besseres Motiv hätten als ausgerechnet sie.«

»Ich weiß. Fuchs war ein unbeliebter Zeitgenosse. Arnold Weber hätte Grund gehabt, denn Fuchs hat den Mörder auf seine Tochter Monika gehetzt, Bettina Weber könnte aus demselben Grund die Täterin sein. Annabell ist die betrogene Ehefrau mit einem geradezu klassischen Motiv.«

»Na, siehst du«, meinte Kleist zufrieden. »Klara passt als Mörderin einfach nicht ins Bild.«

»Noch nicht«, entgegnete ich. »Wie hast du neulich noch so richtig formuliert? *Manche Dinge sind nicht so, wie sie scheinen. Und manche scheinen so, wie sie nicht sind.*«

Mir ging diese Formulierung nicht aus dem Kopf. Was war an der Beziehung Klaras zu Fuchs nicht so wie es schien? Um herauszubekommen, was die beiden miteinander verband, musste ich mit Klara reden. Aber wo war sie? Ich überlegte. Vielleicht wusste das ja Annabell Stickel – immerhin war sie Klaras Arbeitgeberin.

Nachdem Kleist gegangen war, suchte ich die Telefonnummer von *Mystic Food* heraus. Annabell Stickel hatte die Firma schon verlassen. Also ab ins Auto und zu ihrer Wohnung. Es war schon spät und meine Chance, sie bei sich zu Hause anzutreffen, war nicht schlecht.

Als ich vom Parkplatz aus auf das Haus zulief, guckte ich die Fassade hoch. Und ging im nächsten Moment hinter einem Baum in Deckung. In der zweiten Etage beugte sich eine Frau aus dem Fenster und schüttelte eine Decke aus: Klara Billerbeck. Na prima, dachte ich. Volltreffer!

Ich klingelte irgendwo – nur nicht bei Stickel. Der Summer zeigte an, dass jemand den Türöffner betätigt hatte. Ich nahm die Treppe nach oben.

Ein Kommissar mit Heiligenschein

Später erinnerte ich mich nur noch an die Farbe des Treppenbelags: dunkelrot mit unregelmäßigen weißen Punkten, wie bei einer Blutwurst. Und an die ärmlich dahindümpelnden Pflanzen auf den Fensterbänken im Treppenhaus. Anthurien und Opuntien, auf denen sich Staub gesammelt hatte. Und der Geruch nach einem Putzmittel mit Ammoniak stieg in meine Nase, wenn ich an diesen Tag zurückdachte. Dass mir jemand die Tür öffnete und wer es war, daran hatte ich keinerlei Erinnerung.

»Maria, bist du wach? Kannst du mich hören?«

Plötzlich war mir wohl, denn ich wusste, dass ich in Sicherheit war.

»Du lächelst ja. Also geht es dir besser.«

Mit Mühe öffnete ich die Augen. Über mir eine weiß getünchte Decke, rechts von mir mein Lieblingshauptkommissar – verschwommen und mit einer Aura umgeben.

»Du hast ja einen Heiligenschein«, murmelte ich. »Bin ich im Himmel?«

»Damit warten wir noch«, sagte Kleist zärtlich und strich mir über die Haare. »Und jetzt schlaf dich aus. Ich passe auf dich auf.«

»Was ist denn passiert?«, fragte ich. Doch dann war ich auch schon wieder weit weg.

Wilde Träume. Ein Garten mit explodierendem Grün. Feuchtwarm. Urwaldgeräusche. Und ein schönes Gefühl. Musik.

When I am Laid In Earth … Überirdisch. Traurige Engel mit großen Flügeln. Ich war berauscht von Glückseligkeit. Wohlige Schauer schwangen durch meinen Körper.

When I am Laid, am Laid in Earth …

Ich hatte Musik nie so gehört. Jede einzelne Note brannte sich in meine Seele. Es hielt mich nicht in meinem Versteck. Eine starke Kraft zog mich mitten in die Musik hinein und ich gab mich ihr hin. Ich wollte in den Garten, doch ich konnte mich nicht bewegen. Irgendetwas hielt mich gefangen. Ich kämpfte dagegen an. Bald gab ich auf und fiel ins Schwarze.

Eine Uhr schlug satte Echos. Die Töne vermischten sich zu einem Kanon. Eine Melodie entstand. Bilder dazu. Grün und Blau, Dschungel und Himmel. Ich schwebte darüber.

»Geht es dir besser?«

Ich versuchte, die Augen zu öffnen, doch vergeblich. Ich wollte nichts hören, keine Antworten geben, sondern dort bleiben, wo ich war.

»Maria!« Eine Hand tastete nach meiner Wange. Leichte Schläge. Ich knurrte unwirsch.

»Es geht dir besser«, sagte Kleist.

»Es dauert eine Weile, bis die Drogen abgebaut sind«, sagte eine zweite Stimme.

»Wo bist du die letzten Tage gewesen, Maria?«

Tage?

»Wo warst du?«

Ich blinzelte. »Im Garten«, flüsterte ich. »Und jetzt geh weg, ich will wieder da hinein.«

»Lassen wir sie einfach schlafen«, sagte der zweite Mann. »So ein Verhör macht keinen Sinn, Herr Hauptkommissar.«

Viel später. Ich hatte wahnsinnige Kopfschmerzen. In den Tropf, an dem ich hing, spritzte eine Gestalt in Weiß ein Schmerzmittel. Ich schloss die Augen und wartete auf die Wirkung.

Die Tür öffnete sich und Kleist trat ein.

»Hallo«, krächzte ich.

»Ah, du bist wach«, stellte er fest. »Kannst du mir ein paar Fragen beantworten, Maria?«

»Ich will es versuchen. Was ist bloß los mit mir? Mir ist übel und mein Kopf tut weh.«

»Jemand hat dich mit Ecstasy vollgestopft«, erklärte er. »Die Wirkung geht aber vorbei. In zwei Tagen kannst du wieder deine Mandelhörnchen knuspern. Und jetzt sag mir, was geschehen ist.«

Die Wirkung des Schmerzmittels setzte langsam ein und ich atmete tief durch.

»Ich bin zu dem Haus gegangen, in dem Frau Stickel wohnt. Ich wollte sie fragen, ob sie weiß, wo Klara ist. Der Summer ging und ich bin durch die Tür. Und dann weiß ich noch, wie die Treppe aussieht.«

»Wer hat dir die Tür geöffnet?«

»Keine Ahnung. Es ist alles weg.«

»Du warst zwei Tage verschwunden«, berichtete Kleist. »Gestern wurdest du gefunden – auf einer Autobahnbrücke. Du standest oben am Geländer und hast den Autos zugewinkt. Ein paar Leute bekamen Angst, sie dachten, du seist ein Steinwerfer und informierten die Autobahnpolizei. Die haben dich dann vom Geländer gepflückt.«

»Ich kann mich an nichts erinnern.«

»Das glaube ich dir gern«, nickte er. »Diese Gedächtnislücken sind bei Ecstasykonsum bekannt. Immerhin konntest du deinen Namen sagen und in deiner Handtasche fanden die Kollegen eine Visitenkarte mit meiner Nummer.«

»Handtasche? Die ist da?«

Kleist reichte sie mir und ich leerte sie auf der Decke aus.

Es war noch alles vorhanden, und ich konnte mich auch an alles erinnern. Der Lippenstift, der Terminkalender, die Puderdose, die Geldbörse, Haus- und Autoschlüssel, die Aspirintabletten und die Herpescreme. Auch das Handy war da – ausgeschaltet. Ich drückte auf die rote Taste, aber es tat sich nichts. Da fiel mein Blick auf den Chip, der sich unter die Puderdose verkrochen hatte. Das Handy war von fremder Hand deaktiviert worden.

Und ich bemerkte etwas, was ich noch nicht kannte. Ein kleines Stöckchen. »Friedemann?«

»Ja?«

Ich zeigte ihm das Teil. »Was ist das hier?«

»Was weiß ich. Vielleicht ein Fingernagelpolierstab oder eine Erinnerung an deinen letzten Liebhaber?«

»Wieso sollte mich dieses Ding an dich erinnern?«

»Nun gut, vielleicht ist das auch der Rest eines halben Hähnchens«, sinnierte er. »Gib mal her. Wir haben Leute, die finden heraus, was die Opfer zuletzt gegessen haben.«

Nachruf auf Grappa

Es dauerte noch zwei weitere Tage, bis ich wieder einigermaßen klar denken konnte. Die Erinnerungslücken blieben. Ich sollte mich daheim schonen, doch mir wurde bald langweilig. Die Polizei hatte Klara Billerbeck und Annabell Stickel nicht finden können. Die Fahndung lief.

Ich bat Pöppelbaum um einen Hausbesuch. Er brachte ein *Tageblatt* mit, das er mir grinsend auf den Tisch legte.

»Lies mal, wie lieb wir dich alle haben.«

Schnack hatte tatsächlich einen Artikel über mein Verschwinden geschrieben – und zwar in einem Ton, als sei ich seine wertvollste Mitarbeiterin.

Tageblatt-Reporterin verschwunden – wo ist Maria Grappa?

Sie recherchierte die heißesten Storys, hatte vor nichts und niemandem Angst und arbeitete für unsere Zeitung wieder an zwei wichtigen Fällen: der Entführung von Pitt Brett, dem Pop-Titanen, und dem Mord an Robert Fuchs, dem Thetanen der *Kirche der Erleuchteten.* Keinen der beiden Fälle konnte die Polizei bisher zur Aufklärung bringen. Jetzt fragen wir uns: War Maria Grappa näher an der Auflösung der Fälle als die Polizei? Ist sie deshalb verschwunden? Hat man die emsige Reporterin schachmatt gesetzt? Die Kollegen der Redaktion sind voller Sorge: Wann kommst du wieder, Maria Grappa?

»Früher, als ihm lieb ist«, grinste ich.

»Er hat dich als emsige Reporterin bezeichnet«, frotzelte Wayne. »Ist das ein Kompliment oder ironisch gemeint?«

»Ironie kann der Schnack nicht«, meinte ich.

»Wurbelchen ging übrigens schon davon aus, dass du den Löffel abgegeben hast«, berichtete der Bluthund weiter. »Und Bärchen Biber wollte bereits den Nachruf auf dich verfassen. Aber das hat Schnack abgebogen und zur Chefsache erklärt.«

»Spätestens bei Erscheinen eines Nachrufs wäre ich wieder lebendig geworden. Es ist sowieso wie bei Mark Twain: Die Nachricht von meinem Ableben ist eine grobe Übertreibung. Leider habe ich euch den Gefallen noch nicht getan.«

»Du warst ziemlich schräg drauf an dem Abend«, wechselte Wayne das Thema. »Ich hab dich ja noch angerufen.«

»Wann hast du mich angerufen?«

»Na, an dem Abend, an dem du verschwunden bist, Grappa. Du warst total albern und schienst dich köstlich zu amüsieren. Ich dachte, dein Lieblingsbulle kitzelt dich grad durch oder so.« Er lachte ziemlich frech.

»Wayne! Das waren die Drogen!«

»Heute weiß ich das auch, Grappa-Baby! Eins ist klar, oder? Die beiden Frauen hätten dich ganz leicht umbringen können. Die wollten nur Zeit gewinnen, um sich abzusetzen.«

Das Handy klingelte. Der neue OB von Bierstadt, mein Exchef Peter, war dran.

»Ich wusste, dass du wieder auftauchst, Grappa. Das habe ich Dr. Schnack auch gesagt. Er hat mich angerufen.«

»Warum das? Hat er gedacht, ich hätte im OB-Büro Zuflucht gesucht?«

Jansen lachte. »Das nicht. Er brauchte Informationen über dich. Für den Nachruf. Und da ich dich besser kenne als er, hat er mich angesprochen.«

»Ich hoffe, du hast ihm nur Gutes über mich erzählt.«

»Klar, Grappa-Baby. Ich kenne dich ja nur von deiner Schokoladenseite. Deine liebenswerte Art, mit Chefs umzugehen, hat er inzwischen ja schon am eigenen Leib erlebt.«

Wir lachten.

»Du klingst schon wieder wie du selbst«, verabschiedete sich Jansen. »Schön, dass es dir wieder gut geht.«

Noch immer hörte ich die Geräusche leicht verfremdet – wie durch einen Wattevorhang.

»Ich kann nicht still hier rumsitzen und nichts tun«, sagte ich. »Ich hab eine Idee. Machst du mit, Wayne?«

»Kommt drauf an. Was hast du vor?«

»Ich will meine Erinnerung zurück«, erklärte ich.

»Wie soll das gehen?«

»Lass uns zu Stickels Wohnung fahren. Vielleicht fällt mir ein, was dort passiert ist.«

»Soll ich die Tür auftreten?«

»Ich weiß jemanden, der sie uns aufschließt«, lächelte ich.

Kleist stimmte dem Experiment zu und wir trafen uns vor dem Haus, in dem Stickel gewohnt hatte. »Ich hab Klara am

Fenster gesehen, hab geklingelt und bin hoch. Mehr weiß ich nicht.«

Kleist schloss auf und wir betraten die Wohnung.

»Es ist noch alles so, wie wir es vorgefunden haben«, erklärte der Hauptkommissar. Einige Sachen lagen so herum, als sei die Wohnung überstürzt verlassen worden. »Erkennst du etwas wieder?«

»Nee. Ich muss das erst mal wirken lassen.«

Die Männer hielten sich im Hintergrund, während ich durch das Wohnzimmer streifte. Drei Gläser standen auf dem Couchtisch. Für Annabell, Klara und mich?

»Wir haben die Gläser untersucht«, meinte Kleist, der meinen Blick verfolgt hatte. »Ja, das sind eure Gläser. Wir haben sie zurückgestellt. Wegen der Rekonstruktion. Übrigens keine Spur von irgendwelchen Drogen – falls man Martini nicht als Droge bezeichnet.«

»Eher als Hustensaft«, nickte ich.

Pöppelbaum reichte Kleist einige bunte Prospekte. »Das sind ja Reiseprospekte, Ziel Florida. Clearwater.«

Hatten sich Stickel und Billerbeck in die Heimat der Erleuchteten abgesetzt? Ich machte eine mentale Notiz.

Zwischen den Gläsern lag eine Fernsehzeitschrift. Sie war aufgeschlagen und zeigte das Programm des Tages, an dem ich gekidnappt worden war. Ich nahm sie und überflog die Ankündigungen. »Hier!«, sagte ich. »Da ist etwas. Diese Musik hab ich gehört, als ich im Krankenhaus aufwachte.«

Ich deutete auf die Stelle in der Fernsehzeitschrift, die das ARTE-Programm zeigte. »*Dido und Aeneas* – eine Oper von Henry Purcell. Die Arie geht mir nicht mehr aus dem Kopf! Also muss ich in dieser Wohnung gewesen sein, während das im Fernsehen lief.«

»Maria – da ist noch was. Setz dich mal hin.« Kleist wurde plötzlich sehr ernst. »Der Hähnchenknochen ist keiner.«

Gespannt blickte ich ihn an.

Er fuhr fort: »Es ist der Mittelhandknochen eines Menschen. Ein Baby.«

Mir wurde schlecht. Gut, dass ich saß.

Kleist fuhr fort: »Es gab Anhaftungen an dem Knochen. Samenteile einer Orchidee namens *Angraecum sesquipedale*. Wir müssen jetzt deinen Traumgarten finden. Unbedingt. Vermutlich ein Garten mit tropischen Pflanzen. Oder ein Gewächshaus. Morgen nehmen wir den Erleuchteten die Bude auseinander. Ich will wissen, wo der Knochen herkommt.«

Im geheimnisvollen Garten

Am nächsten Tag schloss Kleist das Sektenzentrum. Der Richter hatte ihm erneut einen Durchsuchungsbeschluss unterschrieben. Alle Erleuchteten mussten das Gebäude verlassen.

Eine Armee von Kriminaltechnikern machte sich über den Garten im Innenhof her. Hier gab es vor allem außereuropäische Gewächse. Ein Botaniker erstellte eine Liste: Bambus, Lianen, Tillandsien, Bromelien und Baum-Orchideen.

»Im Winter schließen sie das Dach«, sagte der Biologe und deutete nach oben. »Sonst würde keine der tropischen Pflanzen überleben. Was suchen wir hier eigentlich?«

»Spuren von Straftaten«, antwortete Kleist lakonisch.

»Irgendwas stimmt hier nicht«, murmelte ich. »Ich erkenne nichts wieder – nur diesen traurigen Engel. Aber den hab ich ja vor meiner Entführung schon gesehen.«

»Denk nach! Was stimmt hier nicht?«, forderte er.

»Mein Garten ist größer, er hat einen Horizont und keine Glasfassade, an dem er endet. Da war eine sonnige Lichtung und ganz in der Ferne hörte ich das Meer rauschen.«

»Das war die Wirkung des Ecstasy.«

»Ich habe Musik gehört, Stimmen, die tief in mein Innerstes drangen.«

»Was haben die Stimmen gesagt?«

»Ich hab es vergessen. Aber es waren wichtige Botschaften, das weiß ich«, antwortete ich.

»Gehirnwäsche«, stellte Kleist fest. »So geht das nicht.«
Er ging zur Seite und telefonierte.

Zwanzig Minuten später betrat Pitt Brett den Garten. Er war nicht erfreut. »Was ist das für eine Mega-Kacke hier?«, beschwerte er sich.

»Guten Tag, Herr Brett«, sagte Kleist förmlich und reichte ihm die Hand. »Schön, dass Sie herkommen konnten. Wissen Sie, wo Sie sich befinden?«

»In der Hütte dieser Gurkentruppe. Steht ja vorne groß genug dran. Und jetzt?« Der Pop-Titan war ganz locker. »Und Frau Grappa ist ja auch wieder da. Alles paletti, junge Frau?«

Ich nickte. »Einigermaßen. Mein Gedächtnis funktioniert nur noch nicht so richtig.«

»Damit können Sie zu uns kommen«, grinste der Pop-Titan. »Bei WSDS treten fast ausschließlich Leute auf, die ihre Hühnerkacketexte vergessen. Das scheint eine neue Art der Qualifikation zu sein.«

»Schauen Sie sich um, Herr Brett«, bat Kleist. »Ist das der Garten, in dem Sie während Ihrer Entführung gefangen waren?«

Jetzt wurde Pitt Brett ernst. Er sah sich um, ging ein paar Schritte umher und kehrte dann zurück.

»Ich ... ich muss Sie dringend sprechen, Herr Dr. Kleist«, druckste er. Und mit Blick auf mich: »Unter vier Augen. Bitte!«

Brett kippte aus der Hose. Ich wunderte mich dann doch ein wenig. Kleist hatte wohl recht mit seiner These, dass der Pop-Titan seine Quote durch eine erfundene Entführung hatte steigern wollen. Aber warum hatte er sich diese Geschichte mit dem Garten ausgedacht?

Ich hielt es hier nicht länger aus. Die Kriminaltechniker hatten begonnen, das Gelände umzugraben. Mir taten die Pflanzen leid. Sie hatten sich über Jahre akklimatisiert und nun wurden ihre Wurzeln rausgerissen. Sie konnten ja nichts dafür, dass sie von Sektenmitgliedern gepflanzt worden waren, die im Fokus von Mordermittlungen standen.

Das Gebäude war leer. Ich streifte durch die Räume. Hier herrschte eine merkwürdige Atmosphäre. An den Wänden Fotos von Ronny Hovart in allen Lebensaltern. Eingerahmte Sprüche. Aufnahmen von den Sektenzentren in den USA und in Dänemark. Und natürlich die Fotos der berühmten aktuellen Mitglieder: Schauspieler und Sänger.

Ich setzte mich auf einen Sessel im Flur und schloss die Augen. Fast wäre ich eingenickt, doch ein Klang schreckte mich auf und ließ mich hellwach werden. Eine Uhr schlug. Den Klang kannte ich. Er hatte mich durch meine Traumsequenzen begleitet.

Ich rannte den Gang entlang und horchte. Hinter der vierten Tür waren gerade noch die letzten Schläge des Pendels aus meinem Drogentraum zu hören. Die Tür war verschlossen.

Ich musste mich hier im Sektenzentrum aufgehalten haben, als man mich entführt hatte! Ich lief zurück in den Garten.

Die Männer hatten keine halben Sachen gemacht. Der Pflanzendschungel war beschnitten und beiseitegeräumt, jetzt waren die Steinfiguren dran. Die waren an Betonklötze angeschraubt, die in den Boden eingelassen worden waren.

»Das ist kein Stein«, hörte ich einen der Männer überrascht ausrufen. »Steinimitat, Leute. Haut alles von oben weg!«

Und schon wurden schwere Hämmer eingesetzt. Engelflügel zersplitterten, Arme, die innen hohl waren, fielen auf den Boden. Ein Kopf rollte in meine Richtung und landete vor meinen Füßen. Tote Augen schauten zu mir auf. Es war gruselig. Ich wandte mich ab.

Mir war übel und vor meinen Augen formierte sich ein Sternenregen. Im Eingangsbereich des Hauses stand ein Sessel. Ich ließ mich hineinfallen. Die Hammergeräusche, die aus dem Garten zu mir herüberschallten, waren wie kleine Donnerschläge. Dann war mit einem Mal Ruhe.

»Wo ist Dr. Kleist?«, schrie eine Stimme.

Wer gräbt, der findet

»Leichenfund im Haus der Erleuchteten«, teilte ich Pöppelbaum kurz mit. »Komm sofort hierher. Und wundere dich nicht: Ich bin schon da.«

Wayne knurrte ein überraschtes »Okay« und legte auf.

Für alle Fälle nahm ich die Digi-Kamera aus meiner Handtasche und lief zu einem Fenster im ersten Stock, von dem aus ich den Garten fotografieren konnte. Der Zugang selbst war versperrt worden. Die Kriminaltechniker warteten auf den Rechtsmediziner.

Ich knipste einfach drauflos – darauf hoffend, dass ein gutes Fotoprogramm einiges aus den Bildern würde herausholen können.

Ich konnte Kleist sehen. Er stand – flankiert von anderen Beamten – vor einer ausgehobenen Grube und schaute hinein. Leichenfund. Mich schauderte. Wer war der Mensch, der hier begraben lag? Wie war er umgekommen und wer hatte ihn in dem Garten verscharrt?

Mein Handy machte sich bemerkbar. Es war eine SMS von Pöppelbaum. Er war eingetroffen. Ich ging nach unten und winkte ihn herein.

»Ein Kollege«, erklärte ich dem Polizisten am Eingang. Tatsächlich ließ er Wayne durch, ohne seine Anwesenheit zu hinterfragen.

»Geradeaus geht es zum Garten«, erklärte ich. »Dort wurde die Leiche gefunden.«

»Und? Wer ist es?«

»Keine Ahnung.«

»Wie kommt es, dass du hier bist?«, fragte er.

»Wir haben doch gestern über den Garten gesprochen – der mit den Steinskulpturen und den wilden Pflanzen. Das hier könnte er sein. Obwohl …«

»Obwohl?«

»In meinen Drogenträumen sah er anders aus.«

Der Rechtsmediziner stürzte an uns vorbei in den Garten. Als die Polizisten zurücktraten und den Blick aufs Gelände freigaben, fotografierte Wayne dezent. Danach verzog er sich in die erste Etage. Ich hatte ihm gesagt, von wo aus er einen guten Überblick hatte.

Ich blieb in der Lobby sitzen.

»Maria, da bist du ja.« Kleist stand vor mir.

»Habt ihr das Baby gefunden?«

»Ja. Es liegt wohl schon sehr lange dort.«

»Wo ist Brett?«

»Den habe ich nach Hause geschickt. Er hat tatsächlich zugegeben, dass er seine Entführung selbst getürkt hat – zusammen mit Fuchs. Wegen der Quote. Wie gestört ihr Medienmenschen doch seid!«

»He, nicht alle sind so«, widersprach ich empört. »Was wirst du jetzt tun?«

»Ich werde Brett ein Verfahren wegen Vortäuschung einer Straftat anhängen«, antwortete der Hauptkommissar grimmig. »Es ist eine Frechheit, uns dermaßen anzulügen und den Polizeiapparat in Gang zu setzen. Aber etwas Interessantes habe ich doch noch von Brett erfahren. Stickel und Klara wussten von der Inszenierung und haben ihn damit erpresst. Er hat gezahlt.«

»Die beiden wussten, dass die Entführung eine Lüge war?«

»Allerdings. Klara hat zufällig die Tür zum Juryraum geöffnet, als Brett und die Entführer damit beschäftigt waren, die beiden Mitjuroren zu verschnüren. Sie hat mit ihrem Handy ein Foto gemacht. Dieses Foto hat sich das Duo mit fünfzigtausend Euro aus Bretts Privatschatulle vergolden lassen.«

»Das ist eine schöne Geschichte fürs *Tageblatt*«, schwärmte ich.

»Ich glaube nicht, dass Brett dir die Story auch so erzählen wird«, sagte Kleist voraus. »Und wir haben Stillschweigen vereinbart – bis die Erpresser gefasst sind.«

»Na gut, die Leiche ist ja auch eine wichtige Geschichte«, seufzte ich.

Die Tür zum Garten öffnete sich und zwei Männer trugen einen kleinen Alusarg durch die Lobby.

Das Bild ging mir unter die Haut.

Schon manche Schlacht geschlagen

Mein Krankenschein interessierte mich nicht mehr. In der Redaktion fasste ich kurz zusammen, was passiert war.

> Leichenfund im Sektenzentrum
>
> Grauenhafter Fund im Garten der *Kirche der Erleuchteten:* Bei einer Hausdurchsuchung fand die Polizei die Leiche eines Kindes. Das Baby war im Innenhof des Gebäudes vergraben. Zurzeit gibt es keinerlei Anhaltspunkte zur Identität des Kindes. Unklar ist auch noch, wie es gestorben ist und ob ein Verbrechen vorliegt. Wir berichten nach.

Auch Schnack war erschüttert. Das sprach für ihn.

»Wir hatten einen schlechten Start, Frau Grappa«, meinte er und krabbelte sich mal wieder an seinem Menjoubärtchen. »Aber wie sagte der Oberbürgermeister neulich zu mir? Frau Grappa ist ein echtes Schlachtross.«

»Schön, dass Sie diesen Begriff jetzt richtig interpretieren«, lächelte ich. »Wenn ich mich schon mit einem Pferd vergleichen lassen muss, dann mit einem, das schon manche Schlacht geschlagen hat, und nicht mit einem, das bald zum Schlachter muss.«

»Ich schätze Ihren sprachlichen Feinsinn«, sülzte er.

Feinsinn hatte mir noch niemand vorgeworfen und ich überlegte, ob ich das als Beleidigung werten musste.

Abends kämpfte ich mit einer Flasche Riesling von der Mosel gegen die Reste des Ecstasys an. Immer, wenn ich die

Augen schloss und sich ein Drogenflash ankündigte, leerte ich ein Glas Wein. Und kippte zwei Gläser Mineralwasser hinterher.

In der Nacht erschienen mir Engelsputten, die vor Pitt Brett *Lady in Red* schnulzten. Sein Spruch dazu: *Im Recall würdet ihr so lange überleben wie ein gebrauchter Tampon im Piranha-Becken* schoss mich schließlich ins Nirwana.

Im Morgengrauen war es mit dem Schlaf vorbei. Um fünf Uhr war ich hellwach, kochte Kaffee und verzog mich in den Garten. Die Luft war angenehm frisch und unverbraucht. In der Ferne dröhnten Motorengeräusche und Martinshörner. Vermutlich Rettungswagen, die eines der drei Krankenhäuser ansteuerten, die sich in der Nähe meines Hauses befanden.

Florida gegen Bayreuth

Die Radionachrichten und die Frühmagazine der TV-Sender berichteten groß über den Leichenfund. Natürlich wurden der Mord an Fuchs und Bretts Entführung in diesem Zusammenhang auch erwähnt. Kühne Mutmaßungen wurden geäußert. Gab es noch mehr skelettierte Leichen bei den Erleuchteten? War die Sekte am Mädchenhandel mit Osteuropa und der Dritten Welt beteiligt? Wurden Kinder gar bei satanischen Ritualen geopfert? War Brett entführt worden, weil er – durch eine geschändete WSDS-Kandidatin aufmerksam gemacht – von den Verbrechen wusste?

In der Redaktion fragten mir die Kollegen ein Loch in den Bauch.

»Warst du auch in diesem Garten gefangen, wo die Knochen lagen, Grappa?«, fragte Stella.

»Klar. Grappa wartete dort auf ihren Abflug in den Nahen Osten – als Hauptfrau des Sultans von Abu Dhabi«, scherzte Harras. »Aber ein tapferer Hauptkommissar von altem Adel kam auf seinem Schimmel angaloppiert und rettete unsere Grappa.«

»In echt?«, staunte Stella.

»Nachdem unser Herr Schnack mich für kleines Geld an den Sultan verkauft hatte«, spann ich die Geschichte weiter. »Damit er sein Bärchen Biber endlich groß rausbringen kann.«

»Was habe ich gemacht?«, fragte eine bekannte Stimme in unserem Rücken.

»Guten Morgen, Herr Schnack. Ich … ich erzählte den Kollegen gerade einen meiner wirren Träume«, stotterte ich. »Aber der Arzt meint, das geht vorüber.«

»Das hoffe ich doch –, wenn Sie von mir träumen«, meinte Schnack trocken. »Würden die Damen und Herren mir bitte in die Konferenz folgen?«

Als wir komplett waren, fragte Schnack nach Neuigkeiten im Mordfall Fuchs und sah mich dabei an.

»Es gibt eine Spur nach Florida«, erklärte ich frech, denn ich erinnerte mich an die Reiseunterlagen in Stickels Wohnung. »Bettina Weber dürfte sowieso dort sein. Und vermutlich sind auch Annabell Stickel und Klara Billerbeck dahin gereist. Wo sollten sie sonst sein, wenn nicht im Hauptquartier der *Kirche der Erleuchteten?* Sven Billerbeck ist eine Art Sekten-Obermufti und …«

»Wer ist Sven Billerbeck?«, unterbrach mich Schnack. Ich erklärte ihm die Verbindung zu Klara, ihren beiden Söhnen und Bettina Weber.

»Da soll noch einer durchblicken«, meinte Schnack. »Wie gehen Sie weiter vor?«

»Für den Durchblick haben Sie ja mich. Und ich muss nach Florida – genauer gesagt nach Clearwater. In die Höhle des Löwen.«

»Wie bitte?«

»Dienstreise«, sagte ich bestimmend. »Zusammen mit Herrn Pöppelbaum. Damit die Geschichte schön rund wird. Eine Woche werden wir schon brauchen.«

Die Kollegen hielten den Atem an. Schnack war blass geworden. Bärchen Biber bekam Schluckauf und Wurbel-Simonis kicherte neckisch.

»Wann fliegen Sie?«, hörte ich Schnack sagen.

Wayne und ich staunten uns kurz an – damit hatte keiner von uns gerechnet.

»Übermorgen«, gab ich trocken zurück.

»Das ist ja mal wieder interessant«, meldete sich Margarete Wurbel-Simonis. »Mein Dienstreiseantrag zu den Bayreuther Festspielen wird jedes Jahr abgelehnt. Früher von Herrn Jansen und jetzt auch von Ihnen, Herr Dr. Schnack.«

»Die Rezensionen der Wagner-Opern kommen flächendeckend über die Agenturen, Frau Dr. Wurbel-Simonis«, konterte Schnack. »*Copy* und *paste* – Frau Kollegin, und schon haben wir eine qualifizierte Opernkritik. Wenn Sie sich dazu nicht in der Lage sehen, belegen Sie einen Kurs beim ehemaligen Verteidigungsminister.«

Story ohne Fakten – kein Problem!

Der Service war perfekt. Schnacks Sekretärin buchte die Flüge und das Hotel nahe der *Cleveland Street*, in der sich der Palast der Sekte befand. Ich bekam sogar einen Spesenvorschuss.

Meine Strategie würde ich heute Abend entwerfen – hoffentlich mithilfe meines Hauptkommissars.

Ich schaute mir die Stadt in Florida über Google Earth an und war begeistert von den vielen Stränden, dem blauen Meer und den 361 Sonnentagen, die es dort durchschnittlich geben sollte.

Wayne stürzte in mein Zimmer. »Das hast du genial gemacht, Grappa-Baby. Endlich komme ich mal aus dem Kaff hier raus.«

»Noch genialer wäre es, wenn wir mit einem Mörder oder einer Mörderin im Gepäck zurückkämen«, seufzte ich.

»Eine Exklusivstory reicht auch«, widersprach er. »Und die kriegen wir allemal.«

»Und wenn wir nichts Neues erfahren?«

»Muss ich dir etwa erklären, wie man auch ohne neue Fakten eine spannende Geschichte schreibt?«

Am Nachmittag wurden die Obduktionsergebnisse bekannt gegeben. Das Kind war nach Schätzungen des Gerichtsmediziners vor rund zwei Jahren im Garten vergraben worden. Die Ergebnisse des DNA-Tests lagen noch nicht vor und auch die Todesursache hatte noch nicht geklärt werden können.

Das war mager. Ich rief Kleist an.

»Mit welcher DNA willst du das Erbmaterial des Kindes vergleichen?«

»Rundumschlag. Einfach alles, was uns zur Verfügung steht. Annabell Stickel, Monika Weber und sogar Klara Billerbeck.«

»Die sind aber doch nicht mehr da. Wo nimmst du das Vergleichsmaterial her?«

»Aus Stickels Wohnung und aus der von Arnold Weber. Klara ist das kleinste Problem, die hat eine Haarbürste bei mir vergessen.«

»Ich fliege übermorgen nach Florida. Ich will Klara und Stickel finden!«

»Wie denn das?«

»Keine Ahnung. Ich fange bei der Sekte an.«

»Möchtest du einen Tipp?«

Das war aufregend. »Gern.«

»Wir waren ja auch nicht untätig und haben Sven Billerbeck und Bettina Weber in den USA vernehmen lassen. Für den Mord an Fuchs hat die Weber uns ein Alibi präsentiert. Inzwischen wissen wir auch, dass Fuchs bei der Sorgerechtsverhandlung seine Finger im Spiel hatte. Der psychologische Gutachter, der Klara so negativ beurteilt hat, gehörte ebenfalls zur Sekte. Leider ist er gestorben. Krebs.«

»Ja, und?«

»In Bezug auf die Mordermittlung hat die Vernehmung nichts ergeben. Doch ich weiß was, was du nicht weißt.« Kleist war manchmal ziemlich arrogant.

»Und das ist schwarz?«

»Das ist der Name eines Hotels. Stickel und Klara halten sich tatsächlich in Florida auf und wohnen im *Beachcomber Beach Resort.*«

Spätkapitalistisches Lotterleben

»In den USA ist die *Kirche der Erleuchteten* als Religionsgemeinschaft voll anerkannt«, erklärte Kleist am Abend. »Natürlich hat die Konkurrenz ihre Vorbehalte gegen die Sekte, aber mit dem Staat haben die Erleuchteten keine Probleme.«

»Kann ich mir gut vorstellen«, nickte ich. »Diese Kirche ist ja auch voll kapitalistisch unterwegs. Geld machen steht an erster Stelle. Das gefällt den Amis. Wie sind Stickel und Billerbeck eigentlich in die USA gelangt? Brauchten die kein Visum?«

»Nein. Du brauchst ja auch keins, wenn du fliegst.«

»Ich bleibe aber nur eine Woche.«

»Das spielt keine Rolle. Durch das sogenannte *Visa Waiver Program* können Bürger aus bestimmten Ländern relativ unkompliziert in die USA einreisen«, erklärte Kleist. »Man füllt einen grünen Zettel aus und darf neunzig Tage bleiben.«

Wir setzten uns in den Garten.

»Wie das Wetter wohl in Florida ist?«, sinnierte ich. »Eigentlich müsste man dort Urlaub machen. Traumstrände ohne Ende, Luxushotels, Sonne und alle nur denkbaren Möglichkeiten, sich zu zerstreuen. Und wenn du die Nase voll hast vom spätkapitalistischen Lotterleben, charterst du ein Boot, fährst nach Kuba und schaust bei Fidel vorbei.«

Kleist lachte. »Ich war mal dort im Rahmen meiner Polizeiausbildung. Es ist halb so schön. Laut und grell und immer nur Sonne! Immer gutes Wetter! Nach drei Monaten sehnte ich mich nach wolkenverhangenen Regentagen.«

Am Himmel grummelte es prompt. »Petrus hat dich erhört. Gleich geht es los.«

Wir warteten noch, bis die ersten Tropfen fielen, und gingen dann ins Haus. Die Küchentür ließen wir offen – so konnten wir den Regen beobachten, wie er auf die Pflanzen fiel und uns an der frischen Luft erfreuen.

»Hörst du sie schreien?«, fragte Kleist.

»Wen?«

»Die Büsche, Stauden und Blumen. Sie freuen sich, dass sie endlich Wasser bekommen.«

Nix mit Meer!

Ich schaute mir den Sektenpalast im Internet an: ein mächtiges, weißes Gebäude, aber tatsächlich mit einem sakralen Charakter. 1926 als Hotel eröffnet, kaufte die Sekte das Gebäude später und baute es zu ihrem Zentrum um. Zweihundert Gästezimmer auf fast 25.000 Quadratmetern Wohnfläche.

In einer Reportage las ich:

> Im ehemaligen Piratenschlupfwinkel Clearwater an Floridas Westküste beherrschen Erleuchtete das Straßenbild. Denn Clearwater ist ihre Stadt. Von hunderttausend Einwohnern der Stadt gehören heute angeblich schon sechstausend zur Sekte. Hinzu kommen Sektentouristen aus aller Welt. Sie pilgern zu dem ehemaligen Luxushotel und zahlen Tausende von Dollars für Kurse, die ihnen höhere Weihen und eine Karriere in der Sekte versprechen. Denn *Fort Harrison* ist ihr religiöses Zentrum. Wer sich nähert, wird beobachtet. Der Sicherheitsdienst der Sekte ist immer im Dienst. Selbst ernannte Sheriffs melden jede Feindbewegung über Funk sofort an die Zentrale.

Eine verdeckte Recherche im Sektenzentrum kam also eher nicht infrage. Pöppelbaum schaute vorbei und wir besprachen den Ablauf der Reise.

»Also brauch ich gar keine Badehose einzupacken«, maulte er. »Hat das Hotel wenigstens Meerblick?«

»Nein. Das Motel hat den Namen *Economy Inn.* Du ahnst, was das bedeutet?«

»Verstehe! Staubiges Ding mitten in der Stadt mit Blick auf eine Tankstelle«, muffelte Wayne. »Da hat sich Schnack echt in Unkosten gestürzt.«

»Das Meer kannst du vom Flugzeug aus sehen«, entgegnete ich. »Oder von einer der zahlreichen Brücken, die die sogenannten *Bays* miteinander verbinden. Das muss reichen.«

»Du bist eine verdammte Spaßbremse, Grappa!«

»Dafür mieten wir uns ein Cabrio«, versprach ich. »Dann kannst du das Meer riechen, wenn wir dran vorbeifahren.«

Am Abend schaute ich mir die einschlägigen Prominentenfernsehmagazine an. Die Vorbereitungen für die nächste WSDS-Show liefen auf Hochtouren. Ein Magazin brachte ein langes Interview mit dem Pop-Titanen, der über seine Entführung nicht mehr sprechen mochte.

»Ich bin froh, dass ich alles gut überstanden habe, und möchte nicht mehr daran erinnert werden.«

Ich grinste. Irgendwann würde Kleist ihn daran erinnern, und dann würde es einen neuen Skandal in den Boulevardblättern geben.

Bald ging ich ins Bett. Die Nacht würde kurz sein, der Flug dafür lang. Von Düsseldorf nach Tampa dauerte er zehn Stunden mit Zwischenstopp in Atlanta.

Rübezahl und Rumpelstilzchen

Wir parkten mein Auto in einem Flughafenparkhaus. Beim Einchecken entdeckte ich einen alten Bekannten.

»Guck mal, da ist Egon Hold«, machte ich Pöppelbaum aufmerksam. »Der Mann fürs Grobe bei den Erleuchteten.«

»Der bekommt bestimmt eine Nachschulung in Feinmotorik in *Fort Harrison«*, meinte Wayne. »Darf der uns sehen?«

»Das ist ziemlich egal. In den Sektenpalast kommen wir sowieso nicht rein. Der ist besser abgesichert als *Fort Knox.*«

Prompt drehte sich Hold, der zwanzig Meter vor uns entfernt in der Reihe stand, zu uns um. Zuerst machte er ein verblüfftes Gesicht, dann grinste er fett.

»Fotografier den«, bat ich Wayne.

»Warum?«

»Weil man nie wissen kann, wozu man so was mal braucht. Und es verunsichert ihn.«

Pöppelbaum startete seine Kamera und richtete das Objektiv auf Hold. Doch der war keineswegs verunsichert, sondern posierte noch.

»Der hat Selbstbewusstsein ohne Ende«, wunderte sich der Bluthund. »Er hat wohl mehr als einen Kurs bei den Erleuchteten intus. Irgendwas machen die ja doch richtig.«

»Ich finde eine gesunde Selbsteinschätzung angebrachter«, entgegnete ich. »Was nützt es dir, dich für Rübezahl zu halten, wenn alle anderen wissen, dass du Rumpelstilzchen bist?«

»Soll ich mich jetzt für Rumpelstilzchen halten, oder was, Grappa?« Wayne tat eingeschnappt.

Wir waren an der Reihe. Zwei kleine Koffer aufs Band und ab in den Warteraum. Florida, wir kommen!

Ein Mustang in Knallrot

Die Hitze traf mich ins Gesicht wie ein heißer Waschlappen.

»Boah«, meinte auch Pöppelbaum, als wir wieder festen Boden unter den Füßen hatten. Er blinzelte in die Sonne. »Stell deine Uhr sechs Stunden zurück, Grappa!«

Ich tat es und es war wieder morgens.

Die Einreiseformalitäten dauerten nicht so lange wie befürchtet. Wir zogen unsere Koffer hinter uns her und mieteten einen knallroten Ford Mustang Cabriolet mit Navi.

»Klasse, Grappa«, meinte Wayne, »die richtige Karre für eine verdeckte Recherche. Du verstehst dein Geschäft.«

»Gelernt ist gelernt«, lachte ich. »Lass uns erst mal zu unserem Luxushotel fahren. Mir tun alle Knochen weh.«

Das Motel befand sich fünfundzwanzig Kilometer vom Flughafen entfernt. Wir öffneten das Dach und die Sonne konnte ihre volle Wirkung entfalten. Palmen säumten die Straße neben Unmengen von Werbetafeln, die Traumstrände, Traumrestaurants, Traumausflüge und Traumaktivitäten verhießen.

Das Hotel war doch nicht so sparsam, wie sein Name es hatte vermuten lassen. Kleine, saubere Zimmer, ein Pool im Innenhof und es gab sogar einen netten Frühstücksraum.

»Guck mal, das Meer!«, zeigte ich auf das Wasser.

»Was machen wir jetzt?«, fragte Wayne.

»Kleine Pause und dann ziehen wir los. Die Stadt besichtigen.«

»Yes, Boss.«

»Du kannst ja amerikanisch«, freute ich mich.

Zunächst sorgte ich jedoch dafür, dass mein Handy wieder auf Empfang war. Eine SMS von Kleist war eingegangen: *DNA totes Kind: Verwandtschaft mit Weber! Gruß FK*

Die Webers! Was sollte daraus werden?

Ich duschte, schwamm ein paar Runden im Pool und schaute mir im Liegestuhl liegend den Stadtplan von St. Petersburg an. Das *Beachcomber Beach Resort* lag direkt am Strand. Pöppelbaum würde doch noch den Blick auf das blaue Meer genießen können. Falls die Damen sich inzwischen nicht örtlich verändert hatten.

Die Stadt war laut, grell und überfüllt. Die Touristenvillen glichen sich, sie schienen alle aus derselben Fabrik zu stammen. Eine Brise machte die Hitze erträglich.

Die *Cleveland Street,* in der unser Motel stand, war lang und führte zum Meer. Laut Stadtplan befand sich *Fort Harrison* rechter Hand der Straße. Wayne steuerte den Mustang und ich lehnte mich entspannt zurück.

»Da!«, sagte er.

Ja, der riesige Klotz war nicht zu übersehen. Wayne stieg auf die Bremse, denn vor uns war Stau. Eine Menschengruppe, die gegen die *Illuminated Church IC*, wie sie hier genannt wurde, demonstrierte, versperrte die Straße. Cops standen am Rand und beobachteten das Geschehen.

»Ich übernehme das Steuer«, entschied ich, »und du machst Fotos. Die Demo kommt ja wie gerufen.«

»Und sieh mal die Vögel da oben auf dem Dach!« Wayne deutete in die Höhe – zum Dach des Sektenpalastes. Dort standen zahlreiche Kameraleute, die wohl im Auftrag der Kirche die Demonstranten filmten.

Wayne zückte seinen Fotoapparat und mischte sich unters Volk. Ich stellte den Motor ab, im Moment ging nichts mehr. Während die Gegner der Erleuchteten die Straße querten, notierte ich die Sprüche, die auf die Plakate gepinselt waren.

The world is watching, True religion is free – IC is not, IC hurts people und *Smile! Your are now entering the IC surveillance zone.*

Ganz so harmonisch, wie es die Sekte auf ihrer Homepage glauben machen wollte, gestaltete sich das Leben in den USA wohl doch nicht.

Mein Blick fiel auf einen Mann, der sich mit seinem Plakat an einem Cop vorbeidrücken wollte und dem Gesetzeshüter fast das Pappschild an den Kopf knallte. Das war doch …?

Ich traute meinen Augen kaum und lief dem Mann nach.

»Herr Weber!«, rief ich aus. »Das ist aber ein Ding!«

»Frau Grappa, Sie auch hier. Ich habe eine Mission. Machen Sie mit!« Er deutete auf den Sektenpalast. »Die müssen vernichtet werden, bevor sie noch mehr Seelen fangen und zerstören.« Seine Augen hatten einen fanatischen Glanz.

»Ich verstehe«, sagte ich behutsam. »Was ist mit Bettina? Hatten Sie schon Kontakt zu ihr?«

»Nein«, sagte er bitter. »Sie will nicht mit mir reden.«

Ein Hupkonzert begann.

»Alles Gute, Herr Weber«, sagte ich und klopfte dem armen Mann auf die Schulter. »Und wenn was ist – rufen Sie mich an.«

»Grappa, du solltest dich mal um den Mustang kümmern«, hörte ich Pöppelbaum. »Sonst galoppiert der gleich in eine Polizei-Garage.«

Ordnungshüter standen um das rote Auto und betrachteten es.

Ich stürzte zu ihnen hin und quatschte sie mit meinen eingerosteten Englischkenntnissen ins Lachkoma. Unbehelligt ließen sie uns ziehen.

Mädels am Strand – supercool

An der Rezeption des Strandhotels fragte ich nach den beiden deutschen Frauen. Wir hatten Glück: Nach Auskunft der lächelnden Blondine befanden sie sich am Privatstrand. Wir spazierten durch eine wunderschön angelegte Parklandschaft, in der tropische Pflanzen ihre Blütenpracht präsentierten. Das Meer blitzte türkis durch die Bäume. Ich dachte an Urlaub und nicht an Mörderfangen.

»Wie sollen wir die beiden finden?«, maulte Wayne.

»Ist doch ganz einfach«, meinte ich. »Du gehst an jedem Liegestuhl und jeder Decke vorbei und guckst dir die Mädels an. Natürlich mit der Kamera in der Hand. Und wenn sich zwei nicht fotografieren lassen wollen, dann sind das Stickel und Billerbeck.«

»Ich würde lieber schwimmen gehen«, seufzte er. »Schau dir das an! Hast du jemals so ein tolles Meer gesehen?«

Nein, hatte ich nicht. Der St. Pete Beach grenzte in einer sanften Linie an den Golf von Mexiko. Der Sand war weiß und sauber.

»Sollen wir rechts oder links suchen?«, fragte Wayne.

»Nach rechts«, entschied ich.

»Dann los!«

Nach wenigen Metern hatte ich die Schuhe voller Sand. Ich zog sie aus. Der Sand war warm und feinkörnig. Pöppelbaum machte es mir nach. Er wandte sich wieder den Badegästen zu und verweilte bei den jungen Bikinischönheiten länger als bei beleibteren Damen mittleren Alters.

»Du nimmst deinen Job ja richtig ernst«, grinste ich.

Ein junger Afroamerikaner mit einem Bauchladen voller Getränke kam uns entgegen.

»Have you seen two German ladies?«, fragte ich.

Er nickte und deutete in die Richtung, in die wir sowieso gehen wollten. »Right hand side.«

Wayne blieb stehen. »Am besten, du gehst vor den Windschutzhauben entlang und ich bleib dahinter, Grappa«, meinte er. »Für den Fall, dass die beiden sich aus dem Staub machen wollen. Ins Meer werden sie ja kaum flüchten.«

»Die hauen nicht ab«, prophezeite ich. »Warum sollten sie? Hier kann ihnen nichts passieren.«

»Vielleicht kriegen sie einen Schock, wenn sie dich erblicken. Besser ist besser.«

»Meinetwegen. Bist du knipsbereit?«

»Ein echter Kerl hat seine Waffe immer bereit«, gab er zurück. »Und danach will ich ins Wasser – nur damit das mal klar ist.«

»Erst die Arbeit, dann das Vergnügen. Und jetzt weiter. Dahinten sind sie.«

»Hallo, Mädels«, grüßte ich lässig. »Alles fit?«

Klara und Annabell drehten synchron die Köpfe und schauten mich an.

»Frau Grappa!«, stellte Klara entgeistert fest. »Was machen Sie denn hier?«

»Fragen stellen und Antworten bekommen. Und Bilder.«

Ich winkte Wayne hinter dem Windschutz hervor. »Das ist Herr Pöppelbaum, mein Fotograf.«

Annabell Stickel nahm die große Sonnenbrille ab und musterte uns. »Was wollen Sie von uns?«

»In Deutschland liegt gegen Sie eine Anzeige wegen Freiheitsberaubung, Körperverletzung und Erpressung vor«, kam ich gleich zur Sache.

»Vielleicht eine Anzeige. Aber kein Haftbefehl.«

»Wen sollen wir denn entführt haben?«, mischte sich Klara ein. »Sie vielleicht, Frau Grappa?«

»Genau. Sie haben mich unter Drogen gesetzt und festgehalten.«

»Ich bitte Sie!« Annabell Stickel spielte Empörung. »Sie haben mich in meiner Wohnung besucht, aber ich mag unangemeldete Besucher nicht. Also schickte ich Sie wieder weg. Welche Begegnungen Sie danach hatten, entzieht sich meiner Kenntnis.«

»Genau so war es«, stimmte Klara zu. »Haben Sie sonst noch irgendwelche abstrusen Beschuldigungen?«

»Abstrus wird sicher das Wort des Jahres. Wie wäre es mit der Erpressung von Pitt Brett?«, schlug ich vor. »Die Entführung war getürkt, um die Quote nach oben zu treiben. Sie beide haben das gewusst und sich dieses Wissen vergolden lassen.«

»Glauben Sie, dass Herr Brett das vor Gericht bestätigen wird?«, lächelte Stickel. »Ich nicht, dann wäre er nämlich ganz schnell und für immer aus dem TV verschwunden.«

»Ich bin im Sektenzentrum festgehalten worden. Da war dieses Zimmer mit der schlagenden Uhr. Und der geheimnisvolle Garten mit den Statuen und den Regenwaldpflanzen.«

»Wir können nichts für Ihre wirren Träume, Frau Grappa.«

Das läuft nicht gut, dachte ich. Pöppelbaum schien das auch so zu sehen, denn sein Gesicht offenbarte Hilflosigkeit.

Ich musste größere Kanonen auffahren. »Da ist noch was. Und zwar viel mehr als Erpressung und Freiheitsberaubung.«

»Jetzt sind wir aber neugierig!«

»Mord!«

»Mord?«, wiederholte Klara.

»Und wen, bitte schön, sollen wir ermordet haben?«, rief Stickel belustigt aus. »Ach ja, ich weiß! Meinen Mann. Haben wir das Fuchs-Schwein ermordet, Klara?«

»Nein, Annabell«, antwortete Billerbeck. »Du warst beim Friseur und ich habe auf dich gewartet. So steht es jedenfalls in den Polizeiprotokollen.«

»Also – kein Mord, den Sie uns anhängen können!«, stellte Stickel fest. »Keine Beweise, kein Geständnis, keine Anklage. Und was nun, Frau Grappa?«

»Robert Fuchs interessiert mich doch gar nicht«, sagte ich freundlich und machte eine kleine Kunstpause. »Ich meine den Mord an dem Baby.«

Kein Geständnis – keine Anklage – keine Auslieferung

Eine halbe Stunde später saßen wir zu viert im Garten des Hotels – an einem abgelegenen Tisch. Neben uns Palmen und blühende Oleanderbüsche. Ein Kellner hatte Wasser und Cola gebracht und jedermann, der zufällig vorbeikam, musste uns für freundliche Urlauber halten.

Die Erwähnung des toten Kindes hatte die Frauen handzahm gemacht. Sie wussten von dem Skelettfund im Garten der Sekte noch nichts.

»Die Polizei hat inzwischen weitere Leichen gefunden«, log ich. Pöppelbaum machte ein erstauntes Gesicht, blieb aber zum Glück still.

»Manch ein Mädchen wurde schwanger«, gab Annabell Stickel zu. »Unsere Kirche ist nicht anders als die christlichen. Dass Männer ihre Macht über Frauen missbrauchen, ist nichts Ungewöhnliches. Wenn ein Mädchen sehr jung war …«

»Minderjährig?«, fragte ich.

Sie nickte. »Die Babys hat nie jemand gesehen – auch die Mütter nicht. Angeblich hat die Kirchenleitung sie in ausgesuchte Pflegefamilien gegeben. Fragen dazu wurden von meinem Mann als unterdrückerisch angesehen, weil sie die Kirche diffamierten. Aber dass die Kinder getötet wurden … Fragen Sie die Ethikoffizierin, die müsste Bescheid wissen.«

»Beim ersten gefundenen Säugling steht so gut wie fest, wer die Mutter war«, erklärte ich. »Das Ergebnis der DNA-Analyse liegt vor.«

»Und wer ist es?«, fragte Klara.

»Bettina oder Monika Weber.«

»Bettina Weber ist mit meinem Ex zusammen und Kevin und Justin sind bei ihr«, rief Klara Stickel. »Diese Kindermörderin lebt mit meinen Söhnen zusammen. Man muss die Kinder da rausholen.«

»Tja«, meinte ich süffisant. »Wie war das noch vorhin? Es gibt keine Beweise, kein Geständnis und keine Anklage. Und deshalb auch keine Strafe. Und eine Auslieferung fällt auch flach.«

»Und wenn man ihr den Mord an meinem Mann nachweisen könnte?«, mischte sich Annabell wieder ein.

Ich horchte auf. »Könnte man das denn?«

»Helfen Sie uns, die Kinder zu ihrer Mutter zurückzubringen?«, kam die Gegenfrage.

»Was denken Sie sich?«, entrüstete ich mich. »Sie entführen mich, setzen mich unter Drogen und ich soll Ihnen helfen? Das kann ja nur ein Witz sein!«

»Bitte!«, sagte Klara. »Ich will meine Kinder wiederhaben. Sven hat sie in einem Gefängnis der Sekte untergebracht.«

»In einem Internat!«, widersprach ich.

»Ich weiß nur zu gut, wie es in solchen Internaten zugeht«, entgegnete Annabell. »Kindergefängnisse sind das.«

»Sven kennt mich und Annabell … und seine Schergen auch«, drängte Klara. »Sie kennt man nicht, Frau Grappa.«

»Doch. Egon Hold saß im selben Flieger wie wir. Ich glaube, es ist am besten, wenn Sie die Behörden einschalten, Frau Billerbeck.«

»Ich habe doch das Sorgerecht gar nicht!«, erinnerte sie. »Niemand wird einen Finger für mich und die Kinder rühren.«

»Wo befindet sich das Internat?«

»Es ist Teil des Hauptquartiers in *Fort Harrison*«, sagte sie.

»Das ist ein Hochsicherheitstrakt.«

»Ich weiß.«

»Was haben Sie für Beweise, dass Bettina Weber Ihren Mann erschossen hat?«, fragte ich Annabell.

»Die Waffe. Und das Band der Überwachungskamera.«

»Falsch. Es gibt keins.«

»Ich habe es. Robert wollte sich nicht beobachten lassen bei seinen Schweinereien, das stimmt. Aber ich hab die Anlage manipuliert. Ich habe ein Band, auf dem der Mord zu sehen ist. Wenn Sie uns helfen, dann bekommen Sie die *Beretta* mit Fingerabdrücken und das Band. Es wird Ihnen gefallen: Bettina Weber ist gut getroffen. Und mein Mann auch. Das Loch im Kopf steht ihm hervorragend.«

»Warum haben Sie die Beweise nicht der Polizei übergeben?«, fragte ich.

»Weil es mir eigentlich egal ist, wer diesen Scheißkerl ins Jenseits geschickt hat.« Stickels Stimme war kalt wie Eis. »Und weil ich Bettina Weber sogar dankbar bin.«

»Und jetzt opfern Sie sie?«

»Kindermord ändert alles. Klaras Söhne müssen von der Sekte weg. Billerbeck und Robert haben Klara mit viel Geld und gekauftem Gutachten als unzuverlässige Mutter dargestellt.«

»Ich will das Band sehen«, forderte ich. »Dann entscheide ich mich. Kommen Sie in unser Hotel mit einer Kopie des Films. *Economy Inn* in Clearwater. Hier ist meine Handynummer.«

Lederhaut und lecker Essen

»Willst du dich wirklich mit denen zusammentun?«, fragte Wayne, als wir uns auf dem Rückweg befanden.

»Ich will den Mord an Fuchs aufklären«, antwortete ich, »und die Geschichte exklusiv haben. Vor oder gleichzeitig mit der Polizei. Deshalb sind wir hier, oder?«

»Und wenn die beiden lügen?«

»Deshalb will ich den Film ja sehen. Außerdem wusste Stickel, dass es sich bei der Mordwaffe um eine *Beretta* handelt. Das hat in keiner Zeitung gestanden.«

»Mir kommt das alles so sinnlos vor. Und fair warst du auch nicht, Grappa.«

»Warum das?«

»Du hast den Eindruck erweckt, dass sich im Sektengarten die Kinderknochen stapeln! Dabei steht doch noch nicht mal fest, wie das Kind gestorben ist.«

»Oft heiligt der Zweck die Mittel. So wie eben. Und ich habe die erste Geschichte, die ich dem heimatlichen *Tageblatt* präsentieren kann. Hast du Fotos gemacht von den beiden Grazien?«

»Natürlich. Mit Zoom. Als ich vom Klo zurückkam und am Strand.«

»Prima. Wir schicken die Bilder gleich nach Bierstadt. Aber erst suchen wir uns ein schönes Restaurant, essen gemütlich und ich denke über meinen Artikel nach.«

Wir setzten uns in ein Lokal direkt am Meer. Die Karte versprach Genüsse. Zehn unterschiedliche Salate, Steaks in allen Variationen, gegrillte Hähnchen- oder Putenbrust und Kartoffeln in jedem erdenklichen Zustand.

Der Tisch stand nah am Wasser. In der Bucht lieferten sich Rennboote einen Wettstreit und ein großes Kreuzfahrtschiff zog am Horizont entlang. Ich bestellte einen Floridasalat mit Hähnchen und Wayne ein Steak.

Die Gäste an den anderen Tischen hatten im Gegensatz zu uns eine schön braune Gesichtsfarbe. Lederhaut. Im Reiseführer hatte ich gelesen, dass der Altersdurchschnitt der Florida-Bewohner bei vierundfünfzig Jahren lag – der höchste Altersdurchschnitt eines Bundesstaates in den gesamten USA. Zwei Millionen Rentner verbrachten hier ihre letzten Jahre.

»Wie willst du den beiden helfen, die Jungs zu befreien?«, fragte Pöppelbaum und zerkleinerte die Kräuterbutter auf seinem Steak mit der Gabel. Das Fleischstück war so groß, dass es nicht auf den Teller passte.

»Ich habe noch keinen Plan«, antwortete ich und ließ Pfeffer aus einer Mühle über meinen Salat rieseln. »Du hast den Sektentempel doch gesehen. Ich kann schlecht da reinmarschieren und mit Kevin und Justin an der Hand wieder rauskommen.«

Im Hotel zog ich mich auf die kleine Terrasse zurück, die direkt an mein Zimmer grenzte. Der Jetlag, die Klimaumstellung und das Treffen mit den beiden Frauen hatten mich erschöpft.

Mir fehlte Koffein. Der Mann an der Rezeption verstand meine akute Notlage und zehn Minuten später stand eine große Kanne mit Kaffee auf dem Tisch.

Ich klappte mein Netbook auf, startete dann das Word-Programm und legte los:

Schrecklicher Verdacht:

Kindesmissbrauch im Sektenzentrum?

Spurensuche im sonnigen Florida

Exklusivbericht von Maria Grappa

In Florida befindet sich die Weltzentrale der *Kirche der Erleuchteten,* die in den USA *Illuminated Church* heißt. In Florida befindet sich neuerdings auch Annabell S., die Frau des ermordeten Bierstädter Sektenchefs Robert F., der im Rang eines Operierenden Thetans über die Leben der Mitglieder entschied. Und das ist wörtlich gemeint, denn Robert F. hat sich weit weniger um die Seelen der Gläubigen gekümmert als um ihre Körper. Jedenfalls wenn diese Körper jungen, manchmal sehr jungen Frauen gehörten.

Das alles wusste Annabell S., doch sie hat geschwiegen. Aus Angst vor Repressalien der Kirche und aus Angst vor ihrem Mann. Doch jetzt hat sie ihr Schweigen gebrochen. In Florida gab sie unserer Zeitung ein Interview.

Sie behauptet: Jahrelang wurde im Bierstädter Sektenzentrum nicht nur gebetet, sondern auch missbraucht. Von Robert F., aber auch von anderen Erleuchteten. Die ungewollten Schwangerschaften, zu denen es kam, wurden ausgetragen, die Kinder in glaubenskonforme Pflegefamilien vermittelt.

Warum spricht Annabell S. erst jetzt?

Der Fund einer Baby-Leiche im Garten des Sektenzentrums hat sie entsetzt. Ob die Missbrauchsfälle Auslöser für den Mord an Robert F. waren, weiß Annabell S. allerdings nicht.

Ich speicherte den Text ab und loggte mich ins WLAN-Netz ein. Ab ging die Post! In Deutschland war es inzwischen Nacht, aber morgen früh konnte die Redaktion den ersten Florida-Bericht gleich weiterverarbeiten. An Schnack schickte ich eine Mail mit der Bitte hinterher, eine Stellungnahme der Bierstädter Erleuchteten zu den Vorwürfen einzuholen, um der journalistischen Sorgfaltspflicht zu genügen.

Pöppelbaum gab mir die Speicherkarte mit seinen Fotos und wir sandten sie ebenfalls nach Deutschland. Er hatte Annabell Stickel isoliert und ihr Bild vergrößert. Klara blieb zunächst außen vor. Dafür gab es aber Aufnahmen vom Sektenhauptquartier in Clearwater nebst Demonstranten.

Schließlich belohnten wir uns mit netten Drinks an einer Strandbar. Sie hatten göttliche Namen, viel Frucht und ordentlich Alkohol.

Beinhart und erfolgsorientiert

Noch vor dem Frühstück klingelte mein Handy. Annabell und Klara wollten auf meine Hilfe nicht verzichten. Ich hatte inzwischen entschieden, sie in dem Glauben zu lassen, dass ich ihnen helfen würde.

Sie brannten darauf, mir den Film zu zeigen. Wir verabredeten uns für den Nachmittag.

Auch Schnack hatte sich gemeldet. In einer Mail teilte er mir mit, dass die Sekte jede Stellungnahme zu den Vorwürfen ablehnte und dass die Staatsanwaltschaft mit Ermittlungen zu den Missbrauchsfällen begonnen hatte.

Und noch einer hatte mir geschrieben: Friedemann Kleist. Er war ungehalten, weil ich mich nur bei Schnack gemeldet hatte und nicht bei ihm. Ich entschuldigte mich und versprach ihm den absolut sicheren Beweis in der Mordsache Fuchs.

Ich fand Wayne beglückt bei einem Rührei mit viel Bacon. Er hatte sich eine überregionale deutsche Zeitung geschnappt. Die war schon einige Tage alt und ziemlich zerlesen.

»Moin, Grappa«, nuschelte er. »Das war gestern ein *Heart Stopper* zu viel … oder war's der *Thirsty Dog?*«

»Hieß der nicht *Bloody Dog?*«, fragte ich.

»Könnte sein. Oder *Bloody Mary?*«

»Genug gescherzt. Mein Artikel ist bei Schnack angekommen, die Sekte hüllt sich in Schweigen und die Staatsanwaltschaft ermittelt. Und die Mädels zeigen uns heute Nachmittag den Film.«

»Dann haben wir ja noch ein paar Stunden, um die Jungen zu holen«, sagte Wayne trocken. »Oder bringen die Sektenfuzzis die lieben Kleinen hier vorbei?«

»Dein Zynismus hilft nicht weiter.«

»Deine Ideenarmut auch nicht«, ballerte er zurück.

Das war hart, aber nicht unangebracht.

»Ich hol mir jetzt was zu essen und danach habe ich einen Plan«, behauptete ich. Mein Magen schwächelte.

Zurück am Tisch mümmelte ich still pappiges Brot. Wayne schaute in die Zeitung und ab und zu tauchten seine Augen am oberen Rand auf.

»Was ist?«, blaffte ich. »Kann ich noch nicht mal in Ruhe frühstücken?«

»Ich wollte nur sehen, wie dir die Idee kommt«, grinste er und verzog sich wieder hinter das Papier.

Zufällig blieb mein Blick an einer Zeitungsüberschrift hängen:

Internationaler Drogenbericht –
Experten warnen vor K.-o.-Tropfen

»Gib mal her«, sagte ich und nahm Wayne die Zeitung weg.

»Spinnst du?«, protestierte er.

»Hier ist meine Idee«, jubelte ich. »Hier steht sie: *Wie der jüngste Weltdrogenbericht zeigt, bereiten vor allem K.-o.-Tropfen den Behörden große Sorgen. Der Grund: Sie sind viel zu leicht erhältlich.*«

»Nee, Grappa, nee!«, rief Wayne entsetzt aus. »Das meinst du nicht wirklich.«

»Doch. Die beiden Frauen haben das mit mir auch so gemacht. Wir geben denen ein Erfrischungsgetränk und schauen uns den Film an. Wenn die Mädels dann weggedämmert sind, kopieren wir die DVD und schicken sie an Hauptkommissar Kleist. Und fertig!«

»Die wachen doch wieder auf, Grappa?«

»Das will ich schwer hoffen«, sagte ich. »Wir bleiben sogar so lange bei ihnen, bis sie aufwachen, und schicken sie nicht halb betäubt auf die Straße, wie sie es mit mir gemacht haben.«

»Und dann?«

»Dann erkläre ich alles. Und sie dürfen wieder gehen.«

»Und die Kinder?«, fragte Wayne.

»Das soll Klara allein regeln.«

»Du bist beinhart«, meinte er.

»Nein. Erfolgsorientiert. Und nun mach dich auf den Weg, Süßer.«

»Wohin?«

»Zur Apotheke. K.-o.-Tropfen besorgen. Und bring ein paar Mullbinden mit, oder Klebeband.«

Rot steht für Warnung

Natürlich hatte ich Skrupel. Was, wenn eine der Frauen allergisch auf die Tropfen reagierte? Oder andere gesundheitliche Komplikationen auftraten?

An der Rezeption ließ ich mir die Nummer einer Ambulanz geben – für alle Fälle. Und im Netz informierte ich mich über die Dosierung der Tropfen. Machte ich mich eigentlich strafbar? Heiligte der Erfolg wirklich jedes Mittel?

Ich verschob die Antworten auf später. Pöppelbaum kehrte mit einem Fläschchen in der Hand zurück.

»Das war wirklich kein Problem«, berichtete er. »In der vierten Apotheke hatte ich Glück. Der Mann zog die Flasche unter dem Ladentisch hervor, nachdem ich noch mal fünfzig Dollar draufgelegt hatte.«

»Gut. Siehst du diese Karaffen mit Orangensaft?«

»Klar. Ich bin ja nicht blind.«

»Die eine hat einen roten und die andere einen blauen Deckel. Die Tropfen befinden sich in der mit dem roten Deckel. Du kannst dir das so merken: Rot – gleich Warnung. Wie bei einer roten Ampel, klar?«

»Du hältst mich wohl für einen Vollpfosten, Grappa?«, meckerte der Bluthund.

Alles war pünktlich fertig. Zwei Gläser hatte ich schon mit dem Saft aus der harmlosen Karaffe gefüllt – je eines für Pöppelbaum und mich. Wir hatten sogar beide schon davon getrunken, sodass es nicht auffallen würde, wenn ich nur in zwei Gläser frischen Saft einschenkte. Meine Finger zitterten vor Nervosität. Hoffentlich unterschätzte ich die beiden Frauen nicht. Immerhin waren sie im Besitz einer Waffe. Auf dem Klo machte ich einige entspannende Atemübungen. Wayne sollte glauben, dass ich alles im Griff hatte.

Annabell und Klara erschienen pünktlich.

»Kommen Sie rein, mein Laptop ist schon eingeschaltet«, begrüßte ich sie kühl.

Die beiden Frauen traten ein und sahen sich gründlich um. Sie schauten sogar auf der Terrasse nach heimlichen Zuhörern.

»Alles sauber«, erklärte Stickel. »Der Kirche ist nicht zu trauen. Die haben ihre Spitzel überall.«

»Wie sieht Ihr Plan aus, meine Jungen zu befreien?«, kam Klara zur Sache.

»Wir haben bereits alles organisiert. Die Einzelheiten brauchen Sie nicht zu interessieren«, log ich. »Wenn alles klappt, dann haben Sie Ihre Kinder bald wieder.«

Pöppelbaum unterstützte mich mit einem selbstbewussten Kopfnicken.

»Und jetzt sollten wir keine Zeit verlieren und uns den Film anschauen«, schlug ich vor.

Annabell zog eine DVD aus der Handtasche und gab sie mir.

Ich nahm sie, legte sie neben den Laptop, nahm mein Glas und trank einen Schluck.

»Wollen Sie auch einen Saft?«, fragte Pöppelbaum.

»Ja, gern«, antwortete Klara.

Wayne hob die Karaffe mit dem roten Deckel und schüttete zwei Gläser voll.

»Bitte schön!«, meinte er. »Dann kann es ja jetzt losgehen.«

Annabell schaute auf das Glas mit dem gelben Inhalt und zögerte. Mir gefror das Blut in den Adern.

»Da schwimmt eine Mücke drin«, meinte sie. »Kann ich ein frisches kriegen?«

»Oh, das tut mir leid.« Wayne nahm ihr Glas und entfernte die Mücke mit den Fingern. »Ich werde das hier trinken. Sie bekommen ein frisches – ohne Fleischeinlage.«

Ich wagte nicht hinzuschauen und fummelte an meinem Netbook herum. Im Augenwinkel verfolgte ich, dass Klara bereits trank. Hoffentlich fiel sie nicht sofort um – bevor Stickel am Saft genippt hatte.

»Dann auf gute Zusammenarbeit, meine Damen!«, sagte Wayne, hob das Glas und setzte es an seine Lippen.

Erst jetzt nahm Annabell auch einen Schluck und dann noch einen zweiten. Wayne hatte ihr Misstrauen durch seinen heldenhaften Akt zerstreut.

Die DVD lief an. Zu viert starrten wir auf die Filmszene. Die Kamera war über der Tür installiert worden und zeigte einen großen Schreibtisch, der vor Bücherregalen stand. An den Wänden hingen die üblichen eingerahmten Sprüche des kleinkriminellen Sektengründers.

Im Stuhl sitzt Robert Fuchs – lebend. Er beschäftigt sich mit Schriftstücken und scheint sehr konzentriert. Ein Geräusch. Eine Frau kommt ins Zimmer. Sie geht auf Fuchs zu und redet auf ihn ein. Noch ist die Besucherin nur von hinten zu sehen.

Ich drehte den Ton lauter. Doch außer einzelnen Wortfetzen war nichts zu verstehen. Die Aufnahme war zu schlecht.

Robert Fuchs deutet auf die Tür, will die Frau loswerden, aber sie lässt sich nicht abwimmeln. Er erhebt sich, dreht die Besucherin um und schiebt sie in Richtung Tür. Jetzt ist sie gut zu erkennen.

»Bettina Weber!«, rief ich. »Das ist wirklich Bettina Weber.«

Fuchs und die Frau verschwinden aus dem Blickfeld der Kamera. Fuchs kehrt zurück und setzt sich an seinen Schreibtisch. Plötzlich ist Bettina Weber wieder da. Sie öffnet eine Schublade, nimmt eine Pistole heraus und lädt durch. Sie stellt sich vor den Thetan und sagt ein paar Worte. Fuchs nimmt die Hände vors Gesicht. Bettina tritt seitlich an ihn heran. Ihr Gesicht ist wieder gut zu erkennen. Sie hält die Waffe an die Schläfe ihres Opfers und drückt ab. Fuchs sackt zusammen. Bettina wirft die Waffe auf den Boden.

»Das ist der Beweis«, freute ich mich. »Das reicht, um die Frau in den Knast zu bringen. Und Sie sind da rein und haben die *Beretta* sichergestellt. Frau Stickel?«

Keine Antwort.

Langsam drehte ich mich um. Klara und Annabell schliefen in ihren Stühlen und Pöppelbaum lag selig schlummernd auf meinem Bett.

Na toll, dachte ich, jetzt bleibt wieder alles an mir hängen.

Ambulanz und endlich Urlaub

Ich kopierte die Videodatei von der DVD und schickte die Daten an Friedemann Kleist mit der Betreffzeile: *Wiedergutmachung.* Dann beglückte ich meinen Mail-Account in der Redaktion damit. Pöppelbaum schnarchte leise. Um ihn musste ich mir also keine Sorgen machen. Auch Klaras und Annabells Atem war normal, soweit ich es beurteilen konnte.

Ich band beide mit den Mullbinden locker an den Stühlen fest, damit sie nicht runterfallen und sich verletzen konnten.

Jetzt hieß es, Spuren beseitigen.

Der Orangensaft war schnell im Klo entsorgt, die Karaffe gespült, die Gläser gewaschen und mit dem Saft aus der blaugedeckelten Karaffe gefüllt. Der Rest der K.-o.-Tropfen fand seine Bestimmung dann ebenfalls in der Kanalisation von Clearwater. Auch Ratten schätzen einen gelegentlichen Rausch.

Nach zwei Stunden rührte sich zuerst Pöppelbaum. Er wusste zunächst nicht, wo er sich befand. Mich erkannte er zum Glück noch.

»Mensch, Grappa«, stöhnte er. »Das war der Hammer. Als die Stickel nicht trinken wollte, dachte ich, dass unser schöner Plan danebengeht. Die war ja voll misstrauisch.«

»Du hast klasse reagiert. Der Film ist bei der Polizei und beim *Tageblatt*. Jetzt müssen wir nur noch die zwei Frauen loswerden.«

»Du hast doch die Nummer der Ambulanz«, stellte Wayne fest. »Ruf die Sanis her. Sag einfach, dass die beiden was Schlechtes gegessen haben oder zu viel gesoffen.«

»Geniale Idee«, gab ich zu. »Wir ersparen uns viel Gezeter. Und morgen suchen wir uns ein anderes Hotel.«

Wir banden Klara und Annabell los.

Zum Glück hatte Wayne nicht viel von der Droge zu sich genommen. Das Zeug wirkte bei den Frauen deutlich länger als bei ihm.

Die Ambulanz nahm Klara und Annabell in ihre Obhut. Die Sanitäter schienen daran gewöhnt, zwei lallende und torkelnde Frauen aus einem Motel abzuholen und zur Ausnüchterung in eine Klinik zu bringen.

Ich schlief prima. Am Morgen bezahlten wir und verließen das *Economy Inn*. Das Gepäck landete im Mustang und los ging es, an der Küste entlang.

»Den Rest der Woche machen wir Urlaub«, versprach ich. »Mal richtig ausspannen, verstehst du? Ohne Mörderjagd und Drogenmissbrauch.«

»Gilt das auch für abendliche Drinks an der Strandbar?«

Diesmal steuerte ich das Auto. Wayne hatte sich in den Sitz fallen lassen und war guter Dinge. Er lachte ständig, winkte Mädchen am Straßenrand zu und brabbelte vor sich hin.

Auch in Cocoa Beach stand ein Hotel neben dem anderen. Die richtige Versteckadresse für zwei Leute, die nicht gefunden werden wollten.

Wir mieteten uns direkt am Meer in einem *Guesthouse* ein. Hier hieß das Meer Atlantik und das Wasser war nicht so warm wie am Golf von Mexiko. *Ein Paradies für Surfer* – so stand es im Reiseführer. Und tatsächlich war die Surfbrettdichte im Straßenbild erheblich.

Pöppelbaum legte sich aufs Ohr. Heute Abend sei er aber wieder voll fit, so tönte er, um neue Drinks auszuprobieren.

Auf dem Schreibtisch in meinem Zimmer fand ich die Log-in-Daten für das Netz. Ich checkte meine Mails. Kleist hatte sich den Film bereits angeschaut und einen internationalen Haftbefehl für Bettina Weber beantragt.

Auch die Mädels hatten sich gemeldet und auf meine Handymailbox etwas von Rache gefaucht. Es ließ mich kalt.

Der Tag plätscherte dahin. Wayne ließ sich nicht blicken. Ich wusste ja, wie er sich fühlte.

Eigentlich hatten wir hier nichts mehr zu suchen, Urlaub hin oder her. Ich rief am Flughafen in Tampa an und versuchte, einen früheren Flug nach Hause zu bekommen. Es klappte. Nachtflug. Morgen Abend.

Ein roter Mustang ist kein Fluchtwagen

Pöppelbaum bekam sein Meer am nächsten Tag. Er stürzte sich in die Wellen, versuchte sich beim Surfen und tobte sich richtig aus. Ich lag am Strand und behielt ihn im Auge. Aber er schien wieder ganz auf der Höhe zu sein, die Tropfen zeigten keine Wirkung mehr. Ich schwamm ebenfalls ein paar Runden, doch als sich eine Qualle an meinem Fuß festsaugte, hatte ich genug. Mein Handy klingelte. Der Anrufer hatte den Inkognito-Modus eingestellt. Ich hatte keine Lust auf Stress und drückte den Anruf weg. Plötzlich kam mir die fixe Idee, dass Stickel und Billerbeck mein Handy orten könnten. Ich wusste, dass es solche Bezahldienste gab. Mist.

Wayne von einem vorzeitigen Aufbruch zu überzeugen war nicht einfach, aber schließlich gab er nach.

Unser Mietwagenverleih hatte eine Station in Cocoa Beach. Wir tauschten den auffälligen roten Mustang kurzerhand um und nahmen einen grauen Chevrolet-Kleinwagen.

Auf dem Weg zum Flughafen begegneten uns glücklicherweise keine Rachegöttinnen.

»Ich stelle mich in die Schlange zum Check-in und du gibst den Wagen ab«, schlug ich vor. »Ich will so schnell wie möglich aus der Schusslinie der *Beretta*.«

Alles klappte reibungslos. Wir passierten die Sicherheitskontrolle und gingen in den Warteraum. Bald würden wir in der Luft sein – Richtung Deutschland.

Nach der Landung griff sich Wayne am nächsten Pressestand ein *Bierstädter Tageblatt*.

»Lies mal – auf der ersten Mantelseite.«

Video beweist:
Mord an Sektenchef war die Rache einer Frau
Von *Tageblatt*-Reporter Carsten Biber

»Seit wann heißt Bärchen denn Carsten?«, witzelte ich und überflog den Artikel.

Kleist hatte eine Pressemitteilung herausgegeben, aber nicht gesagt, wie er an das Video gekommen war. Das war gut. So konnte ich die Geschichte nachdrehen.

Mein Golf wartete im Düsseldorfer Flughafenparkhaus.

»War doch ein schöner Trip, oder?«, meinte Wayne, als er seinen Koffer einlud. »Du bist sogar ein bisschen braun geworden, Grappa.«

»Eher rot«, widersprach ich. »Ich habe einen Sonnenbrand – das ist die bittere Wahrheit.«

»Ein paar Regentage und du bist wieder ganz die Alte«, grinste Wayne. »Ich hätte übrigens nie gedacht, dass du so gemein tricksen kannst. Wie du die Mädels reingelegt hast, das war nicht von schlechten Eltern.«

»Lass uns bitte darüber schweigen, ja?«

»Und was sagst du, wenn dich dein Hauptkommissar fragt, wie du an den Film gekommen bist?«

»Das entscheide ich spontan, wenn er mich fragt.«

»Ich schweige, Grappa«, versprach der Bluthund. »Wäre ja auch irgendwie doof, wenn wir uns über Bärchen Biber und seinen Betroffenheitskoffer aufregen, während du Leute unter Drogen setzt, um an Informationen zu kommen.«

»Das kannst du nicht vergleichen«, sagte ich – eine Spur zu scharf. »Ich hatte mit den zwei Tussen noch eine Rechnung offen. Außerdem hätten wir auch den Sheriff rufen können. Beweissicherung in einem Mordfall.«

Es war schon wieder Abend, als wir Bierstadt erreichten. Ich setzte Wayne am Parkplatz des Verlagshauses ab und fuhr nach Hause.

Extra vergine ohne Chili

Dort wartete Kleist auf mich.

»Schön, dass du wieder da bist«, meinte er und umarmte mich. »Du hast ja einen Sonnenbrand.«

»Ja. Diese Florida-Sonne war ganz schön heftig.«

»Komm erst mal an«, lächelte er. »Ich habe was eingekauft und Wein kalt gestellt.«

»Perfekt«, freute ich mich.

Wir gingen in die Küche. Die Tür zum Garten war geöffnet. Im Schein der Gartenbeleuchtung tanzten Mücken.

Ich erzählte von den Erlebnissen und es kam, wie es kommen musste.

»Und wie hast du Stickel und Klara dazu gebracht, dir die DVD zu geben?«

»Vielleicht wollten sie doch noch späte Gerechtigkeit«, versuchte ich es.

»Kann ich mir nicht vorstellen«, zweifelte Kleist. »Das Video hätten sie uns doch sofort aushändigen können, dann säße Bettina Weber schon längst in U-Haft. Irgendwas passt da nicht zusammen.«

»Ich brauch noch ein Glas Wein. Dann sage ich dir, wie es wirklich war.«

»Gut«, sagte er und schenkte ein. »Ich höre!«

Der Abend mutierte dann doch nicht zu einer Gerichtsverhandlung gegen Grappa wegen unseriöser Informationsbeschaffung.

»Ganz astrein war dein Vorgehen nicht«, tadelte Kleist zwar. »Aber lass uns den Mantel des Schweigens darüber breiten. Danke, dass du mir die Wahrheit gesagt hast.«

Ich war erleichtert. »Bleibst du über Nacht?«, fragte ich.

»Wenn du es möchtest«, sagte er.

»Ich brauche jemanden, der meine verbrannten Hautflächen mit Olivenöl einreibt«, grinste ich.

»Extra vergine?«

»Na, klar. Aber nicht das Öl mit dem Chili.«

»Och, wie schade!«

Sein Handy klingelte. Der Hauptkommissar sagte nicht viel, sondern hörte zu.

»Bettina Weber ist festgesetzt«, erzählte er dann. »Sie hat den Mord an Fuchs gestanden. Einer zügigen Auslieferung steht nichts im Wege. Die Beretta gehörte Fuchs.«

Epilog

Zwei Wochen später traf Bettina Weber in Bierstadt ein. Die Vernehmungen begannen. Kleist informierte mich über den Fortgang und ich in Abstimmung mit ihm die Öffentlichkeit.

»Die Mordanklage wird fallen gelassen und in Totschlag umgewandelt. Dafür spricht der Ablauf der Tat, wie sie in dem Film zu sehen ist. Bettina redet mit Fuchs, er wirft sie raus. Dann kommt sie wieder zurück, greift sich die Waffe aus einer Schublade und tötet ihn. Im Affekt. Nach Vorsatz sieht das Ganze nicht aus.«

»Stimmt. Konntet ihr feststellen, was Bettina und Fuchs geredet haben?«

»Ja. Bettina hatte erfahren, dass er eine Affäre mit Monika begonnen hatte und dass schon wieder ein Kind unterwegs war. Als Antwort auf ihre Anschuldigung schlug er ihr vor, mit beiden zugleich Sex zu haben. Daraufhin ist Bettina durchgedreht. Fuchs hat Bettina Weber jahrelang wie seine Sexsklavin behandelt – alles unter dem Deckmantel einer erleuchteten Seelenbefreiung.«

»Und wie ist das Baby nun gestorben?«

»Bettina behauptet, es habe bei der Geburt gelebt. Was danach geschah, weiß sie nicht – so ihre Aussage. Aber der Gerichtsmediziner kann nicht mehr beweisen, dass ein Verbrechen vorliegt.«

Ach ja, noch was:

Monate später wurde Bettina Weber wegen Totschlags an Robert Fuchs zu einer dreijährigen Gefängnisstrafe verurteilt. Die Todesursache des Babys blieb ungeklärt. Die Ermittlungen wegen jahrelangen sexuellen Missbrauchs von

Schutzbefohlenen und Minderjährigen zogen sich in die Länge. Die Mauer des Schweigens und der Angst, die die Erleuchteten errichtet hatten, war nur schwer zu durchdringen. Aber irgendwann würde jemand sprechen und dann käme eine Lawine in Gang – genau wie bei den Missbrauchsskandalen in christlichen Kinderheimen und Internaten.

Annabell Stickel und Klara Billerbeck kehrten nach Deutschland zurück. Sie wurden wegen meiner Entführung vor Gericht gestellt und erhielten milde Strafen. Nicht zuletzt, weil ich mich nur noch an weniges erinnern konnte. Egal, ich hatte mich ja bereits an ihnen gerächt.

Der große Sieger der Geschichte war der Pop-Titan. Pitt Brett wiederholte das Geständnis nicht, das er gegenüber Kleist abgelegt hatte. Und Stickel und Billerbeck schwiegen über das, was sie wussten.

Mich wunderte, dass Kleist das Spiel mitspielte. War mein Hauptkommissar doch nicht so wahrheitsliebend-preußisch?

Die Erklärung kam eines Abends beim gemeinsamen Essen. Ich musste die Frage einfach stellen: »Sag mal, warum hast du Brett kein Verfahren wegen Vortäuschung einer Straftat angehängt?«

»Weil mir die Beweise fehlen. Außerdem hat er die Kosten für den Polizeieinsatz bezahlt – ohne irgendeine Schuld anzuerkennen. Fünfzigtausend Euro in die Staatskasse.«

»So einfach geht das?«, fragte ich enttäuscht.

»Den wichtigsten Grund, die Sache auf sich beruhen zu lassen, kennst du noch nicht«, lächelte Kleist milde.

»Und der wäre?«

»Du singst doch morgens beim Frühstück so gerne und so laut die Radiosongs mit. Brett plant eine neue Sendung. Ein WSDS für Leute über fünfzig. Und er hat mir versprochen, dass du der neue Superstar wirst.«